O Amante da Princesa

Larissa Siriani

O Amante da Princesa

1ª edição
Rio de Janeiro-RJ / Campinas-SP, 2018

Editora
Raïssa Castro

Coordenadora editorial
Ana Paula Gomes

Copidesque
Érica Bombardi

Revisão
Maria Lúcia A. Maier

Capa
Marianne Lépine

Fotos da capa
© Malgorzata Maj/Trevillion Images (mulher)
© OGphoto/iStockphoto (palácio)

Projeto gráfico e diagramação
André S. Tavares da Silva

ISBN: 978-85-7686-680-0

Copyright © Verus Editora, 2018
Direitos reservados em língua portuguesa, no Brasil, por Verus Editora. Nenhuma parte desta obra pode ser reproduzida ou transmitida por qualquer forma e/ou quaisquer meios (eletrônico ou mecânico, incluindo fotocópia e gravação) ou arquivada em qualquer sistema ou banco de dados sem permissão escrita da editora.

Verus Editora Ltda.
Rua Benedicto Aristides Ribeiro, 41, Jd. Santa Genebra II, Campinas/SP, 13084-753
Fone/Fax: (19) 3249-0001 | www.veruseditora.com.br

CIP-BRASIL. CATALOGAÇÃO NA FONTE
SINDICATO NACIONAL DOS EDITORES DE LIVROS, RJ

S634a

Siriani, Larissa, 1992-
O amante da princesa / Larissa Siriani. - 1. ed. - Campinas, SP : Verus, 2018.
23 cm.

ISBN 978-85-7686-680-0

1. Romance brasileiro. I. Título.

18-47944　　　　　　　　　CDD: 869.3
　　　　　　　　　　　　　　CDU: 821.134.3(81)-3

Revisado conforme o novo acordo ortográfico

Seja um leitor preferencial Record.
Cadastre-se no site www.record.com.br e receba informações sobre nossos lançamentos e nossas promoções.

Atendimento e venda direta ao leitor:
mdireto@record.com.br ou (21) 2585-2002

Tarde demais o conheci, por fim...
Cedo demais, sem conhecê-lo, amei-o!
— WILLIAM SHAKESPEARE, *Romeu e Julieta*

1

LISBOA, JANEIRO DE 1852

Maria Amélia

Faz um frio insuportável enquanto minha família e eu nos reunimos à entrada do palácio para receber a comitiva de meu futuro marido. A brisa gélida parece penetrar as várias camadas de tecido de meu vestido, chegando à minha pele sob a saia e as anáguas, tocando meu pescoço exposto e esvoaçando os fios do meu cabelo. Tremo, e mamãe interpreta meu tremor involuntário como obra do nervosismo.

— Está tudo bem, querida. Tenho certeza de que o arquiduque gostará de você. — Ela põe a mão enluvada sobre as minhas, entrelaçadas delicadamente.

Encaro mamãe em silêncio, incapaz de dizer a ela que o único motivo pelo qual estou tremendo é ser obrigada a esperar em pé, neste frio congelante, pela chegada do arquiduque. Mamãe é uma mulher de rosto gentil e feições banais demais para alguém que já foi imperatriz consorte do Brasil. Ela solta minhas mãos e ajeita rapidamente alguns fios castanhos de cabelo que escaparam do chapéu, e então torna a olhar para a frente, absolutamente serena.

Além de nós duas, nossas damas de companhia e alguns empregados também aguardam a chegada do arquiduque. Apesar de não estar exatamente ansiosa pela sua chegada, devo admitir que estou um tanto curiosa em conhecê-lo, afinal nosso casamento se dará daqui a dois meses e ainda não sei como ele se parece. A ser bem justa, nos encontramos uma vez, muitos anos atrás. Contudo, duvido muito de que as memórias de minha infância façam jus ao cavalheiro que estou prestes a conhecer.

A verdade é que há poucas coisas neste mundo por que eu anseie menos do que esse casamento. Motivos não faltam, como só ter visto o noivo uma única vez, ou o fato de o matrimônio ser arranjado. Talvez eu leia romances demais, ou talvez o amor de meus pais me tenha cegado para as verdades da vida. Mas, ainda assim, eu acredito que uniões sem paixão não deveriam existir. Como posso esperar me apaixonar por alguém em tão pouco tempo?

Sinto minhas pernas adormecerem por conta do frio, e estou por um triz de proferir uma reclamação pouco elegante sobre a demora quando, finalmente, ouço os cavalos e avisto a primeira carruagem. Respiro fundo, sentindo o espartilho comprimir meu peito. Aliso uma ruga inexistente em meu vestido e cruzo as mãos em frente ao corpo.

Nos instantes que precedem a parada da carruagem, faço uma prece silenciosa para que meu noivo não seja um completo desastre. Por favor, Deus, que ele seja agradável. Que tenhamos gostos em comum. E, pelo que é mais sagrado, que ele ao menos goste de ler. Creio ser capaz de ignorar muitas falhas em um homem, mas não a falta de gosto pela literatura.

Engulo em seco quando a carruagem contorna o jardim e breca à nossa frente. De soslaio, vejo que mamãe permanece imóvel com seu sorriso complacente, tão agradável quanto as nossas três damas de companhia, que parecem muito contentes com a chegada de nossos visitantes. Creio que também estaria, se tais visitas não decretassem meu futuro. Como deve ser bom poder escolher quem se ama, com quem se casa e até mesmo o que se diz. Felizes são elas, penso, livres para desposar quem quiserem. Trocaria de lugar com qualquer uma delas em um piscar de olhos, se tivesse a chance.

Pisco diversas vezes para avivar a mente e dissipar tais bobagens. Preciso me conformar. Culpo de novo o frio e estremeço ao pensar em meu destino, mas contenho-me, o semblante permanecendo impassível enquanto o cocheiro se adianta e abre a porta da carruagem para que meu futuro marido e eu possamos enfim nos conhecer.

Klaus

Observo os jardins enquanto a carruagem sacoleja rumo à entrada do Palácio das Janelas Verdes. As flores e as folhagens são decididamente sem graça quando comparadas a qualquer lugar da corte austríaca. Embora o clima frio me seja familiar, sinto falta de casa. Jamais perdoarei Maximiliano por me arrastar com ele nesta viagem.

8

— Ansioso para conhecer sua futura esposa, meu caro? — brinco, abrindo um sorriso debochado.

— Não use esse tom, por favor. — Maximiliano torce o nariz, e seu bigode já proeminente dá a ele a estranha aparência de um leão-marinho desconfiado. — Soa como uma sentença de morte.

— E é, meu amigo. — A carruagem dá um tranco e o solavanco me faz planar por um instante antes de atingir o assento novamente. — Especialmente com *essa aí*. Dizem que tem uma língua ferina para compensar o rostinho bonito. Eu é que não gostaria de estar no seu lugar.

— Fique quieto — ele ralha comigo, e solto um risinho baixo antes de me calar.

Maximiliano Habsburgo é meu amigo mais antigo, embora não estejamos em posições semelhantes perante a nobreza. Enquanto ele é arquiduque da Áustria, eu sou o herdeiro de um marquesado em decadência. O gosto por boa bebida e cavalos de raça nos aproximou, e hoje somos amigos o suficiente para que eu saiba uma ou duas coisas a seu respeito — por exemplo, quanto ele está se obrigando a levar adiante esta falácia disfarçada de noivado, mesmo estando secretamente apaixonado por outra mulher.

A carruagem estaciona e nós descemos. Maximiliano vai na frente, parecendo altivo e imponente em seu uniforme da marinha. Desço em seguida. Noto primeiro o palácio, uma construção tão insossa quanto os jardins que a envolvem, tão banal que poderia facilmente ter sido minha casa em Salisburgo. Logo na entrada, há um pequeno grupo de pessoas; atrás estão os empregados, seguidos por três moças jovens e belas que assumo serem as damas de companhia, e então, à frente, estão a futura esposa e a futura sogra de meu amigo.

— É um prazer reencontrá-la, Vossa Alteza — Maximiliano diz nervosamente para a noiva, enquanto faz uma mesura. — Majestade. — Ele se volta para a sogra. — Permitam-me apresentar meu bom amigo Klaus Brachmann, filho e herdeiro de Ernesto, marquês da Áustria.

— É um prazer. — Posto-me ao lado de Maximiliano e, primeiro, faço uma mesura para a mãe, Sua Majestade Imperial, dona Amélia, duquesa de Bragança e imperatriz-viúva do Brasil. Uma mulher de traços gentis e ordinários, em seu vestido azul-escuro, as mangas longas sendo a única coisa a protegê-la do frio. Apesar de sua aparência estar muito aquém do que se esperaria de uma imperatriz, ela irradia um ar maternal e sincero.

E então me viro para encarar a leoa. Sua Alteza, dona Maria Amélia de Bragança, princesa do Brasil. Ao contrário da mãe, a princesa tem traços dignos da realeza, das maçãs do rosto finas e proeminentes até a postura firme e o corpo claramente bem talhado sob o vestido amarelo. Ela me cumprimenta com um sorriso suave, embora não indiferente, os olhos azuis se estreitando para mim.

Tento não lhe dar muita atenção — ela é, afinal, a futura esposa de meu melhor amigo — e desvio o olhar para algo mais palpável. Enfileiradas ao lado da imperatriz-viúva, as damas de companhia sorriem e encaram-me sem a menor discrição. Enquanto Maximiliano e dona Amélia trocam palavras afáveis e casuais sobre a viagem, observo as moças abertamente, lançando meu melhor sorriso.

A primeira delas é baixa e esguia, tão diminuta que parece uma criança, com os cabelos cor de mel em cachos aprumados. Ao seu lado, um tanto mais alta e corpulenta, uma moça de rosto sardento e olhos claros, com os cabelos castanhos tão repuxados para trás que seu rosto parece esticado.

Mas é na última que meu olhar mais se demora. Com os cabelos escuros ajeitados em um penteado impecável, ela é a única que não sorri; encara-me com olhar direto e decidido, que parece despir-me. Ela é, talvez, magra demais, as maçãs do rosto saltadas e os seios achatados, mas tenho um fraco por mulheres que sabem o que querem. Determinação pode ser bastante sedutor.

Talvez nossa estadia não venha a ser assim tão tediosa.

Maria Amélia

A manhã é desconfortável, para dizer o mínimo.

Após a recepção, entramos para o café e mais uma longa sessão de conversas estranhas. Mamãe e o sr. Habsburgo ficam responsáveis pela maior parte do falatório, mas, sempre que sou convidada a participar, não consigo contribuir com mais do que uma ou duas palavras. Minha cabeça dói, e estou desesperada para ficar sozinha.

E então há o sr. Brachmann.

Não trocamos mais que breves cumprimentos ao chegar, mas ele já me desagrada. Não escondeu seu aparente desprezo pelos jardins e pelo palácio, como se as instalações não estivessem à altura de um homem como ele. E a maneira como se dirige às damas me exaspera. Creio que eu seja a única a notar seus sorrisos e flertes. Elas certamente não se mostram incomodadas.

Fico aliviada quando o arquiduque e seu amigo se recolhem para descansar da viagem, e posso fazer o mesmo. Meu quarto é espaçoso, com uma cama de dossel em frente à lareira, uma penteadeira e um conjunto de poltronas confortáveis onde, às vezes, sento para ler antes de dormir e onde estou agora, repassando o que aconteceu durante a manhã.

Meu descanso, contudo, é breve. Já no início da tarde, lady Ana, lady Lúcia e lady Cora batem à porta e entram, animadas com o baile desta noite.

Forço um sorriso — terei de fazê-lo exaustivamente esta noite, então posso muito bem começar a praticar — e deixo que tagarelem sobre vestidos, danças e nobres.

— E a senhorita, Vossa Alteza, que vestido usará? — pergunta lady Cora, a mais nova das três. Dois anos mais jovem que eu, é tão magra e pequena que mal parece ter deixado a infância.

— Eu não... — Suspiro, sentindo-me exausta. Não sei qual vestido foi escolhido para mim, assim como quais flores decorarão a casa ou que músicas serão tocadas. O baile de boas-vindas é em homenagem ao meu futuro marido, mas, como tudo que envolve este casamento, não tive participação alguma nas decisões.

— Ah, Alteza, a senhorita deveria usar azul! — Lady Ana une as mãos em uma expressão animada, os cachos escuros balançando. Ela é um bom palmo mais baixa que eu, embora seja alguns anos mais velha. Tem traços infantis que lhe dão uma aparência muito mais jovem e se realçam sempre que ela finge alegria só para me agradar. — Combina com seus olhos.

— Ou o rosado! — lady Lúcia, a mais comedida das três, sugere. — Aquele com as flores na bainha.

Apática, não respondo. Estou exausta demais, enfadada demais. Deixo que decidam por mim, que me vistam e adulem. E depois, quando me junto a mamãe e ao arquiduque para receber os convidados, planto um sorriso falso no rosto e espero que ninguém note. Este baile é apenas mais um ato na interminável ópera que se tornou a minha vida. Vim unicamente cumprir meu papel.

Klaus

Das convenções sociais, devo admitir que bailes são as que mais me agradam. Além de ser uma oportunidade única para espiar beldades, é também uma das poucas chances que tenho de flertar sem medo de ser pego. Arrisco dizer que sempre me diverti muito mais nos bailes do que qualquer uma de minhas irmãs.

O palácio tem outro aspecto conforme desço as escadas. Quando chegamos, nesta manhã, vi empregados correndo com os preparativos, deixando os arredores com uma aparência de desordem. Agora, com o resultado, vejo que valeu a pena; iluminado pelas velas nos candelabros e bem decorado, o Palácio das Janelas Verdes é muito mais bonito do que lhe dei crédito.

Avisto Maximiliano à entrada, acompanhando Suas Altezas na recepção dos convidados, e aproveito que não tenho nenhuma obrigação de anfitrião para ser o primeiro a adentrar o grande salão. É um espaço amplo, com um enorme candelabro acima de minha cabeça e um imenso espelho na parede oposta à entrada. Os empregados já estão a postos; os músicos, à espera. E, em um canto, cochichando, estão as damas de companhia da duquesa de Bragança.

Notam minha presença tão logo as avisto, e meu olhar cruza com o da mais velha — lady Ana, se não estou enganado. Desta vez, ela sorri. E, após dizer alguma coisa às suas companheiras, desvia-se delas e começa a fazer seu caminho em minha direção.

— Sr. Brachmann — cumprimenta-me, com uma mesura e um olhar enigmático.

— Lady Ana. — Sorrio. — Animada para o baile?

— Muitíssimo! — Abre um pequeno sorriso. — E quanto ao senhor?

— Confesso que sim.

— Gosta de dançar, sr. Brachmann?

— Certamente. Embora, devo admitir, não seja particularmente um bom dançarino.

Lady Ana aproxima-se um passo. Ainda está distante demais para que eu a toque, mas perto o bastante para que seja quase indecoroso. Olha-me de cima a baixo, e então, com os olhos brilhando, diz:

— Quem sabe eu possa ensinar-lhe alguns passos esta noite.

Seu atrevimento pega-me de surpresa e solto uma risada baixa. Antes que eu tenha chance de responder, ela dá as costas e volta à companhia de suas amigas.

O salão começa a encher com o passar do tempo. Mesmo entre dezenas de pessoas, ainda consigo sentir o olhar de lady Ana sobre mim. Sou tomado por um conhecido frenesi quando penso nas coisas que ela poderia me ensinar, e pego-me fantasiando danças que baile nenhum deveria presenciar.

Nossa troca de olhares em um flerte silencioso prossegue pelo jantar. Sou apresentado a incontáveis pessoas, mas sinto-me incapaz de participar de conversas coerentes. Meu olhar volta a recair sempre em lady Ana, que faz seu melhor em provocar-me ao fingir não me dar atenção.

Quando voltamos ao salão para dar início às danças, adianto-me em assegurar três cartões de baile. Levo-os direto para as damas e, ao entregá-lo a lady Ana, pergunto:

— Concede-me a honra desta dança?

— Com prazer.

Viro-me, então, para assistir a Maximiliano entrando com sua noiva para a primeira música.

E perco completamente o ar.

No breve instante antes do início da valsa, nossos olhares se cruzam. Não havia reparado antes, pois não queria dar importância demais à noiva de meu amigo, mas agora é tarde; é inegável sua beleza. O vestido azul-claro, que realça ainda mais a cor de suas íris, revela braços delicados, enluvados até os cotovelos.

Admiro seu rosto, os cabelos castanho-claros presos em tranças complicadas, e me demoro em seu colo, onde o decote do vestido deixa à mostra um gosto e a promessa de que o melhor está por vir. Longe de ser magricela, a princesa aparenta ter um par de seios nos quais não me importaria de perder-me por algumas horas. Quando percebe o foco de minha atenção, ela enrubesce e lança-me um olhar furioso, que retribuo com um sorriso despreocupado.

Não gostaria de estar no lugar de Maximiliano quando o casamento chegar. Mas, por Deus, não me importaria nem um pouco de ser ele na noite de núpcias.

Maria Amélia

O atrevimento do tal sr. Brachmann pega-me desprevenida e desconcentra-me por completo.

Não bastasse me encarar de maneira tão óbvia e vulgar na presença de todos — especialmente do sr. Habsburgo, seu suposto amigo e *meu noivo* —, ele ainda faz questão de me observar enquanto dança com lady Ana e nos demais momentos do baile, sem o menor decoro. Passo o restante da noite sentindo seus olhos sobre mim, tentando em vão ignorá-lo.

Procuro concentrar-me no arquiduque, porém ele não se dispõe a colaborar. Além de ser um dançarino terrível, pisando em meus pés várias vezes durante a primeira valsa, o sr. Habsburgo mal me dirige a palavra a noite inteira, ocupado demais com a corte querendo conhecê-lo.

Fico aliviada quando o evento termina e finalmente posso escapar para o conforto de meu quarto. Estou, contudo, inquieta demais para dormir. Preciso conversar com alguém, falar sobre os acontecimentos do dia. Então, antes mesmo de me trocar, mando chamar lady Ana, que, das pessoas que me cercam, é o mais próximo que tenho de uma amiga.

Em poucos minutos, alguém bate à porta e ordeno que entre. A cabeça coberta de cachos escuros de lady Ana aparece na abertura.

— Vossa Alteza mandou me chamar? — ela pergunta.

— Mandei. Entre, por favor. — Indico a poltrona à minha frente, e, após fechar a porta atrás de si, ela se apressa a sentar, ainda vestida com as roupas do baile. Como as outras damas de companhia, empregados e, creio eu, todas as pessoas que já conheci, Ana é sempre solícita e demonstra viver em minha função. Essa bajulação normalmente me irrita, mas em dias como hoje vem bem a calhar. — Ana, o que achou do arquiduque?

— Ah, Alteza, não cabe a mim dizer. — Ela baixa o rosto, fingindo uma timidez que sei que não sente. Sua boca se contrai em uma linha fina, expressão que conheço bem por marcar as ocasiões em que ela quer desesperadamente fazer algum comentário que acha que posso julgar impertinente.

— Lady Ana, estou pedindo sua opinião como amiga. — Suspiro, massageando as têmporas. Minha cabeça lateja daquela maneira como só horas muito longas tentando ser agradável conseguem causar. Ana se anima.

— Ah, então talvez eu possa... não, eu deva lhe dizer o que vi enquanto os cavalheiros deixavam o salão! — Seus olhos brilham com a fofoca, e até me ajeito na poltrona, a curiosidade inevitavelmente me vencendo.

— Pois diga.

— Bem, não foi o que vi exatamente, mas o que ouvi. — Lady Ana está na beirada da poltrona, o corpo inclinado em minha direção e a voz baixa, como se alguém pudesse nos espionar. — Eu escutei o arquiduque e aquele amigo marquês comentando sobre a senhorita.

— Ah, é? — Deixo passar o fato de que o sr. Brachmann é tão marquês quanto eu sou imperatriz do Brasil e aguardo ansiosa pelo seu relato.

— O arquiduque perguntou ao sr. Brachmann o que ele achou da senhorita, assim como estamos fazendo agora — conta, numa voz sussurrante e afetada. — E o sr. Brachmann disse que achou Vossa Alteza uma moça muito bem-feita. Ele... — O rosto de Ana tinge-se de escarlate. Ela faz um gesto amplo à frente do corpo, as mãos parecendo tentar agarrar o ar, enquanto seu rosto adquire tons cada vez mais rubros. — Ele teceu comentários bastante impróprios sobre o busto da senhorita.

Abro a boca no mais completo choque, inevitavelmente verificando meu próprio decote, tentando entender qual parte dele convida a tamanho atrevimento. Nada me parece fora do normal, definitivamente não o suficiente para que algum cavalheiro — se é que posso dar a honra de chamá-lo assim — se sinta no direito de tecer tais comentários. Ora pois!

— E o que o arquiduque falou? — pergunto, ainda em choque.

— Ah, Alteza, ele foi bastante educado. Disse que não reparou — lady Ana apressa-se em responder, como se tal informação fosse me dar o alívio necessário após o choque inicial. — Mas então... Bem, então o sr. Brachmann perguntou a ele... perguntou se...

— Fale de uma vez! — disparo, num tom muito mais brusco do que o pretendido. Duvido de que algo mais me choque agora.

— O sr. Brachmann perguntou ao arquiduque se ele achava a senhorita mais bonita que a condessa — completa, e solto todo o ar de uma vez, ainda mais espantada pelo fato de ter sido surpreendida duas vezes.

Condessa? Ora essa! Então, mesmo antes de se casar, o arquiduque já tem uma amante?

Talvez eu não precise me casar, afinal.

Klaus

Após um merecido descanso, acabo por dormir além da conta na manhã seguinte e só torno a juntar-me aos outros durante o almoço.

Embora por fora o Palácio das Janelas Verdes seja simplório, admito que há um requinte marcante na decoração interna. Há os famosos azulejos portugueses à entrada, belas pinturas e tapeçarias distribuídas pelos ambientes, o lugar é arejado e bem iluminado e, embora não se compare a palácios maiores, como o de Versalhes, não deixa nada a desejar para outros de menor tamanho.

Ou talvez, penso, eu esteja somente mais animado com o prospecto de estar aqui, agora que pus os olhos na princesa e constatei o descaso de Maximiliano. Segundo meu amigo, ela não chega aos pés da condessa. Opinião que, devo acrescentar, não compartilho. A princesa Maria Amélia é infinitamente superior à condessa em beleza, embora eu não devesse esperar nada diferente do arquiduque — ele está perdidamente apaixonado pela viúva há meses.

Saber que Maximiliano não dá a mínima para a futura esposa é a deixa de que preciso para me aproximar da princesa. Não que eu acredite que possa ter sucesso em minha investida, especialmente depois dos olhares fulminantes de ultraje que ela me lançou enquanto eu a observava na noite passada. Mas isso não me desanima, afinal não há nada de mal em um flerte saudável.

Encontro Maximiliano no corredor e descemos juntos para o salão. Taciturno, ele mira os pés ao caminhar, e sei exatamente o porquê.

— Escreveu para a condessa? — pergunto displicentemente. Abomino o hábito dos dois de trocarem cartas, pois sei que, se forem pegos, terminarão em maus lençóis, mas há muito deixei de tentar dissuadi-lo.

— Sim. — Ele suspira. Maximiliano, eu me esqueço às vezes, é meramente um garoto. Apaixonou-se pela primeira mulher com quem esteve e acredita que ela seja o amor de sua vida ou qualquer uma dessas bobagens românticas que ele tanto adora escrever.

— Anime-se, meu amigo. Mais algumas semanas e estará acabado! — eu o provoco e o balanço pelos ombros, tentando arrancar dele um sorriso. — Voltará para casa com a esposa em um quarto e a amante em outro. Poucos homens têm tanta sorte! — *Exceto os que estão solteiros*, acrescento mentalmente.

— Certo, certo... — murmura, e então desisto. Ele que fique cabisbaixo. A vantagem de um casamento arranjado, suponho, é não ter que fazer muito esforço para agradar o futuro cônjuge.

A mesa de jantar é grande demais para um grupo tão pequeno, especialmente depois de tê-la visto cheia na noite passada. Somos somente nós dois, a princesa e sua mãe e as três damas de companhia para o almoço. A imperatriz-viúva senta-se à ponta, com a filha à direita, seguida por lady Ana, lady Lúcia e lady Cora, e Maximiliano e eu à esquerda.

Lady Ana me sorri, mas mal lhe lanço um segundo olhar, minhas atenções recaindo inevitavelmente sobre Sua Alteza outra vez. A princesa está particularmente encantadora, com um vestido rosa-claro que realça suas bochechas coradas. Infelizmente, seu busto foi coberto com uma espécie de xale branco.

— Estão recuperados do baile, eu espero? — a duquesa pergunta educadamente.

— Perfeitamente, Vossa Majestade — Maximiliano responde. Os empregados servem a entrada, primeiramente à imperatriz-viúva. Encaro meu prato. Sopa de ervilhas.

— Excelente. — Em seguida, ela fala sobre as paisagens em volta e os lugares que dona Maria Amélia está certamente ansiosa para lhe mostrar.

— Algo o desagrada na sopa? — a princesa me surpreende ao perguntar em um alemão quase impecável.

— De maneira alguma — respondo, pegando a colher. Odeio sopas e odeio ervilhas. Mesmo assim, tomo um pouco e procuro sorrir.

— Imaginei — ela retruca, no tom que se espera de uma garota mimada, habituada a ter tudo que deseja.

— Vossa Alteza fala alemão muito bem — elogio, forçando mais uma colherada. Está tenebrosa.

— É necessário — diz, lançando um olhar breve ao noivo antes de voltar-se para a comida.

— Não é mesmo, Maria? — A voz da imperatriz a sobressalta, e me delicio ao ver o rosto da princesa corar.

— Sim, mamãe?

— Estava dizendo ao arquiduque que seria ótimo um passeio pelos jardins amanhã, se o tempo permitir — completa, em sutil repreensão.

— É claro. Será ótimo — responde, mas seu sorriso perfeitamente montado não me engana. Está escrito em seu rosto que ela preferiria qualquer coisa a levar o futuro esposo num passeio pela propriedade. Maximiliano, eu sei sem sequer precisar olhar, está tão animado quanto ela.

Talvez, se um não quer, o outro possa vir a tomar seu lugar.

Maria Amélia

Após um dia tão longo e desagradável quanto o esperado, seguimos para a sala de música à noite, onde mamãe me exibe como uma obra de arte rara e me faz tocar piano por uma hora para entreter nossos convidados. Estou exausta de tanto ser gentil e amável. Mamãe está conversando calmamente com o arquiduque quando o detestável sr. Brachmann se aproxima.

Não consigo evitar perder algumas notas ao ver que ele vem em minha direção. Apesar de ter se provado uma pessoa execrável, é preciso admitir que há algum charme no sr. Brachmann — algo que, devo acrescentar, falta ao arquiduque, com seu bigode ruivo e prenúncio de calvície. Enquanto meu futuro esposo parece um garoto em roupas de homem, o sr. Brachmann ostenta um tipo inexplicável de masculinidade, que ao mesmo tempo me atrai e repulsa. Ele é alto, tem cabelos negros como ébano, que não faz a menor questão de assentar, e, mesmo com a barba feita, aparenta ser muito mais maduro do que o sr. Habsburgo jamais será. O sr. Brachmann caminha com a postura e a confiança de um cavalheiro, e não posso deixar de notar quão bem os trajes escuros se ajustam à sua forma. Como um animal à espreita, ele traça passos lentos e deliberados até mim, e a sombra de um sorriso brinca em seus lábios quando percebe que estou olhando para ele.

Recuso-me a perder a concentração por conta de um cavalheiro tão impertinente, então finjo estar alheia à sua presença, esforçando-me para prestar atenção na música. Ele apoia o cotovelo no piano, ficando bem à minha frente, numa pose bastante indigna para um nobre.

— Então, além de falar alemão fluentemente, Vossa Alteza também é fluente na língua da música — ele diz, e algo no tom de sua voz me impede de decidir se está ou não zombando de mim. — Há mais algum talento secreto implorando para ser desvendado?

— Também falo francês, pinto e desenho. — Não me controlo antes de responder, soando como se quisesse impressioná-lo. Recupero-me rapidamente e adiciono, em tom ácido: — Mas não há necessidade de gastar seus elogios comigo, sr. Brachmann. Estou certa de que já o fez em privado ao seu amigo, mais cedo hoje.

— As paredes têm ouvidos, então? — Ele não parece nem um pouco constrangido por ter sido pego, muito pelo contrário. Abre um sorriso jocoso que me desconcerta, fazendo brilhar seus olhos escuros. Àquela distância, noto os primeiros resquícios de uma barba escura por fazer, conferindo ao seu rosto um ar áspero e duro que contrasta de forma maravilhosa com a leveza de seu sorriso. Ele ajeita a postura e tamborila os dedos no piano. — Diga-me, Vossa Alteza, toca duetos?

— Trabalho melhor sozinha — respondo, outra vez me distraindo e perdendo uma nota. Lanço um olhar feroz, que de alguma forma ele interpreta como um convite.

— Maximiliano, convença sua noiva a tocar comigo — ele diz, virando-se para o arquiduque e minha mãe. Paro imediatamente de tocar, consternada, e contorço-me no banco para encará-los.

— O senhor toca, sr. Brachmann? — mamãe pergunta, agradavelmente surpresa.

— Ah, meu amigo Klaus é um amante das artes. Tem um talento inato que invejo, às vezes — o arquiduque responde, alisando o bigode com os dedos. Torço o nariz quase que involuntariamente ao acompanhar o gesto, que percebi ser um hábito recorrente no sr. Habsburgo, uma espécie de mania um tanto irritante. Penso que, talvez, o bigode seja seu troféu de maturidade e masculinidade, e o impulso de ajeitá-lo constantemente seja só para constatar que ainda está ali. Porém nem a maior barba do mundo tornaria o arquiduque menos magricela e franzino, nem mais adulto ou atraente.

— Ora, então vamos ouvi-lo tocar. Estou certa de que Maria Amélia não se importaria, não é? — ela pergunta educadamente, e o que realmente escuto é sua advertência silenciosa: "Seja uma boa menina", e me vejo de mãos atadas. Abro espaço, e ele se senta ao meu lado.

Embora não nos toquemos, sua proximidade é sensível, tornando-me consciente de cada centímetro que nos separa. A sala fica imediatamente mais quente, e sinto o perfume dele — uma mistura amadeirada que penetra minhas narinas e me provoca arrepios — sobressaindo-se aos demais aromas do ambiente. De soslaio, vejo-o sorrindo para mim, mas não ouso encará-lo. E então, de repente, ele começa a tocar.

É um dos duetos de Mozart de que mais gosto, e prontamente eu o acompanho, fazendo-o abrir ainda mais o sorriso. É estranho dividir o piano com outra pessoa, mas o sr. Brachmann tem um tino muito bom para música e nossos ritmos se harmonizam com facilidade, como se já tivéssemos tocado juntos em outras ocasiões. Nossos pés encontram-se a caminho do pedal, mas para a minha surpresa a luta só dura um instante; o sr. Brachmann rapidamente se afasta e me lança um sorriso, aparentando satisfação em me deixar dominar o instrumento. Aos poucos, eu relaxo. Não gosto de tocar por exibicionismo, mas para me permitir aproveitar o momento. Fecho os olhos e me perco.

Quando a música termina e reabro os olhos, vejo sua mão repousando sobre as teclas, perigosamente perto da minha. Não resisto e olho para ele. O sr. Brachmann está sorrindo, daquele jeito que já me parece tão tipicamente seu, e que não sei precisar se é ou não um sinal de deboche. Sua expressão desestabiliza-me, fazendo meu coração bater mais forte e minhas bochechas corarem.

— Somos uma grande dupla — ele diz de maneira que unicamente eu o escute. A insinuação por si só me deixa irritada e me levanto.

— Mamãe, peça à cozinheira que providencie sopa de ervilhas todas as noites — digo, sem pensar, indo me juntar a eles perto da lareira. — O sr. Brachmann me confirmou que é seu prato preferido.

Sento-me e o encaro enquanto ele se levanta, como se o desafiasse a dizer o contrário. Para a minha surpresa, ele apenas ri silenciosamente e anuncia que já é hora de se retirar.

Klaus

No dia seguinte, sou despertado por uma tempestade que castiga o palácio e faz bater as tais janelas verdes pelas quais o lugar é famoso. Nada de passeio pelos jardins hoje.

Desço para o desjejum e descubro-me sozinho no salão. Quando pergunto aos empregados por Maximiliano, sou informado de que ele está com dor de cabeça e preferiu continuar deitado. Sei o nome dessa dor de cabeça, mas não me oponho. Terei mais atenção da princesa para mim.

Depois de comer, ando a esmo pelo palácio, procurando pela biblioteca. Se estaremos presos aqui o dia inteiro, posso ao menos descobrir algo para ler. Encontro o aposento no fim da ala oeste e surpreendo-me positivamente mais uma vez ao descobrir prateleiras e mais prateleiras de volumes bem conservados. O cheiro familiar de papel e tinta faz com que me sinta em casa pela primeira vez desde que chegamos a Portugal. Não importa em que parte do mundo você esteja, onde há livros há um lar.

Passeio pelas estantes e sorrio ao ver que há vários títulos em alemão. Apesar de falar português consideravelmente bem, não há nada que substitua a língua materna. Pego um exemplar de *Fausto* e ponho-me a folheá-lo distraidamente, procurando por meus capítulos e cenas favoritos, quando ouço a porta se abrir.

— Bom dia, sr. Brachmann — a princesa me cumprimenta, bastante admirada ao me encontrar aqui. Está linda, com o cabelo solto caindo em cachos sobre os ombros, enfiada num vestido azul simples, mas cujo decote deixa à mostra a imponência de seus seios. Ela parece se lembrar disso tão bem quanto eu, pois passa a ajeitar as madeixas de modo que lhe cubram o colo.

— Bom dia, Vossa Alteza. — Sorrio. Ela fica parada um instante à porta, como se ponderasse se deve ou não me dar o prazer de sua companhia, até finalmente entrar, deixando a porta aberta.

— O que faz aqui? — pergunta, parecendo profundamente consternada pela minha presença, o que me faz sorrir ainda mais.

— O que mais se faz em uma biblioteca? — ironizo, erguendo o livro que seguro em uma mão, mantendo-o aberto com o polegar. Ela impacientemente se aproxima e o tira de mim, examinando a capa antes de analisar a página marcada.

— E leu tudo isso só nesta manhã? — finge uma surpresa deliciosamente sarcástica. — Ou é um leitor incrivelmente voraz, ou talvez tenha acordado muito mais cedo que os empregados.

— Sou, de fato, um leitor voraz, mas creio que tal rapidez esteja um pouco acima das minhas capacidades. — Rio e pego o livro de volta com delicadeza. — Mas, como já li *Fausto* muitas vezes, permiti-me a audácia de ir direto aos meus capítulos favoritos.

— Não sabia que gostava de ler. — Ela cruza os braços, azeda, tornando seus seios ainda mais proeminentes e atrativos. Quando percebe meu foco de atenção, descruza os braços e me dá as costas.

— Nem eu sabia que Vossa Alteza gostava. Parece que há muitas coisas que ainda temos a descobrir um sobre o outro.

Ela não me responde de imediato. Passeia pelas estantes com uma distração calculada. Quando está longe o suficiente de mim, torna a falar.

— E o arquiduque, gosta de ler? — Seu tom não denota nenhum interesse. Poderia estar perguntando sobre o clima.

— Não particularmente. — É um exagero. De fato, não me lembro de uma vez sequer ter visto Maximiliano lendo por prazer. Silenciosamente, começo a caminhar pela sala, encurtando a distância entre nós.

— E do que ele gosta? — pergunta então, ainda de costas para mim. Seu interesse é dirigido a um volume em particular, disposto alto demais para que consiga puxá-lo. Ela pousa os dedos delicadamente no pé da lombada.

É a oportunidade perfeita. Aproximo-me, parando imediatamente atrás dela, nossos corpos quase se tocando. Mesmo a poucos centímetros de distância, sinto o calor irradiando dela feito brasa, e seu perfume — suave e doce como rosa — me domina por completo.

— Cavalos. Jogos de cartas. — Ergo a mão, demorando-me no gesto, seguindo a extensão do braço dela sem tocá-la, ameaçando entrelaçar nossos dedos por um prolongado instante antes de puxar o livro que ela tenta alcançar. Eu o seguro na frente dela, lendo por sobre seu ombro, minha boca perigosamente perto do seu ouvido. — *Sonetos*, de Shakespeare. Excelente escolha.

— Conhece o trabalho de Shakespeare? — Sua voz vacila de maneira quase imperceptível.

— "Assim que se olharam, amaram-se; assim que se amaram, suspiraram; assim que suspiraram, perguntaram-se um ao outro o motivo; assim que descobriram o motivo, procuraram o remédio."

— *Como gostais*. — Ela soa impressionada, então estremece e aparenta voltar a si. Toma o livro de mim e se afasta, segurando-o junto ao peito, em altura suficiente para esconder seus dotes de meus olhos ávidos. — É uma peça, não um soneto — diz, como se qualquer pessoa no mundo fosse capaz de recitar uma fala de uma peça de Shakespeare.

— Posso declamar sonetos, se quiser — ofereço, sorrindo. Minha memória é minha grande aliada, lembro com perfeição trechos inteiros de coisas que já li, especialmente bobagens românticas que agradam aos ouvidos femininos.

— Não é necessário. — Ela parece ultrajada pela sugestão, então faz uma mesura antes de se retirar. — Tenha um bom dia.

Não me surpreendo nem um pouco quando sou servido de sopa de ervilhas no jantar desta noite. A princesa me encara, provavelmente torcendo para escutar minhas reclamações, mas cumpro meu papel e tomo a sopa até o fim.

Maria Amélia

Desperto cedo na manhã seguinte, embora não possa dizer que tenha dormido de fato. Depois do ocorrido na biblioteca na manhã anterior, me vi voltando às estantes no fim da tarde, pouco antes da ceia, e pegando um exemplar de *Como gostais* para ler antes de dormir. Acabei ficando acordada até tarde, relembrando a sensação da respiração do sr. Brachmann na minha nuca enquanto ele recitava a fala de Rosalinda, que, temo eu, jamais esquecerei de agora em diante.

A chuva de ontem limpou o céu. Observando pela janela, encontro-o sem nuvens, radiante num bonito tom de azul. Peço para receber o desjejum em meu quarto, mas em vez disso recebo minha mãe, completamente vestida para o dia.

— De modo algum! — retruca, quando repito o desejo de comer sozinha. — É uma desfeita a seu noivo! Vai descer e comportar-se como uma dama.

A resposta ácida está na ponta da língua, mas penso melhor e acabo cedendo. A bem da verdade, meu único desejo é evitar o sr. Brachmann, mas vejo agora que é tolice minha, além de imprudência; não posso dar a ele a certeza de que conseguiu me afetar. Vou descer, me comportar como uma dama e ignorá-lo com tanto fervor que, até o fim do dia, ele terá desistido de me provocar.

Permito-me ser vestida e embonecada, respirando fundo enquanto a ama amarra meu espartilho, sem fazer objeções quando ela me sugere o vestido florido em tons de azul e amarelo e aguardando pacientemente que ela ajeite meu cabelo em intrincadas tranças no alto da cabeça. Detesto tais formalidades, mas receio que para alguém de minha posição elas sejam indispensáveis.

Meu estômago revira com algo que não se parece nada com fome enquanto vou a passos ágeis até o salão de refeições. Mamãe já está lá, acompanhada de meu noivo, ambos à mesa.

— Bom dia — falo assim que entro. O arquiduque rapidamente se levanta para me receber.

— Bom dia, Vossa Alteza — responde com uma mesura e não torna a se sentar até que eu me acomode.

— Está se sentindo melhor, espero? — pergunto, ajeitando-me na cadeira. Um pajem me serve café, importado diretamente do Brasil, e só o aroma já é o bastante para que eu desperte.

— Estou, Vossa Alteza, muito obrigado — diz, com um meneio de cabeça, e faz uma pausa para tomar um gole de café. — Estou ansioso pela nossa caminhada pelos jardins esta manhã. Sua mãe me garantiu que não há jardins tão bonitos em nenhum lugar de Portugal.

— Creio ter dito *da Europa*, meu caro arquiduque — mamãe o corrige, com uma risadinha que beira o infantil. Céus, ela está tão desesperada para que eu me case a ponto de se ridicularizar assim?

— Bem, temo não concordar, então. Tenho a reputação de meu próprio país a zelar. — O arquiduque sorri para ela e serve-se de um pão fresco. A situação é tão insana que sinto vontade de gritar para que eles se casem, já que se divertem tanto um com o outro.

— O sr. Brachmann não se juntará a nós esta manhã? — pergunto em um tom de curiosidade clínica. Não estou sentindo a falta dele, definitivamente não estou.

— Ah, não. Creio que meu bom amigo Klaus tenha negócios a resolver, e por ora decidiu nos privar de sua companhia — ele responde, e aceno com a cabeça, como se não fizesse questão alguma da sua resposta.

Tomamos nosso café, sem que eu deixe de remoer quais seriam esses tais negócios. Quando os pensamentos me sobrecarregam, lembro-me de que o sr. Brachmann é um homem dos mais atrevidos e insolentes, e espero que, quaisquer que sejam suas ocupações, carreguem-no para longe daqui o quanto antes. Privar-me de sua companhia é o melhor presente que ele pode me dar.

Saímos para os jardins, eu à frente, acompanhada pelo arquiduque, seguida por mamãe e lady Ana. Faz mesmo um lindo dia, e a temperatura não está nem de perto tão baixa quanto nos dias anteriores, embora ainda esteja frio. Conheço muito bem cada canto destes jardins, apresento ao meu futuro noivo as flores raras que possuímos em nossa propriedade e explico as mudanças que elas sofrem ao longo das estações.

O arquiduque prova ser um excelente ouvinte. Porém constato que esperar contribuições complexas da parte dele é o mesmo que tentar discutir política com minha querida égua Jade. Ele é claramente um homem estudado e bastante inteligente, mas percebo uma nítida falta de interesse ante os assuntos que trago para a conversa. Ele não lê, não frequenta a ópera, não é atraído pela botânica, e a única vez em que se mostra razoavelmente animado é quando me pergunta sobre o Brasil.

— Já esteve em terras brasileiras, Vossa Alteza? — quer saber, já quase ao fim da nossa caminhada.

— Nunca tive o prazer — respondo, parando próximo a uma das poucas árvores cuja folhagem não desapareceu por completo durante o outono. — Nasci em Paris e cresci em Portugal. Meu pai faleceu antes que tivéssemos a chance de voltar ao Brasil.

— É uma pena. Eu mesmo sempre quis conhecer o Novo Mundo — ele confidencia, arrancando um galho seco da árvore e girando-o entre os dedos. — As paisagens europeias são todas um pouco parecidas. Sempre tive o desejo de embarcar em viagens mais longas, conhecer a América.

Quem sabe possamos ir um dia, penso, mas não consigo pronunciar as palavras. É uma resposta automática e bem-educada, mas o tom de planejamento e futuro me parece falso quando nem sequer desejo me casar. Então sorrio e deixo o assunto morrer.

Despedimo-nos educadamente ao voltarmos para casa, e recolho-me aos meus aposentos sentindo-me exausta, se não física, intelectualmente. Quando meus pais arranjaram esse casamento, não imaginei que estaria me casando com um papel em branco. E, francamente, não sei se tenho energia para preenchê-lo.

Klaus

Passo a manhã inteira em meus aposentos, atendendo aos negócios da família que invariavelmente carrego comigo nas viagens. Embora eu não seja ainda marquês, os problemas de propriedade e dinheiro recaem sobre meus ombros,

uma vez que meu pai está senil demais para lidar com eles e minha mãe e irmãs não são de muita serventia nesse caso.

Junto-me a Maximiliano e sua futura família para o almoço, mas me surpreendo ao ver que a princesa não está lá. Quando pergunto por ela, a imperatriz-viúva limita-se a responder que a filha acordou muito cedo e está des-
cansando, mas não acredito nisso nem por um minuto. Estou certo de que ela
está, de alguma forma, me evitando em sua própria casa.

Após o almoço, Maximiliano e eu nos reunimos numa das várias salas em
desuso no palácio para um jogo de cartas. Ele parece preocupado, e eu preciso esvaziar a cabeça, então o jogo vem a calhar. Mas está fácil demais, e lá pela
sexta partida já estou ganhando sem esforço. Finalmente, recolho as cartas e
pergunto:

— Meu velho, o que está acontecendo? Esqueceu como joga?

Ele pisca para mim, como se estivesse me vendo pela primeira vez. Então,
passa a mão pelos cabelos já ralos, em uma expressão de puro descontentamento.

— Não sei como vou lidar com este casamento, Klaus — confessa com um
suspiro, inclinando-se para mim com os braços cruzados sobre a mesa.

— Por que diz isso? — pergunto, fingindo interesse nas cartas que estou
embaralhando. A verdade é que estou louco para ouvir os detalhes do tal passeio pelos jardins nesta manhã, mas achei por bem esperar que ele me contasse.

— Ela fala *demais*! — revela, a expressão confusa de alguém que não entende como aquilo é possível vindo de uma mulher. — E sobre tudo. Música,
livros, as plantas no jardim. Por Deus, Klaus, ela me perguntou sobre as polí-
ticas da Áustria! É incapaz de apreciar o silêncio.

— Ela está apenas tentando conhecê-lo — afirmo e me surpreendo ao constatar que a estou defendendo. Então assumo meu melhor tom de escárnio. —
E você sabe como são as mulheres. Falam pelos cotovelos, todas elas — completo.

— Não a condessa — ele diz, mais baixo, quase em reverência.

— Bem, você e a condessa não *conversam* exatamente, não é? — Largo as
cartas sobre a mesa e vou até ele, pondo as mãos em seus ombros pelas costas. — Ora, anime-se, meu rapaz! É só até que a morte os separe!

— Klaus, você é o pior amigo de que já tive notícia!

— E se eu fosse o melhor amigo? — digo então, uma ideia formando-se
em minha mente. Sorrio em expectativa, feliz porque Maximiliano não con-

segue me ver. — E se eu fosse um amigo tão leal que me dispusesse a entreter a megera por você?

— Como assim? — Ele se levanta, um brilho interessado nos olhos estreitos.

— Bem, você claramente não quer a companhia dela, mas é óbvio que não podemos ignorá-la completamente, não é mesmo? — Coço o queixo, as engrenagens do meu cérebro funcionando tão rápido que me deixam zonzo. — Então eu, como seu único e mais confiável amigo, disponho-me a passar algum tempo com ela em seu lugar. Você só terá que aparecer quando já estivermos levantando suspeitas. Eu faço o sacrifício de manter a princesinha entretida até lá.

— Parece-me ótimo. — Ele ajeita o bigode e franze o cenho para mim. — Mas me diga, Klaus, vai fazer isso só pela bondade do seu coração? O que há nisso para você?

— Ah, meu caro. — Dou dois tapas no ombro dele e viro-me para sair da sala. — Sempre há alguma coisa para mim!

Maria Amélia

O sr. Brachmann fica estranhamente calado durante o jantar. Embora eu note que ele me observa, vejo que o faz de maneira quase discreta, sem olhar fixamente para mim por muito tempo. Assisto à conversa entre minha mãe e o arquiduque, tecendo comentários pontuais apenas quando sou chamada a participar, e tento ao máximo não prestar atenção nos movimentos do futuro marquês.

Subo direto para o quarto e preparo-me para dormir, mas o sono não vem. Talvez os acontecimentos do dia tenham me deixado agitada, penso. Pego um livro para ler e me dou conta de que ainda tenho em mãos o exemplar de *Como gostais*, que retirei da biblioteca ontem à tarde, e não há nenhum outro título em lugar algum do meu quarto.

Sinto-me subitamente ridícula. Por que peguei este livro, para começo de conversa? Já o li e temo dizer que está longe de ser um dos melhores trabalhos de Shakespeare. Não é romântico como *Romeu e Julieta* nem divertido como *Sonho de uma noite de verão*. Recuso-me a reler ou a passar mais um minuto sequer me lembrando do sr. Brachmann recitando aquele trecho.

Peso as possibilidades. Posso ir para a cama sem ler, e com isso correr o risco de me impor uma noite insone e desagradável — ou posso ir até a biblioteca e pegar outro livro. O palácio está dormindo, e conheço a biblioteca tão bem que consigo encontrar algum dos meus títulos favoritos em poucos minutos. Qualquer coisa que afaste o horroroso sr. Brachmann de meus pensamentos.

Decidida, visto um penhoar para me cobrir, pego uma vela e abro a porta do quarto. Ando rápido, com os passos furtivos e certeiros de quem conhece cada centímetro. Chego à biblioteca em questão de minutos e abro a porta com cuidado, sabendo que ela range se movida abruptamente.

À luz do luar, a sala parece um cemitério de histórias. O brilho prateado entra pela enorme janela em frente à porta, lançando um farol ao centro da sala, que reflete no piso branco e parece se espalhar como estrelas pelas estantes. Não é a primeira vez que me arrisco em um passeio noturno para buscar um livro, mas o silêncio nunca deixa de me surpreender; é tão quieto que, se prestar atenção, quase posso ouvir as histórias sendo sussurradas por seus narradores invisíveis, ver os personagens saltando das páginas, as emoções agitando-se nas prateleiras.

Deixo a porta aberta e vago pelas estantes que ajudei a organizar. Preciso guardar *Como gostais*, mas lembro-me de que seu lugar na estante é alto demais para que eu o alcance sozinha. Mas está tudo certo; há uma escada por aqui para este tipo de emergência. Alguns passos para a frente e a encontro. Tenho que deixar a vela no chão para arrastá-la até onde quero sem fazer barulho.

Tão logo começo a subir os degraus, percebo que será mais difícil do que esperava. Decido que a melhor estratégia é segurar a barra da camisola com uma das mãos, apoiar o livro sob o braço e usar a mão livre para me agarrar à escada. Subo o primeiro degrau de maneira insegura, e então outro. Dois bastam, e logo alcanço a prateleira desejada e deslizo o livro no seu lugar de direito.

— Ora, ora, princesa! Dando um passeio noturno?

O susto é imediato e tão intenso que solto um grito, e minha primeira reação é cobrir a boca para contê-lo. Péssima ideia, aliás, já que perco o equilíbrio e meu corpo vacila para trás. Antes que dê por mim, estou caindo da escada. Fecho os olhos, antecipando o baque.

Mas minha queda é amortecida pelos braços do sr. Brachmann.

Ele me ampara no último segundo, um braço passando por baixo das minhas pernas e o outro pela minha cintura. A recepção, contudo, não é nada graciosa, e ele se desequilibra sob o meu peso, caindo de joelhos no chão...

Comigo ainda em seus braços.

Estou tão surpresa e assustada com a situação que demoro para me dar conta da falta de decoro em que me encontro. Nunca antes o sr. Brachmann esteve tão perto. Seu braço enlaça minha cintura com força e sinto uma mão sua espalmada, quente sobre o fino tecido da camisola, enquanto a outra repousa sobre uma de minhas pernas. Com o susto, apoiei a mão em seu pescoço e agora consigo sentir os finos fios de cabelo de sua nuca, tão macios que parecem me convidar a passar os dedos por eles.

E seu rosto está perto, tão perto. Ele parece pálido à meia-luz da biblioteca, mas não doentio — uma palidez cálida, como a da lua. Vejo a sutil barba por fazer e me pergunto como seria senti-la em minha pele. Seus olhos escuros têm luz própria, duas lanternas olhando para mim. Eles esquadrinham meu rosto, então descem para o meu corpo.

— Vossa Alteza está machucada? — pergunta, olhando-me de cima a baixo.

— N-Não — gaguejo, respirando fundo. Por Deus, Maria, onde está sua decência? — O... o senhor pode me soltar agora?

— Posso — ele murmura, a voz quase inaudível. A mão que segurava minha perna se solta e meus pés tocam o chão. Ele então leva os dedos ao meu cabelo e empurra uma mecha para trás, demorando-se e traçando uma linha que percorre minha orelha e desce pelo pescoço, deixando minha pele quente e formigando. — Mas será que irei?

É o bastante para que eu desperte. Empurro sua mão para longe e tento me levantar, de maneira estabanada e muito pouco principesca. Quero me afastar, mas acabo batendo as costas na prateleira, causando muito mais barulho do que desejava. Por um instante, nenhum de nós respira, esperando para ver se alguém aparecerá e nos pegará no flagra.

No flagra? Céus, nada aconteceu! Por que estou me preocupando? Não há nada para ver aqui!

— O que a princesa faz na biblioteca a esta hora da noite? — ele me pergunta, com aquele seu sorriso típico estampado no rosto.

— O que mais se faz em uma biblioteca? — respondo, indicando as prateleiras com uma mão enquanto a outra aperta meu penhoar em volta do corpo. — O que o senhor está fazendo aqui?

— Pensei ter ouvido um barulho e vim investigar. Não poderia arriscar a vida de Vossa Alteza, não é mesmo? — Ele cruza os braços atrás de si, como se fosse o mais honesto dos cavalheiros. — Se soubesse que a princesa tem por hábito passear pelo palácio à noite, não teria incomodado.

— Só vim devolver um livro — replico, azeda. Vou até onde deixei minha vela e a pego, a vontade de ler se esvaindo enquanto atravesso a biblioteca em direção à porta. — Tenha uma boa noite, sr. Brachmann.

— Não. Princesa. — Ele segura meu pulso e, mais uma vez, o mundo para. Sua mão é firme e quente, e, embora ele não esteja me segurando com força, sinto minha mão ficar dormente. — Fique! Pegue outro livro. Não vou mais incomodá-la.

Então ele me solta, cedo demais, e faz uma mesura leve.

— Tenha bons sonhos — diz e desaparece pela porta, deixando-me como a tola que sou, tal qual uma estátua no cemitério de livros que não tenho mais tanto interesse em ler.

Klaus

Durmo bem naquela noite, como há muito não acontecia, e acordo na manhã seguinte pronto para enfrentar o mundo. Dou à princesa, contudo, tempo o bastante para se recuperar e faço o desjejum em meu próprio quarto. Demoro-me mais que o necessário e só me permito descer quando a manhã já vai alta.

Não levo muito tempo para encontrá-la. Como o clima é agradável, ela está nos jardins, acompanhada de lady Ana, pintando. Paro um instante para observá-la em segredo, deleitando-me na visão de seus quadris e na curva de seu pescoço, exposto sob os cabelos presos. De alguma forma, elas sentem minha aproximação e viram-se para ver quem está chegando. Lady Ana sorri, tentando chamar minha atenção, mas mal reparo nela.

— Demorou a se levantar hoje, sr. Brachmann — constata a princesa, em tom seco, e volta-se para a tela.

— Vossa Alteza sentiu minha falta? — brinco, parando a poucos centímetros dela e espiando a pintura sobre seu ombro. Ela está desenhando uma árvore seca, esboçando o tronco com precisão e detalhes impressionantes. — A princesa desenha muito bem.

— Me chame de srta. Amélia, por favor — ela pede, girando para me encarar. Ao perceber quão próximo estou, volta-se aturdida para a pintura. — Não gosto que me chamem de princesa ou Alteza. É cansativo.

— Pois bem, *srta. Amélia* — pronuncio cada sílaba, como se degustasse um doce particularmente saboroso, e vejo sua mão tremer enquanto segura o grafite. — A senhorita desenha muito bem.

— Muito obrigada.

Ela não diz mais nada, e afasto-me, permitindo que trabalhe. Lady Ana finge então estar muito interessada no jardim e aparta-se alguns passos, olhando constantemente por sobre o ombro para nós dois.

— Encontrou algum outro livro para ler ontem à noite? — pergunto distraidamente, passando a mão nas folhagens ressecadas pelo frio.

— Encontrei — ela diz, sem olhar para mim. — *Orgulho e preconceito*. É uma aquisição nova, trazida por uma amiga de mamãe diretamente da Inglaterra. Quem escreveu foi...

— Jane Austen — completo por ela, e isso sim faz com que a princesa se vire e me encare no mais completo choque. Cruzo as mãos atrás do corpo e sorrio. — Inglesa, não é mesmo? Ouvi falar dela.

— Ouviu? — repete, boquiaberta. Prontamente cai em si, balança a cabeça e volta-se para o desenho.

— Ouvi. Mas não posso dizer que tive o prazer de conhecer sua obra. Minha irmã mais nova adorou seus romances.

— Não sabia que o senhor tinha irmãs.

— Duas. — Meu sorriso agora é menos de deboche e mais de carinho, e não percebo que ela está me observando até que seja tarde demais para escondê-lo. — Alice, que já está casada, e Berta. Ela passou uma temporada em Londres com meus tios e está absolutamente fascinada pela cultura inglesa, especialmente depois dos tais romances da srta. Austen.

— Entendo. — E, pela primeira vez desde que cheguei, a vejo sorrir. Não um sorriso ensaiado, ou de escárnio, ou de ironia, mas cúmplice e honesto. Ele ilumina seu rosto e brilha mais que o sol. — E o que mais o senhor gosta de ler, sr. Brachmann?

— Um pouco de tudo. Histórias, de modo geral, me fascinam — admito e deleito-me com a aprovação que vejo em seus olhos —, embora, deva dizer, sonetos shakespearianos não sejam meu forte. Mas não tenho objeções a um bom romance.

— Não é qualquer homem que tem coragem para admitir algo do tipo.

— Mas eu não sou qualquer homem, sou, srta. Amélia?

Ela não responde, e lady Ana retorna distraidamente para junto de nós. Fico algum tempo nos jardins observando-a desenhar, mas não há necessidade de dizer mais nada. A batalha por hoje já está ganha.

35

7

Maria Amélia

Os dias seguintes passam em um borrão. Não torno a caminhar pelos corredores do palácio à noite, mas às vezes tenho a ligeira impressão de avistar uma luz sob o vão da porta e pergunto-me se seria o sr. Brachmann dando um passeio. Nessas poucas ocasiões, meu corpo contrai-se em expectativa e sinto o impulso de pular da cama e segui-lo, mas sempre me controlo. Sou, afinal de contas, uma mulher comprometida.

Não que meu noivo pareça se atentar muito a isso. Com o passar dos dias, noto um claro distanciamento da parte dele, ainda maior do que havia reparado de imediato. Ele não evita minha companhia, não exatamente, mas passa a se recolher mais cedo, a não fazer refeições conosco e a dar desculpas cada vez mais evasivas sobre sua ausência. Não reclamo, mas posso ver na expressão firmemente controlada de mamãe seu desagrado. Especulo se será assim também depois que nos casarmos. Por algum motivo, a perspectiva conforta-me.

Contudo, desagrado nenhum basta para que o compromisso entre nós seja desfeito. Com a aproximação do casamento, os preparativos são o assunto constante das conversas entre as mulheres da casa. Quase tudo já foi planejado sem mim — quem convidar, que flores usar, que comida servir —, mas há ainda um detalhe que parece pedir minha opinião: o vestido.

Em uma dessas manhãs, sou surpreendida pela visita da modista. Estou na sala de desenho, finalizando uma aquarela, quando nosso mordomo, o sr. Pereira, adentra.

— Perdão, Vossa Alteza — diz, ao me interromper. — A imperatriz-viúva a aguarda em seus aposentos.

— Em meus aposentos? — repito, baixando o pincel. — Para quê?

— A modista. Creio que tenha vindo tirar suas medidas.

Um nó se forma em minha garganta, e levanto-me lentamente. O sr. Pereira faz uma mesura e retira-se, deixando a porta aberta. Hesito, mas acabo por sair e seguir até meu quarto.

Há uma pequena comitiva ali. Mamãe está sentada em uma das poltronas, e duas criadas ajeitam uma banqueta e um espelho em frente a ela. Na poltrona ao lado, senta uma mulher desconhecida, de cabelos loiros quase totalmente grisalhos e trajando um vestido cinza de corte reto. Vejo lady Ana e lady Lúcia em um canto, cochichando sobre alguns desenhos.

— Ah, aí está você! — Mamãe levanta-se ao me ver, e a outra senhora a acompanha. — Maria, esta é madame Dousseau. Veio diretamente de Paris para cuidar do seu vestido.

— *Comment allez-vous?* — pergunto educadamente.

— *Très bien* — responde, sem sorrir. Então, sem a menor cerimônia, põe as mãos em meus ombros e empurra-me até a banqueta, onde subo.

Madame Dousseau pede que eu tire o vestido, ao que as criadas vêm em meu auxílio. Sinto-me exposta e com frio sem usar nada além do espartilho e das anáguas, e meu primeiro instinto é abraçar meu corpo.

— *Mettez vos bras vers le bas!* — ela ralha comigo, num tom de voz irritadiço que mesmo mamãe jamais usou. Fico tão chocada que não retruco, apenas obedeço e abaixo os braços, mantendo-os junto à lateral do corpo.

Madame Dousseau examina-me como se eu fosse um cavalo que está interessada em comprar, resmungando comentários baixinhos para si mesma. Então, puxa uma fita métrica e começa a tomar as medidas.

Encaro o espelho enquanto ela trabalha. Já fui à modista incontáveis vezes na vida e tive minhas medidas tiradas por várias delas. Geralmente, ter um novo vestido ou um novo chapéu é algo capaz de me animar até nos piores dias. Mas eu daria todas as roupas que tenho, todos os meus pertences, para não ter que escolher *este* vestido.

Quando já tem o que precisa, madame Dousseau permite que eu me vista e desça da banqueta. Tomo a última poltrona vaga, e mamãe passa-me uma pilha de desenhos com diferentes modelos de vestido.

— O branco está muito em voga agora, por causa da rainha Vitória — madame Dousseau comenta, falando rapidamente em francês. — Assim como o véu cobrindo a cabeça...

Eu mal a ouço enquanto tagarela. Estou absorta nos papéis, sem conseguir, contudo, enxergá-los propriamente, incapaz de respirar sem falsear. Há uma espécie de zumbido em meus ouvidos, um silvo alto e agudo que se sobrepõe aos outros sons. É o eco abafado dos gritos que não posso deixar sair.

Lembro-me de quando era criança e vestia minhas bonecas para casarem entre si. Criava grandes histórias de amor e preparava cerimônias enormes, com todos os meus brinquedos reunidos. Naquela época, sonhava com meu próprio casamento. Sonhava com minha própria história de amor.

Agora, seguro firme os papéis, tão firme que os nós dos dedos ficam brancos. Tento, em vão, imaginar-me usando qualquer um destes modelos, mas não consigo. Não consigo me imaginar no altar, vestida na cor que seja, dizendo "sim" para o sr. Habsburgo. Não consigo imaginar uma vida ao lado dele. Não consigo…

— E então, Maria? — mamãe pergunta, despertando-me do transe. — Há algum de que gosta?

— Eu… — Calo-me, temendo dizer mais do que devo. Se começar a falar, estou certa de que cairei em lágrimas. Entrego-lhe os desenhos e respiro fundo, tentando recobrar o controle. — São todos muito bonitos.

— Está emocionada, não é? — Madame Dousseau abre o primeiro sorriso desde que chegou, uma linha fina e mínima que mal dá cor ao seu rosto. — É comum que a noiva se emocione ao escolher o vestido. Não precisa ter vergonha.

Forço um sorriso e baixo a cabeça, deixando que, mais uma vez, mamãe escolha por mim.

Klaus

Proponho-me o desafio de explorar cada um dos cantos do Palácio das Janelas Verdes nos dias que se passam. Perambulo pelos corredores, ora de dia, ora no meio da noite, e observo atentamente retratos da família Bragança que enfeitam os corredores, tapeçarias antigas e obras de arte. Em pouco tempo, estou familiarizado com boa parte dos ambientes.

Numa das manhãs, contudo, ouço o piano. Alguém toca com muita destreza e paixão, e acabo atraído pelo som. Sigo-o a passos largos, cadenciados pelo ritmo, até estancar à entrada da sala de música. Incapaz de conter a curiosidade, abro a porta devagar e entro.

Encontro a srta. Amélia ao piano, compenetrada. Ela nem sequer nota minha presença e segue tocando, seu corpo balançando levemente. Sua música — Bach, acredito eu — transmite mais que paixão; evoca raiva. Ela pressiona cada tecla com muito mais força que o necessário, como se tentasse extravasar um sentimento muito intenso.

Observo-a tocar, fascinado. Em que estará pensando? O que poderá ter acontecido para despertar tal fúria, para que sua única saída fosse a música? E, então, dou-me conta de que estou invadindo um espaço muito pessoal. A princesa veio até aqui para ficar sozinha, e não tenho o direito de espioná-la. Viro-me para sair e a música cessa abruptamente.

— O que o senhor está fazendo aqui? — pergunta em tom furioso, antes que eu tenha chance de escapar.

Volto a encará-la. A srta. Amélia está virada para mim, o rosto lívido e tensionado em uma careta de raiva que não combina nada com ela. A face está úmida, e os olhos, levemente inchados.

— Ouvi a senhorita tocando e... — começo, mas percebo que não há nada que eu possa dizer que não pareça invasivo. Por fim, suspiro. — Vou deixá-la em paz. Com licença.

Faço uma mesura sem olhar para ela e saio, mas a ouço chamar:

— Sr. Brachmann.

A expressão da princesa está mais branda agora, embora ainda longe de parecer calma.

— Fique — diz, a voz parecendo cansada. — Toque um dueto comigo. Uma distração seria bem-vinda.

Sorrio. Tomo o cuidado de deixar a porta da sala aberta e me aproximo. Mirando as teclas do piano, ela abre espaço para que eu me sente. Seleciona uma partitura de dueto e sem delongas se põe a tocar.

É muito diferente da primeira ocasião em que tocamos juntos. O fogo que havia nela naquela vez — a altivez, o sorriso, até um toque de atrevimento — se foi. A princesa hoje é uma sombra daquela de antes. Apática, exausta. E novamente me pego desejando ler seus pensamentos enquanto tocamos.

Penso em várias coisas para dizer, mas nada me parece adequado. Não há clima para flerte nem intimidade suficiente para que eu lhe pergunte o que houve. Decido, por fim, que, se a princesa precisa de distração, então distração ela terá.

— Nunca tive aulas de piano, sabia? — comento subitamente, fazendo-a trocar algumas notas. — Meus pais não viam necessidade. Alice e Berta tiveram tutores, mas eu não.

— Como aprendeu a tocar, então? — pergunta, confusa; se pela conversa repentina ou pela história que conto, não sei dizer.

— Sozinho — digo, espiando-a de soslaio. A princesa franze o cenho, focada nas teclas. — Bem, quase sozinho. Berta, minha irmã caçula, toca muitíssimo bem. Eu aprendi o básico sozinho, mas foi ela quem me ajudou a aperfeiçoar.

Segue-se silêncio. Terminamos o primeiro dueto e espero que procure por outro. A srta. Amélia aparenta mais calma agora. Levanta-se e vai até a janela, observando os jardins com olhar perdido.

— Quantos anos têm suas irmãs? — pergunta, sem se virar.

— Berta tem dezessete recém-completos, e Alice, vinte e um — respondo, cruzando as mãos sobre o colo enquanto a sondo.

— Alice é a casada, certo? — questiona, finalmente olhando para mim. Ela não parece me ver, contudo; é como se tentasse, através de mim, enxergar minha irmã. — Casou-se cedo...

Assinto, enfim compreendendo de que isso tudo se trata. O casamento — *seu* casamento com Maximiliano. Esse tempo todo, eu soube das hesitações e insatisfações de meu amigo com relação ao compromisso, mas não considerei como sua noiva poderia estar se sentindo. Presumi que, como todas as moças, estivesse ansiosa para ver-se casada, ainda mais com um homem de tão boa posição social. Aparentemente, estava enganado.

— O casamento de meus pais foi arranjado — digo com cuidado, enquanto meus dedos brincam com as teclas, formando uma melodia pausada e melancólica. — Meu pai já era marquês e precisava de dinheiro para saldar algumas dívidas deixadas pelo meu avô. Minha mãe tinha um bom dote e estava passando da idade de se casar. Eles mal se conheciam quando subiram ao altar.

A princesa não diz nada. Posso vê-la encarando os jardins pela janela, absorta em pensamentos. Não sei se está prestando atenção a uma palavra do que digo, mas prossigo mesmo assim.

— Não posso atestar o que pensam, mas posso falar do que vejo e ouço em casa — continuo. — Não são o que você chamaria de casal apaixonado, mas são amigos. Companheiros. Conhecem-se tão profundamente quanto é possível conhecer outra pessoa e compartilham um lar e uma família há quase trinta anos. O amor assume diferentes formas para cada um, srta. Amélia, e pode despontar mesmo que não exista paixão.

Calo-me, sem saber ao certo de onde vieram tais palavras. São todas sinceras, mas quase não parecem minhas. Penso em todas as vezes em que zombei de Maximiliano por conta dessa união e em minhas próprias inclinações quanto ao casamento. Sempre me considerei cínico em relação ao amor. Mas a princesa não deveria ser. Ela merece um casamento completo e todos os seus sonhos românticos realizados. Ainda que seja com Max.

Então, ela parece despertar do torpor; respira fundo e vai sentar-se em um dos sofás.

— Conte-me mais sobre sua família, sr. Brachmann... — pede.

Sem pestanejar, eu lhe obedeço. Falo das manias de Alice e da impulsividade de Berta, das histórias de nossa infância, perdidas em algum lugar da memória. Conto-lhe sobre meus pais e como eles enlouquecem um ao outro às vezes — e a mim, quase sempre. E então falo sobre a Áustria e meus lugares preferidos em Viena e, quando dou por mim, já revelei mais à princesa em uma tarde do que a qualquer outra pessoa em mais de vinte anos.

Estranhamente, isso não me incomoda. Para vê-la sorrir de novo, percebo, contaria meus maiores segredos. Felizmente, por ora, os menores bastam.

8

Maria Amélia

Desperto cedo no domingo para irmos à missa. Coloco meu vestido dominical e encontro todos à minha espera quando desço. Mamãe e o arquiduque estão entretidos em alguma conversa certamente tediosa, mas o sr. Brachmann encara distraidamente uma escultura próximo à entrada. Ele é o primeiro a notar minha chegada, e, quando me olha, sinto-me exposta, mesmo ciente de que cada centímetro de minha pele está coberto. Um calor percorre-me o ventre e sobe até o rosto, e arrumo meu xale para me certificar de que não há nada para ver. Ainda assim, há faíscas em seus olhos ao me cumprimentar.

— Bom dia, Vossa Alteza — diz e, sem aviso, abaixa-se e beija minha mão.

Sinto seus lábios na pele, apesar da luva. Seu hálito reverbera e queima minhas veias, um fogo diferente de qualquer coisa que já senti. Ele me cega e me tira o ar e, quando solta minha mão, levo um instante para me recuperar por completo.

— Bom dia — murmuro. O arquiduque e minha mãe me cumprimentam, e tenho uma vaga noção de escutá-los e retribuir. Concentro-me no sorriso malicioso que o sr. Brachmann me dá antes de afastar-se de mim.

Andamos até a igreja, nos limites da nossa propriedade, que atende não somente os que vivem no palácio como alguns moradores do vilarejo do entorno. Muitas pessoas nos cumprimentam, e retribuímos com acenos graciosos antes de nos sentarmos, mamãe e eu no primeiro banco, o arquiduque e o sr. Brachmann atrás de nós. Mais de uma vez, sinto um impulso de olhar para trás, para *ele*, e preciso repetir para mim mesma que estou sendo ridícula. Não deveria dar tanta atenção a um homem tão descarado quanto ele.

A missa parece durar o dobro do tempo habitual. Mantenho a postura altiva, porém parcamente concentrada, uma vez que meu corpo está ciente de cada ruído no banco de trás. Quando chega a hora da comunhão, pergunto-me se estou apta a comungar — não me confesso desde antes da chegada do arquiduque, e Deus sabe o tipo de pensamento que anda cruzando minha mente.

Mamãe levanta-se, recebe a comunhão diretamente do padre e franze o cenho para mim quando não faço o mesmo. Ouço um movimento no banco de trás e vejo que o arquiduque se pôs de pé, entrando na fila para comungar — mas nem sinal do sr. Brachmann. Logo descubro por quê.

— Está em pecado, princesa? — sua voz sussurra em meu ouvido. É um disparate, provocar-me em plena missa, onde qualquer um, incluindo meu noivo, pode ver. Sua respiração quente em meu ouvido provoca-me arrepios da cabeça aos pés e não consigo reagir. — O que anda fazendo? Ou será que seus pecados estão em pensamento, como os meus?

O arquiduque volta e o sr. Brachmann afasta-se. Meu coração pulsa disparado, os batimentos tão fortes que posso senti-lo na garganta. Engulo em seco, desejando que essa sensação — que *todas* essas sensações — parem de me atormentar cada vez que ele se aproxima. *Ele não é seu noivo, Amélia*, repito para mim mesma.

Por apenas um segundo, pego-me desejando que fosse.

Klaus

Demoramo-nos do lado de fora enquanto Sua Majestade conversa com o padre e o apresenta a Maximiliano. Quando enfim estamos prontos para fazer o caminho de volta, apresso-me a oferecer o braço à princesa. Meu amigo pisca para mim em agradecimento e toma o braço da futura sogra.

A srta. Amélia não parece nem um pouco contente em me tomar como acompanhante. Sua postura é rígida e seus lábios formam uma linha fina que não consigo definir se é de desgosto ou receio de estar comigo. Maximiliano e a imperatriz seguem à nossa frente, e, embora a princesa tente me forçar a apressar o passo para acompanhá-los de perto, eu retardo nosso ritmo, abrindo uma distância considerável entre nós.

— Está com pressa, srta. Amélia? Tem algum assunto urgente a aguardando no palácio? — pergunto, em tom zombeteiro, ao que ela me retribui com um olhar azedo.

— Se tivesse, dificilmente o discutiria com *você*, não é mesmo? — diz, soltando o ar em um suspiro pesado antes de se conformar a andar mais lentamente.

— Vamos lá! Caminhe devagar. Aprecie a paisagem. Converse comigo — sugiro calmamente, como se ela não tivesse me respondido. — Maximiliano me disse que a senhorita tem muito apreço pela fauna e pela flora locais.

— Disse, é? — Franze o nariz, sem querer dar o braço a torcer. Mas não estou pronto para desistir. Avisto algumas aves empoleiradas sobre o galho de uma árvore e aponto.

— Veja aqueles pássaros. Sabe de que espécie são?

— Verdilhões — responde com impaciência. — O senhor por acaso pretende testar meus conhecimentos por todo o caminho até o palácio, sr. Brachmann?

— *Verdilhons* — repito, em uma imitação fajuta da palavra. Alguns sons do português, devo admitir, são complicados demais de reproduzir. Mas surte o efeito desejado, e a sombra de um sorriso brinca em seu rosto, por mais que a princesa se apresse em contê-lo. — E não, não pretendo testá-la. Mas gosto de conversar com a senhorita. Não vejo por que deixar a oportunidade passar.

Eu a observo corar, mas ela não diz mais nada por alguns instantes. Então, suspira e fala:

— Conte-me sobre a sua vida na Áustria.

— O que quer saber? — Olho para ela de soslaio. Ela encara o horizonte, um desinteresse calculado tomando suas feições.

— O que faz quando não está acompanhando o arquiduque em suas viagens?

— Eu ajudo meu pai com questões da propriedade. Cuido dos interesses da minha irmã caçula. Caço. — Vejo que ela não parece impressionada, então resolvo provocá-la. — Frequento lugares que chocariam a senhorita...

— Há muito pouco que o senhor possa revelar que me escandalize, sr. Brachmann — ela fala, parecendo subitamente muito adulta e vivida. Contudo, duvido seriamente do que diz; bastaria descobrir o que penso a cada vez que a vejo, e a princesa não dormiria por uma semana. — Sei que homens como o senhor frequentam toda sorte de locais inadequados e envolvem-se com meretrizes.

— E suponho que a senhorita desaprove? — Abro um sorriso que mescla o deboche e o galanteio. Ela estreita os olhos para mim.

— Qual parte? Sua escolha de diversão, ou o destino das pobres mulheres que se obrigam a entretê-lo? — dispara, em um tom feroz que só faz me divertir.

— A senhorita ficaria surpresa se soubesse quantas mulheres vêm até mim por escolha própria — digo, e o choque mais uma vez ruboriza suas faces já bastante rosadas.

— O senhor claramente tem uma visão muito positiva a seu próprio respeito — retruca, cada vez mais ácida. Seu corpo, no entanto, a trai, e sinto seu braço enlaçando o meu com mais força.

— Creio que eu tenha uma dose saudável de amor-próprio. — Dou de ombros e presumo que o gesto a irrite ainda mais. Chegamos à entrada do palácio e ela me solta, virando-se para mim para lançar sua cartada final.

— Pois talvez, se parasse de olhar para o próprio umbigo e ouvisse a si mesmo por um instante, pudesse se beneficiar de um pouco mais de autoconhecimento. Onde o senhor vê amor-próprio, eu vejo soberba. — Ela respira rápido, a irritação avolumando-se como ondas na maré alta. — E talvez, sr. Brachmann, o fato de tantas mulheres o procurarem revele somente que nenhuma delas consegue se obrigar a ficar por muito tempo.

Ela parece ter algo mais a dizer, mas fecha a boca, correndo escada acima logo em seguida. Eu fico parado mais um instante, sem conseguir entender por que, entre todas as coisas horríveis que mulheres já me disseram nesta vida, as palavras dessa dama em específico parecem doer em mim como um tapa.

Maria Amélia

— O descabimento! Como ele se *atreve*? — vocifero, andando em círculos pela sala de desenho. Lady Ana está em um dos sofás, bordando tranquilamente, mas de olho em mim.

— Se Vossa Alteza me confidenciar o que está havendo, talvez eu possa ajudar — ela diz em tom displicente. E, por um instante, quase caio.

Mas então me lembro de que, embora seja minha amiga, lady Ana também é amiga de mamãe. E não preciso testar sua lealdade para saber que lado ela favoreceria. Não posso contar a ela e arriscar que mamãe saiba.

— Não é nada, Ana — digo em tom duro. Então me obrigo a parar e respirar, sentando-me novamente, pegando o exemplar de *Orgulho e preconceito* nas mãos. De súbito, tenho uma ideia. — É só... este livro.

— O livro? — Ana repete, franzindo o cenho de maneira desconfiada.

— Sim. Estou furiosa com... com os personagens do livro — digo. Parece absurdo até mesmo para os meus padrões, mas sei que, se oferecer a Ana uma história fictícia, ela não terá motivos para reportá-la a mamãe. Pigarreio e continuo: — A protagonista, ela... detesta um determinado homem. Um homem horrível, inescrupuloso, que a atormenta com as coisas que faz.

— Que tipo de coisas? — Ela abaixa o bordado, mais interessada agora. Respiro fundo, escolhendo as palavras com cuidado.

— Ele tenta se aproximar dela, dando a entender que... — gaguejo e solto um suspiro de frustração. — Ele não diz propriamente, mas provoca e age como se esperasse mais da protagonista.

— Não estou entendendo, Alteza.

— Ele aparenta estar interessado nela — disparo, e minhas palavras me chocam. Eu não havia me permitido organizar tão bem minhas impressões, mas agora compreendo que é exatamente isso que enxergo no modo como o sr. Brachmann me trata. Não consigo deixar de pensar como é possível que ele pareça ser duas pessoas tão diferentes ao mesmo tempo. Ainda ontem, quando conversamos na sala de música, ele parecia um cavalheiro. — Só por alguns momentos. E então ele volta a agir como um... um...

Não consigo encontrar as palavras para descrever. Sempre que pareço estar perto de descobrir que tipo de homem é o sr. Brachmann, ele se transforma. Felizmente para mim, minha amiga compreende-me perfeitamente.

— Ah, sim. Eu entendo. — Lady Ana solta um risinho e apruma-se no sofá. — Bem... e a protagonista?

— O que tem ela?

— Está interessada nesse tal homem desprezível? — Tão logo ela questiona, abro a boca para responder, mas não emito som algum. Há uma verdade inegável no que ela diz, e eu fico sem ar. — Há uma linha muito tênue entre o ódio e o amor, srta. Amélia. Talvez ela o deteste tanto porque, no fundo, o deseja.

— E quanto a ele? — pergunto, minha voz quase um murmúrio, enquanto encaro o livro em minhas mãos. — O que ele sente? Por que ele não se *decide*?

— Ah, os homens não são muito bons em decidir nada, Vossa Alteza. É para isso que se casam, para que nós possamos decidir as coisas por eles. — Ela sorri e volta ao bordado. — Mas, talvez, provocá-la seja o único modo que ele encontrou de expressar seus sentimentos. Talvez ele nem sequer saiba *quais* sentimentos são esses. — Ela me lança um olhar furtivo sobre o bordado. — Creio que a senhorita terá de ler o livro até o fim para descobrir.

— Creio que sim. — Engulo em seco e abro o volume na página marcada. Contudo, não há nada que Elizabeth ou o sr. Darcy possam fazer hoje para prender minha atenção.

Klaus

— Você acha que sou muito orgulhoso, Maximiliano? — pergunto, girando distraidamente uma maçã em uma das mãos. Estamos em uma das muitas saletas do palácio, ele lendo a carta que recebeu ao chegarmos da missa, e eu absorto em pensamentos.

— O quê? — Meu amigo, sentado numa poltrona próximo à janela, ergue os olhos da carta por um segundo, uma expressão confusa no rosto.

— Meu bom Maximiliano, onde está com a cabeça? — digo, recolocando a maçã em uma fruteira na mesa ao lado do sofá em que estou sentado. Ainda não descobri o propósito desta sala, mas há uma pequena pirâmide de maçãs por algum motivo. Talvez seja destinada a um inocente lanche entre refeições.

— Ah, Klaus... — Ele abaixa a carta e coça a cabeça, de um jeito muito parecido com o que seu falecido pai costumava fazer quando algo o preocupava. — É Annelise.

— O que a nossa querida condessa nos conta de novo? — Cruzo a perna e aguardo mais um relato sofrido de como a separação a está magoando terrivelmente.

— Ela diz que a nossa separação a está magoando terrivelmente! — ele responde, a dor clara em sua voz, bem como em sua expressão. — Ah, Klaus, minha Annelise está sofrendo! E... — Ele faz uma pausa e suspira.

— Não me deixe curioso, homem! — incentivo, embora eu duvide de que haja qualquer coisa remotamente interessante que ele possa me contar.

— Ela disse que está a caminho de Paris, para visitar a irmã — ele relata, referindo-se à irmã da condessa que se casou recentemente com um arquiduque francês. — E ela... bem, ela me convidou para acompanhá-la.

Eu estava errado, afinal. Havia algo que me interessa naquela carta. E muito.

— Mas é claro que não devo. Não poderia, de todo modo, ausentar-me dessa forma... — Ele apoia a cabeça em uma das mãos, suspirando como um garotinho. — O que eu alegaria à Sua Alteza...?

— Negócios urgentes — sugiro, inclinando-me em direção a ele, subitamente animado. — Sabe como são as mulheres, nunca questionam quando dizemos que são negócios.

— Mas... a apenas dois meses do casamento... — ele gagueja, e eu me levanto, indo até ele e dando dois tapinhas amigáveis em seu ombro.

— Meu bom homem, não estou dizendo para fugir com a condessa! — Rio descontraidamente, mas minha cabeça já começou a fazer as contas. — Vá, divirta-se com ela por alguns dias e volte. Levará três semanas, no máximo. — Abaixo-me diante dele, apoiando-me em sua poltrona. — Enquanto isso, eu fico aqui e distraio a princesa e Sua Majestade Imperial.

— Você faria isso? — O olhar de felicidade é rapidamente substituído por um de desconfiança. — Klaus, Klaus. Você não faz o tipo altruísta. Aonde está tentando chegar?

— Se eu dissesse, você me condenaria?

Ele me encara por um minuto, e me pergunto se, naquela breve semana, os sentimentos de Maximiliano com relação à srta. Amélia mudaram. Será que, ao conhecê-la melhor, ele decidiu que não seria um inconveniente tão grande se casar com ela, afinal? Será que parte dele se interessou por ela, ainda que não reconheça? Eu jamais faria qualquer coisa que pudesse feri-lo. Se Maximiliano disser que devo me afastar, então o farei.

Esse pensamento, no entanto, me entristece. Eu não cruzaria o caminho de meu melhor amigo, eu sei, mas *não quero* ter que escolher. Por mais absurdo que seja, e por menos que eu queira admitir, percebo que o flerte inocente tomou proporções maiores do que eu previa. Penso na princesa com desejo, sim, mas também com anseio de saber sua opinião a meu respeito — de mudá-la para melhor. Porque, como nunca antes, eu agora *me importo*.

— Não, Klaus. Eu não o condenaria — Maximiliano diz, e solto o ar em um longo suspiro aliviado. — Como poderia, estando eu na situação em que me encontro? Não posso julgá-lo, meu amigo. Nem ousaria.

Levanto-me, o coração batendo forte, impulsionado pela alegria inesperada.

— Muito bem, então, meu caro. Temos uma viagem para organizar. — Ele se levanta e acena. — Escreva de volta à condessa! Diga a ela para aguardar sua visita ao final da semana!

Meu amigo sorri e encaminha-se para a porta. Está quase saindo quando eu o chamo de volta.

— Max.

— Sim?

— Você a ama? — pergunto, sem saber bem por quê. Simplesmente me ocorreu que, durante os meses em que ele e a condessa vinham se encontrando, essa suposição jamais me passou pela cabeça.

— Sim, eu a amo — ele responde, com um sorriso encabulado.

— E quando você soube? — O questionamento faz com que me sinta tolo, quase infantil, mas Maximiliano não parece se importar. Ele dá de ombros e afirma:

— Quando parei de tentar provar que não a amava.

Trocamos um longo olhar silencioso, e então ele se vai, deixando-me a sós com as maçãs e meus pensamentos.

16

Maria Amélia

Sou acordada cedo na manhã seguinte por mamãe e uma criada. Mamãe é a energia em pessoa e já entra no quarto abrindo as cortinas e falando pelos cotovelos.

— Levante-se, Maria! Levante-se! Faz um lindo dia lá fora, perfeito para um piquenique! — Ela bate palmas e trata de enxotar-me da cama.

— O quê? — balbucio, cobrindo os olhos para proteger-me da claridade súbita.

— O sr. Habsburgo a convidou para um passeio — explica impacientemente. — Apresse-se, Maria! Ande!

Levanto-me e, mais uma vez, sou embonecada e ajeitada antes de ter permissão de pôr os pés para fora do quarto. O tempo inteiro, mamãe dispara instruções aos meus ouvidos sobre o que dizer, como me comportar e todas as formas com que posso deixar o arquiduque feliz.

Uma criada aparece com uma cesta cheia de comida logo que desço as escadas. Encontro o sr. Habsburgo à minha espera na entrada, acompanhado de lady Cora, que hoje deverá ser nossa acompanhante. Cumprimentamo-nos brevemente e então seguimos de carruagem até um parque próximo.

Faz um dia bonito, ainda que frio. O céu está aberto e claro, mas o sol de nada serve para nos manter aquecidos. O arquiduque gentilmente se oferece para carregar a cesta enquanto andamos em silêncio, eu de braços dados com ele à frente, e lady Cora seguindo-nos logo atrás. Não consigo deixar de pensar que, com sua aparência infantil e estatura pequena, lady Cora parece mais minha filha que minha acompanhante. *Nossa* filha, deveria dizer, minha e do sr. Habsburgo. O pensamento faz meu estômago dar um salto desagradável, e receio que não serei capaz de comer mais nada hoje.

O silêncio desespera-me, e estou louca para iniciar algum assunto, qualquer que seja. O arquiduque, contudo, não parece nem um pouco incomodado com nossa falta de comunicação. Ele sorri satisfeito enquanto caminhamos, como se uma noiva calada fosse exatamente aquilo de que precisa. Sinto uma necessidade súbita de falar meramente pelo prazer de perturbá-lo, mas acabo desistindo. Não há alegria alguma em ter uma conversa unilateral, algo que certamente ocorrerá caso eu tente entreter meu noivo.

Olho de soslaio para o arquiduque enquanto andamos. Ele mantém a postura ereta e o nariz empinado, como se tentasse parecer mais alto do que de fato é. Volta e meia, noto-o torcer levemente o nariz, dando-me a impressão de que seu bigode tem vida própria, e imagino o que estará pensando. Se está contente com o passeio, comigo e com nosso noivado, ou se ele, assim como eu, também gostaria de se ver livre do compromisso.

Após caminharmos pelo que me parece uma vida inteira, o sr. Habsburgo encontra um lugar que julga adequado para sentarmos. Estende a toalha sobre a grama, e então nos acomodamos, cada um em uma ponta, lady Cora gentilmente fazendo questão de encarar qualquer coisa que não seja um de nós.

— Vejamos o que temos aqui… — ele diz, fazendo as honras de abrir a cesta. Retira algumas frutas, pães e água. Daria tudo por um bom vinho para ajudar-me a sobreviver a este dia, mas é claro que mamãe não seria tão generosa.

Presto atenção ao sr. Habsburgo enquanto escolhe o que comer. É educado demais para dizer alguma coisa, mas vejo-o franzir o cenho para uma maçã e cheirar o pão antes de prová-lo. Ele olha em volta enquanto mastiga, analisando os arredores com interesse polido, qualquer coisa parecendo uma alternativa melhor do que olhar para mim.

Comemos em um silêncio sepulcral. Especulo se será esta a minha vida depois de casada, uma vida resumida a dividir um lar com alguém com quem não tenho liberdade ou interesse de conversar. A ideia parece-me muito mais desanimadora e cruel do que qualquer outro pensamento que tive até agora. Poderia suportar qualquer coisa, mas não uma vida ao lado de alguém com quem não partilho interesses. Posso jamais vir a amá-lo, mas se serei forçada a conviver com ele pelo restante de meus dias, gostaria de pelo menos poder tê-lo como amigo. Isso, no entanto, receio que o arquiduque e eu jamais seremos.

— Minha cara princesa... — ele diz, de repente, pegando-me de surpresa. Achei que o dia inteiro se passaria sem que trocássemos uma só palavra.

Tenho o impulso de pedir-lhe que me chame pelo nome, mas penso melhor; meu noivo ou não, o arquiduque não me conhece o bastante para que eu permita tais liberdades.

— Há algo que preciso lhe contar — ele continua calmamente.

Meu coração acelera. Lembro-me do relato de lady Ana e da tal condessa sobre a qual ele e o sr. Brachmann andaram conversando. Será que é sobre ela que quer conversar? Revelar-me a verdade, talvez?

— Sim? — digo, após uma breve hesitação.

— Eu... — Ele baixa os olhos e respira fundo. — Receio que precisarei ir a Paris pelos próximos dias. A negócios.

— Oh — é tudo que consigo dizer. Não pelo choque, mas pela descrença. *A negócios!* Quem diabos vai a Paris *a negócios*?

Ouço sua explicação em silêncio. Ele usa palavras demais e repete-se de maneira confusa. Presumo que sua esperança seja me atordoar com a narrativa a ponto de impossibilitar que eu faça perguntas. Antes que seu discurso chegue ao fim, já estou convicta de que suas explicações são meramente para desviar minha atenção dos fatos: ele está indo a Paris atrás de outra, provavelmente a tal condessa, e não quer que eu descubra.

Curiosamente, noto que essa constatação não me incomoda em absoluto. Embora eu esteja há muito ciente de meus sentimentos em relação ao arquiduque — ou, deveria dizer, da *ausência* deles —, supunha que pelo menos parte de mim se sentisse ultrajada, até mesmo traída. Ele é, afinal, meu noivo. Contudo, o que sinto é uma estranha expectativa, alegrando-me ao perceber que, após uma longa semana, me verei finalmente livre dos jantares sérios e das conversas entravadas, livre de ter que me comportar como uma boa princesa.

E, consequentemente, livre do sr. Brachmann.

Claro que ele irá junto. O sr. Brachmann e o arquiduque são melhores amigos, e não há motivos para que ele fique se o outro tiver partido. Tento tomar isso como algo positivo, mais uma libertação de algo que vem me atormentando na última semana, mas não consigo. Uma estranha tristeza me toma, um sentimento de melancolia e saudade. Ridículo, é claro. Não tenho motivos para sentir falta dele. O sr. Brachmann não é nada para mim.

Então, por que esse pensamento me magoa?

Klaus

Fico para trás enquanto Maximiliano sai com a princesa para um piquenique. Vejo-os partir pela janela do quarto, assistindo calado enquanto ela aceita seu braço e deixa que ele a guie até a carruagem.

Ando impacientemente pelo palácio depois disso e acabo decidindo escrever para Berta. Já não dou notícias há algum tempo, e a distração virá bem a calhar. Encontro papel e tinta, recolho-me à sala de desenho e começo a escrever.

> *Querida Berta,*
>
> *Desculpe-me a falta de notícias. Chegamos a Portugal há pouco mais de uma semana, e muitas coisas aconteceram nos últimos dias, mantendo-me ocupado. Antes que diga, não, eu não a esqueci, kleine Schwester. Prometo escrever-lhe com mais frequência de agora em diante.*
>
> *Lisboa é uma cidade bonita, ainda que eu não tenha pensado assim a princípio. O palácio onde me encontro é confortável, com belos jardins e pessoas agradáveis. Receio, no entanto, que nosso amigo arquiduque não esteja assim tão satisfeito. A instituição do matrimônio não lhe cai bem, mas Maximiliano deve acostumar-se logo. Ou, ao menos, assim espero.*

— Ora, sr. Brachmann! — ouço uma voz às minhas costas. — Não sabia que iria encontrá-lo aqui!

Viro-me e vejo lady Ana fechando a porta atrás de si. Está muito bonita, com um vestido amarelo de decote baixo, embora eu receie que seu corpo não tenha o volume necessário para preencher tal ousadia. Pego-me imaginando a princesa em um vestido semelhante, e a imagem, ainda que apenas mental, é infinitamente melhor.

— O que faz aqui, escondido? — pergunta, aproximando-se alguns passos.

— Estou escrevendo para casa — respondo, virando-me de volta para a carta inacabada.

— Ora pois, sr. Brachmann. Faz um dia tão bonito lá fora — ouço-a, quase ao meu ouvido agora. Não me viro, mas sinto a presença de lady Ana, muito mais perto do que seria considerado adequado. — Por que não deixa que eu o leve em um passeio?

— Já andei por quase todo o palácio nos últimos dias — respondo, a pena pairando a poucos centímetros do papel. Uma gota de tinta cai e mancha o canto da folha.

— Estou certa de que posso levá-lo a lugares onde nunca esteve — ela diz, e vejo-a pelo canto do olho, inclinando-se para mim.

Não sei o que há comigo. Quando olho para lady Ana, toda sorrisos e intenções, espero sentir alguma coisa — uma comichão, uma expectativa, o prazer familiar do flerte. Mas tudo o que consigo pensar é que, por mais bela que seja, por mais interessante que se insinue, já não tenho nenhum desejo por ela.

— Quem sabe em outro momento? — Abro um meio-sorriso fraco e aponto para o papel. — Agora, gostaria mesmo de terminar esta carta.

— Como quiser. — Lady Ana ajeita a postura e alisa o tecido do vestido, retirando-se sem me olhar duas vezes.

Mal me reconheço, dispensando as atenções de uma dama tão claramente interessada em mim. *Scheisse*. O que está acontecendo comigo?

11

Maria Amélia

Passo o restante do dia sentindo-me taciturna e infeliz. Por mais que eu tente, não consigo fazer com que o mau humor vá embora e, ao acordar na manhã seguinte e juntar-me aos outros na frente do palácio para despedir-me do sr. Habsburgo, já estou tão cabisbaixa que mamãe percebe e, outra vez, interpreta erroneamente meu semblante. Enquanto assistimos a um criado carregar a carruagem e esperamos pelos dois cavalheiros, ela coloca um braço ao redor do meu e diz:

— Fique tranquila, minha querida. Ele voltará bem e a tempo para o casamento. — Não respondo, ainda desanimada. Ela solta um longo suspiro. — Eu lembro como me sentia triste toda vez que seu pai e eu nos separávamos. Nunca se torna mais fácil, isso eu posso garantir-lhe.

Abro a boca para retrucar que não dou a mínima em ver o arquiduque pelas costas, quando ouço o som de passos se aproximando e resolvo me calar. Ele chega, acompanhado do sr. Brachmann, e posta-se à minha frente.

— Minha querida. — Ele se inclina e beija a minha mão, um breve roçar de lábios, tão sem emoção quanto sua voz. — Voltarei o mais breve possível e escreverei diariamente.

Não há necessidade, penso, mas me limito a forçar um sorriso e assentir.

— Vossa Majestade, cuide bem de minha noiva até o meu retorno — ele diz, e sua falsa emoção me enoja. Beija a mão de mamãe e então se vira para... o sr. Brachmann. — Klaus, meu velho amigo. Você é o homem da casa em minha ausência. Até breve.

— Até breve, Maximiliano. — Eles acenam um para o outro, e o arquiduque embarca na carruagem.

Sozinho.

Não consigo acreditar. *Por que* ele está ficando para trás? Não somos a família dele. Não somos amigos. Ele e o arquiduque, sim. Por que ele não está indo a Paris também?

E por que, meu bom Deus, por que me sinto tão aliviada com isso?

O cocheiro fecha a porta da carruagem e guia os cavalos em direção à saída. Enquanto observo, petrificada, a carruagem sumir no horizonte, sinto mamãe me dar dois tapinhas na mão e afastar-se, provavelmente tentando me dar alguma privacidade. O sr. Brachmann, no entanto, fica e para ao meu lado. Mesmo estando a uma distância considerável, é como se o calor dele irradiasse para me envolver. A despeito do clima frio, sinto-me suar.

— Bem, princesa, acho que seremos só eu e você agora — ele diz, em um tom que não consigo identificar. Sem conseguir controlar minhas próprias emoções, viro-me em sua direção.

— Por que resolveu ficar? — pergunto, sem conseguir evitar um quê de desespero em minha voz. Ele sorri, e desta vez é um sorriso diferente; não há nada do deboche ou do sarcasmo habitual. Se alguma vez o vi sorrir sinceramente, foi agora.

— Não há nada para mim em Paris, Vossa Alteza — fala e, após me olhar por um longo instante, vira-se e entra.

Klaus

— Sr. Brachmann! — eu a ouço chamar tão logo atravesso a porta de entrada.

A princesa vem a passos rápidos em minha direção. Mostra-se ainda mais chocada que antes, o rosto retorcido em uma expressão de desconcerto e seriedade, que, como toda reação, a deixa mais bela que de costume. Diante de mim, ela põe as mãos sobre o colo, inspirando profundamente.

— Há algo em que eu possa ajudá-la, srta. Amélia? — pergunto educadamente. Ela crispa os lábios numa expressão de desagrado.

— Há algo que eu gostaria de perguntar-lhe, sr. Brachmann, e gostaria que o senhor fosse honesto comigo.

— Sempre serei honesto com a senhorita — prometo, mas seu pedido me deixa em alerta. O que ela pode querer saber?

— Acompanhe-me, por favor — ela diz e volta a andar.

Sigo-a por um corredor que ainda não explorei, e ela abre a porta para uma das saletas adjacentes. Entra, e eu a sigo. Há uma grande mesa próximo à janela e um sofá virado para a lareira. Como muitas das salas do palácio, também não sei o propósito desta — percebo, contudo, um grande número de papéis rabiscados e material de pintura sobre a mesa, e suponho ser aqui seu ateliê particular de desenho.

— Sente-se — diz, em tom de comando. É uma mulher acostumada a ser servida, obedecida. Sua autoridade diverte-me e fascina-me. Obedeço com um sorriso tolo brincando nos lábios.

— Pois bem — digo, uma vez sentado. — O que a senhorita deseja?

— O arquiduque tem uma amante — ela afirma, pegando-me de surpresa. Remexo-me no sofá, uma desculpa pronta a vir, quando ela aponta o indicador em minha direção. — Pense muito bem no que vai dizer, sr. Brachmann. O senhor me prometeu honestidade.

Respiro fundo, sustentando seu olhar. Ela não parece brava, somente... curiosa. Como uma criança que descobriu algo terrível sobre a vida e espera apenas uma confirmação. Não há medo nem fúria em seus olhos, e isso também me surpreende.

— Sim, Vossa Alteza — falo, em tom baixo. — Sim, receio que ele tenha. Ela anui e senta-se na ponta oposta do sofá, alisando a saia.

— E quem é ela? — pergunta, o tom cuidadosamente indiferente.

— Se a princesa não se importa que eu pergunte, como descobriu? — retruco, a curiosidade me vencendo. Ela me lança um olhar faiscante.

— Os senhores conversam abertamente em minha casa, e depois se surpreende que as paredes escutem? — Seu tom é bem-humorado, e há a sombra de um sorriso em seu rosto que ela logo trata de espantar.

— Certo. — Meu colarinho parece subitamente apertado e eu o afrouxo um pouco, pigarreando. — Srta. Amélia, está certa de que quer...

— Conte-me a verdade, sr. Brachmann. Acho que mereço ao menos isso.

— Ela é uma condessa bastante próxima da família de Max... do arquiduque — respondo após uma breve pausa. — Ficou viúva e recentemente os dois começaram a... encontrar-se.

— E ele a ama?

58

— Vai magoá-la se eu disser que sim?

Observo enquanto a princesa pondera sua resposta, as mãos brincando com o tecido da saia. Ela baixa a cabeça, e desejo saber o rumo de seus pensamentos. Meu coração me bombardeia enquanto aguarda a resposta, cada batida implorando que ela diga não.

— Não, creio que não. — Sua voz é quase um murmúrio. Ela ergue os olhos, encarando a lareira. — Não tenho ilusões de me casar por amor, sr. Brachmann. Sou uma princesa; minha vida não me pertence. Se me magoa saber que meu noivo ama outra? Não, porém não posso deixar de cogitar se... se...

— Se? — Aproximo-me, minha mão pousada no sofá, tão perto dela que quase a toco.

— Se algum dia ele me amará, ou eu a ele — completa com um suspiro. — Mas suponho que não se pode ter tudo, certo? Um bom casamento e amor.

— A senhorita deveria ter tudo. — Aproximo-me ainda mais, quase colando meu corpo ao dela, e sem delongas tomo sua mão. Ela segue meu gesto com os olhos, mas não me impede, tampouco me repudia; é o único incentivo de que preciso para continuar. — Não posso garantir que Maximiliano a amará, mas sei que, se é amor que deseja, deveria encontrá-lo. Não conheço ninguém mais merecedora.

Encaramo-nos por um longo minuto, e a vontade que sinto de beijá-la é tão intensa que me tira o fôlego e a voz. Inclino-me em sua direção, meus olhos mergulhados no mar azul dos dela, e estou quase tocando seus lábios quando ela subitamente se afasta e se põe de pé.

— Muito obrigada pela honestidade, sr. Brachmann — diz, de costas para mim, indo rapidamente em direção à porta. — Eu... eu vou...

E parte sem dizer aonde vai, deixando a porta aberta. Levanto-me devagar, as mãos tocando os lábios, sentindo o beijo que não demos. De algum modo, foi melhor não tê-la beijado. Não era a hora, não ainda. Embebedo-me no perfume dela pela sala, no calor que sua pele deixou na minha, e rio sozinho de meus sentimentos. O Klaus do passado nunca teria se contentado com tão pouco.

Mas esse homem, receio, não existe mais.

Maria Amélia

Passo a noite em claro, atormentada pelos acontecimentos do dia.

Não tornei a ver o sr. Brachmann depois daquela manhã. Isolei-me em meus aposentos, tendo dado a desculpa de estar indisposta. Mesmo interpretando erroneamente o motivo de minha indisposição, mamãe me respeitou e ordenou que ninguém me incomodasse. Somente fui perturbada ao trazerem refeições, que eu mal toquei. Passei o dia inteiro em cólicas, revivendo o que acontecera na sala de desenho.

Ele... O sr. Brachmann estava prestes a... *beijar-me*.

E eu *permitiria*.

Sinto-me impura de súbito, e a noção do tamanho do pecado que estive prestes a cometer tira-me o sossego. Mas, por mais que eu tente, não consigo me condenar por quase tê-lo beijado. O que realmente me assombra é imaginar *como teria sido*. Beijá-lo. Como teria sido beijá-lo.

Meus lábios formigam a noite inteira, saudosos de algo que nem sequer chegaram a experimentar. Nunca fui beijada. A intensa vontade de sentir os lábios do sr. Brachmann sobre os meus causa-me um inexplicável furor, uma excitação sem igual. Sei que não posso, que não devo. Sou a princesa. Estou *noiva*.

Mas quero-o. Muito.

Novamente não saio do quarto no dia seguinte, apenas para evitá-lo. Lady Ana vem me ver e matraca por horas sobre as fofocas da corte. Deixo-a falar porque ajuda a distrair meus pensamentos, mas logo sua voz me causa dor de cabeça, e estou sozinha de novo.

Durmo durante boa parte da tarde e acordo quando já é noite e o palácio está dormindo. Inquieta, tento ler, mas não basta. O quarto me sufoca. Visto meu penhoar e pego uma vela, decidindo andar até a biblioteca. É o único lugar onde me sinto segura.

Atravesso os corredores em silêncio, abraçando meu corpo para proteger-me do ar gélido. Quando chego à biblioteca, contudo, a porta está entreaberta, e a certeza do que vou encontrar faz meu coração disparar.

Não devo entrar. Sei disso racionalmente. Se entrar, estarei dando as costas à minha educação e às minhas crenças. Não me reconhecerei mais se o fizer. Mas meu coração... meu coração implora que eu entre. Sei que, se não entrar, esse desassossego nunca mais me deixará.

Preciso ir.

Preciso saber.

Com as pernas trêmulas e o coração a bater na garganta, empurro a porta e entro.

Encontro o sr. Brachmann de costas, as mãos espalmadas nos batentes da janela. Seu corpo está desenhado pela luz da lua, e permito-me observá-lo como nunca antes. Sob o fino tecido da camisa, vejo músculos que se desdobram nas costas, nos ombros e braços, e sinto o impulso de desenhá-los e contorná-los sob a ponta dos meus dedos. Mesmo de costas, ele é belo, com seus cabelos revoltos parecendo brilhar como uma auréola. A visão é quase angelical, e preciso de um segundo para lembrar-me de que, se estivéssemos no Éden, ele não seria Adão. Seria a maçã.

Ele me ouve chegar e vira-se. Tem um livro em uma das mãos, mas o abaixa quando me vê. Seus olhos esquadrinham meu corpo, e sinto-me exposta, meu rosto queimando de vergonha. Mesmo assim, vou até ele. Cada passo parece levar uma eternidade, e, quando o alcanço, já esqueci por que fui até lá. Quero voltar atrás e correr para a cama, mas agora é tarde. Não consigo escapar do brilho escuro e hipnotizante de seus olhos.

— Estive preocupado com a senhorita — ele diz, a voz baixa, quase um murmúrio. — Tenho vindo todas as noites na esperança de encontrá-la. Pensei que tivesse adoecido.

— Não. — Minha voz quase não sai, e eu respiro fundo. — O que está lendo?

— *Sonetos*, de Shakespeare. — Mostra-me a capa gasta, cujos detalhes e defeitos conheço muito bem.

— Pensei que não fosse muito chegado aos sonetos. — Abro um leve sorriso ao lembrar-me de nossa primeira conversa na biblioteca.

— Há algumas questões que só Shakespeare é capaz de responder. — Ele sorri. Viro-me para a janela, observando o jardim às escuras.

— Leia um para mim — digo; não uma ordem, mas um pedido.

Ouço um breve farfalhar de páginas e, com o canto do olho, vejo-o apoiar as costas na janela, a fim de usar a luz da lua para enxergar melhor. Ele solta um leve pigarreio e começa a ler:

Se te comparo a um dia de verão
És por certo mais belo e mais ameno
O vento espalha as folhas pelo chão
E o tempo do verão é bem pequeno.
Às vezes brilha o sol em demasia
Outras vezes desmaia com frieza;
O que é belo declina num só dia,
Na terna mutação da natureza.
Mas em ti o verão será eterno,
E a beleza que tens não perderás;
Nem chegarás da morte ao triste inverno:
Nestas linhas com o tempo crescerás.
E enquanto nesta terra houver um ser,
Meus versos vivos te farão viver.

Perco-me em sua voz. O som reverbera pelo meu corpo, trazendo uma onda de paz que me vem sendo desconhecida nos últimos dias. Quando ele termina, é como se o ar ainda carregasse as palavras, tornando o silêncio leve e sereno.

Sinto sua mão cobrindo a minha, seus dedos desenhando formas indistintas na minha pele. Como aconteceu na sala de desenho, meu corpo inteiro formiga em resposta, e não consigo me mover.

— Eu não sou nenhum poeta, srta. Amélia, mas soneto algum é suficiente para descrevê-la — ele sussurra, deixando o livro de lado e me circulando, a mão nunca soltando a minha. — Veja agora. Como poderia descrever o aroma doce da sua pele, ou as ondas escuras do seu cabelo, ou mesmo o tom indescritível de azul dos seus olhos à noite? — Sinto sua outra mão roçar meu braço, subindo a manga do penhoar, deixando uma trilha quente sob seu toque. — Eu poderia compará-la ao mar, mas não seria uma comparação justa.

— P-Por quê? — gaguejo, quase sem ar.

— Porque, por mais vasto que seja, em sua imensidão, ele jamais será tão belo quanto a senhorita.

Viro-me para encará-lo e ele me prende contra a janela, uma mão de cada lado do meu corpo. Ele se mantém afastado apenas o suficiente para me olhar, mas estou muito consciente do pouco espaço entre nós. Seu rosto está perdido numa expressão que nunca vi antes — de desejo, sim, mas há também um quê sonhador que jamais tinha notado.

— Srta. Amélia, devo confessar que há algo na senhorita que me fascina — murmura, o hálito quente roçando meu rosto. — A senhorita tem me tirado o sono. Porque, embora eu tenha um dever para com o meu amigo, não consigo não… desejá-la.

Engulo em seco diante da confissão repentina. Muitas coisas se passam pela minha cabeça, mas não consigo formular uma única frase coerente.

— Se a senhorita desejar que eu me afaste, assim o farei — ele continua, a expressão séria agora. — E jamais voltarei a falar disso. Mas, se há alguma chance desse sentimento ser recíproco, diga agora e ponha fim à minha agonia.

— Eu não… não devo. — Chacoalho a cabeça, tentando sair do torpor em que me encontro. — Não posso ter um amante. Não seria correto.

Ele sorri, um sorriso diabolicamente atrevido, e aproxima-se até a ponta de seu nariz tocar o meu.

— Ah, *Prinzessin*. Não serei de fato um amante se a senhorita não está casada, não é?

Eu rio e todas as minhas defesas caem por terra. É aí que ele me beija.

Sutil, sua boca cobre a minha, provando meus lábios com ternura, enquanto suas mãos sobem pelos meus braços e envolvem meus cabelos num movimento tão gentil que é quase uma reverência. Por um instante, a novidade e o desconhecido paralisam-me, e então dou vazão às minhas vontades e o toco.

Seus músculos são firmes como imaginei. O tecido fino da camisa não é nada quando me ponho a explorá-lo, terminando por passar os dedos em seus cabelos, sentindo os fios grossos e macios fazerem cócegas em minha pele. Ele passa um braço pela minha cintura e me traz para perto, e meu corpo arde em contato com o dele, queimando tão intensamente que me pergunto se não estou em chamas.

Sua língua invade minha boca, e a estranheza rapidamente se torna deleite quando descubro seu gosto. Ele passa a mão pelas minhas costas enquanto me beija, e me esqueço de quem sou, dos meus deveres e dos motivos pelos quais deveria interromper isto *imediatamente*. Por apenas este instante, é certo. Somente aqui, banhados pelo luar, nada mais importa.

Quando ele me solta, estamos ofegantes. Subitamente sinto frio, cada parte de mim consciente da separação. Klaus pega minha mão e puxa-me pelos corredores, conduzindo-me de volta ao meu quarto. Quando me entrega, beija meus lábios uma última vez antes de murmurar "boa noite" e sair, fechando a porta atrás de si.

13

Klaus

Afastar-me de srta. Amélia foi a decisão mais difícil que já tomei.

Tudo me dizia para não parar. Desde o instante em que a ouvi se aproximando, desde que deitei os olhos sobre ela, cada fibra do meu corpo implorava-me que não a deixasse partir. Como poderia? Bastou olhá-la para que me perdesse.

Beijar a srta. Amélia foi como desbravar um mundo novo, quase como se eu o estivesse fazendo pela primeira vez. Finalmente pude tocá-la, sentir o gosto dos seus lábios, a suavidade de seus cabelos, a firmeza de sua pele sob o tecido fino. E, enquanto tudo em mim urgia para que eu a tomasse ali mesmo, para que não desperdiçasse um segundo sequer, algo me fez parar.

Sim, eu a teria. Mas não daquele jeito, não ali, no chão da biblioteca. A princesa merece mais do que isso. E o que era uma noite a mais? Eu podia esperar.

Agora, contudo, deitado após tê-la deixado em seu quarto, meu corpo latejando de desejo, já não tenho tanta certeza de que foi a melhor decisão.

Não consigo dormir esta noite e passo horas acordado, imaginando o que ainda pretendo fazer com ela. Todas as partes suas que ainda vou tocar, todos os beijos que ainda lhe darei, todas as formas que encontrarei de fazê-la gritar meu nome. Quando chega a hora de levantar, estou surpreendentemente bem-disposto, as aventuras da noite passada me conferindo um novo ânimo.

Visto-me e desço para o desjejum. Suas Altezas já estão acordadas e à mesa, e mesmo de longe a visão dela me arrebata. Observo-a, parando no meio do corredor.

A srta. Amélia está linda, bem-vestida como a princesa que é, mas o vestido não faz jus a nenhuma de suas curvas. Os cabelos presos não combinam mais com ela — ou talvez minha visão é que tenha mudado. Consigo, ainda agora, imaginá-la como a deusa de cabelos revoltos que invadiu meus pensamentos a noite inteira, em toda sua graça e feminilidade. A cada olhar, descubro um novo traço ou ângulo que a torna ainda mais fascinante. Arrisco dizer que nunca houve mulher mais bela.

— Com licença, senhor. Precisa de alguma coisa? — Assusto-me ao ser surpreendido pelo mordomo, dando-me conta de que talvez eu esteja parado ali há muito mais tempo do que exige o decoro.

— Não, não — respondo, procurando me recompor, e entro no salão de jantar.

A princesa avista-me imediatamente. Embora seu rosto se cubra do mais charmoso rubor, ela não desvia o olhar. Algo mudou na maneira como me encara; há desafio, como sempre, mas não mais o desgosto que parecia assombrá-la sempre que me via. Este foi substituído pelo brilho inconfundível do desejo. Seu rosto ganha um tom vistoso de vermelho, e sua respiração acelera enquanto me aproximo e tomo meu lugar à mesa. É preciso todo meu autocontrole para não mandar o mundo às favas e arrastá-la para meus aposentos agora mesmo. Monto uma expressão cuidadosamente indiferente e digo:

— Bom dia, Vossa Majestade. — Ela me retribui com um aceno de cabeça. — Vossa Alteza. — Olho para a princesa, que sorri deliciada por um breve segundo antes de fechar o semblante.

— Bom dia, sr. Brachmann — diz, soando perfeitamente desinteressada. Seus olhos, contudo, a traem.

— Como está se sentindo depois de ontem, Vossa Alteza? — pergunto, enquanto abro o guardanapo sobre o colo. Ela arregala os olhos para mim, momentaneamente contorcida em uma expressão amedrontada.

— A que se refere, sr. Brachmann? — replica, e sinto um pé tentando me chutar sob a mesa, passando de raspão pela minha perna.

— Creio que Vossa Alteza não tenha se sentido muito bem nos últimos dias — respondo, controlando o ímpeto de rir. — A menos que haja outro motivo para não ter nos agraciado com a sua presença.

— Não há — responde, rápido demais.

— Minha filha tem uma saúde bastante delicada, sr. Brachmann — sua mãe interfere, olhando afetuosamente para a princesa, alheia à pequena batalha que acabamos de travar. — Receio que mal-estares usuais às moças acabam produzindo um efeito muito maior em Maria Amélia.

— Então é melhor se cuidar. — Ergo uma sobrancelha para ela, bebericando meu chá. — Não queremos que adoeça antes mesmo de se casar, não é?

Ela ruboriza novamente, mas não responde.

O desjejum segue em silêncio, e, quando terminamos, a srta. Amélia insiste que precisa praticar piano e que poderia fazer uso de um musicista tão talentoso como eu. A duquesa não parece particularmente satisfeita, mas, após um minuto de insistência por parte da filha, acaba por ceder, e seguimos juntos para a sala de música, escoltados pelas três damas de companhia.

Sento-me educadamente em uma poltrona afastada e finjo ler o jornal enquanto admiro a srta. Amélia tocar. Sua mãe trabalha em um bordado, e as damas pouco têm sucesso em esconder sua conversa sussurrada num outro canto. Então, somos pegos de surpresa quando a princesa subitamente para de tocar e ergue a voz.

— Sr. Brachmann, preciso de você — diz, sem se virar.

Exatamente as palavras que eu estava esperando ouvir.

Fecho o jornal e vou até ela, parando ao lado do piano. Ela é maravilhosa quando vista de cima, o peito subindo e descendo em uma cadência ritmada pela respiração. A princesa tira proveito de sua posição para sorrir para mim, e não há um único traço de inocência no modo como o faz. É o tipo de sorriso ousado de quem também passou a noite em claro imaginando toda sorte de coisas.

— Ora, não fique parado aí. Sente-se. — Ela desliza para o lado, e eu sorrio.

— Em que posso servir-lhe, Alteza? — pergunto, acomodando-me ao seu lado. Há camadas de tecido entre nós, mas a proximidade imediatamente faz a temperatura subir. Pouso as mãos sobre as pernas e deixo meus dedos brincarem com o seu vestido, puxando a barra para cima em movimentos lentos e deliberados.

— Pode... — Ela me olha, a concentração perdida por um instante enquanto seu rosto assume um tom brilhante de escarlate. — Pode me ajudar com os duetos. Não sou muito boa em duetos.

— Com prazer — replico. O maldito tecido parece não ter fim, então mudo de estratégia e me limito a pousar a mão firmemente em sua perna, tentando sentir suas coxas, subindo do joelho até quase o quadril. Ela estremece sob meu toque e sem querer afunda os dedos sobre as teclas, produzindo um misto indistinto e alto de notas. Nossas acompanhantes viram-se para nos encarar por um instante, mas voltam às suas atividades quando não notam nada anormal em nosso comportamento. Aproveito-me do barulho para acrescentar, num sussurro que é só para ela. — Acho que nos sairemos muito bem juntos.

Ela solta um longo suspiro, fecha os olhos e balança a cabeça levemente, inclinando-a para trás. Se estivéssemos sozinhos, penso, há muito teria plantado beijos naquele lindo pescoço. Em vez disso, torno a apertar sua perna, imaginando que não há tecido algum para me impedir, enquanto ela tenta manter-se firme e seleciona um dueto para tocarmos entre suas muitas partituras.

Sou obrigado a erguer ambas as mãos para as teclas quando ela se decide e, sem aviso, começa a tocar. Assim como da primeira vez, não é difícil acompanhar a srta. Amélia. Erro algumas notas tentando segui-la, mas, uma vez que encontro o ritmo, tocamos como se fôssemos um.

Não pela primeira vez, noto como ela é expressiva quando toca. Franze o cenho nos acordes mais complexos, torce a boca se erra uma tecla e sorri enquanto se diverte. Pergunto-me se será igualmente expressiva na cama quando fizer com ela as coisas que tenho em mente. Certamente será interessante observar.

A princesa obriga-me a tocar dueto atrás de dueto. Passo mais tempo ao piano em uma manhã do que nos últimos meses. Estando minhas mãos ocupadas com as teclas, divirto-me desconcertando-a com os pés, erguendo sua saia e entrelaçando nossas pernas, fazendo-a perder o ritmo do pedal e sorrindo com sua expressão de surpresa e suas bochechas coradas.

Quando já estamos ali há horas e torna-se óbvio que não seremos deixados sozinhos, a srta. Amélia solta um suspiro exagerado e diz, alto o bastante para que todos a ouçam:

— Obrigada pela ajuda, sr. Brachmann. Pode se retirar agora.

— Como desejar. — Aceno brevemente com a cabeça e estou prestes a levantar quando ela segura minha mão. Sua pele suave e quente é um contraste com as minhas mãos geladas, o que torna o contato ainda mais chocante e agradável. E então, só para mim, ela sussurra:

— Hoje à noite, na biblioteca.

Não contenho um sorriso, sentindo um delicioso frio na barriga e um calor que parte do baixo-ventre e espalha-se por todo o meu corpo, tenso em expectativa. Ela não precisa pedir duas vezes.

68

14

Maria Amélia

Sinto-me ousada e fora de mim quando sussurro o convite:

— Hoje à noite, na biblioteca.

Tão logo o faço, ele assente e levanta-se para sair. Vejo seu olhar recair sobre mim mais uma vez antes que deixe a sala, e sua intensidade me desequilibra. É só depois que a porta se fecha que me atrevo a levantar, sentando-me em seguida em uma poltrona vazia ao lado de mamãe.

Ela está bastante concentrada em seu bordado, mas as damas de companhia, sentadas no outro sofá, param qualquer que seja sua conversa quando me veem chegar. Mexericos não são bem vistos no palácio — a menos, é claro, que você esteja interessado neles. Elas voltam a fingir que estão lendo até que lady Ana olha de soslaio para mim, a boca contorcida, como se tentasse segurar o riso.

— Vossa Alteza, a senhorita conseguiu terminar o livro? — pergunta, chamando não somente minha atenção como a de minha mãe, que baixa o bordado pela primeira vez em horas.

— Que livro? — pergunto, confusa. Lady Ana sorri.

— Ah, Alteza. O tal livro que a senhorita estava lendo, sobre a mocinha que odeia o cavalheiro rude — explica, e seu sorriso toma um aspecto muito mais diabólico.

— Que livro é esse, Maria? — mamãe pergunta, deixando-me ainda mais desconcertada. O olhar de lady Ana vai de mim para mamãe, assim como o das demais damas de companhia.

— Hum... *Orgulho e preconceito* — respondo, com um sorriso falso.

— E então, Alteza? Como termina? — lady Ana insiste, e sinto uma súbita vontade de torcer seu pescoço. Em vez disso, respiro fundo.

— Ainda não cheguei ao final.

— Mas eles ainda se odeiam? — questiona. Ela abaixa sua leitura, e as demais damas a imitam. Desconfio de que Ana sabe mais do que deveria ou deixa transparecer, e me perco por um segundo imaginando o que aconteceria se eu a confrontasse a respeito. Por fim, decido não pensar nisso agora. Baixo os olhos antes de responder, para que nenhuma delas possa ver o misto de verdade e mentira estampado em meu rosto.

— Eles não se odeiam — digo, lembrando-me do beijo à luz do luar e das mãos dele sobre mim ao piano. — E ela descobriu que ele não é tão ruim quanto acreditava que fosse.

— O que foi que eu disse, senhorita? — Lady Ana pisca para mim e torna a erguer seu livro. — Há uma linha muito tênue entre o ódio e o desejo.

— Essa história deve ser interessante — mamãe murmura, voltando ao bordado. — Empreste-me depois que terminar de ler.

Nem em um milhão de anos!

Klaus

O dia arrasta-se diante de mim enquanto anseio pela madrugada.

Reencontro a srta. Amélia no almoço e mais tarde, no jantar, mas, exceto por um ou outro olhar furtivo, ela não me dirige a atenção. Bom. Se passarmos a agir de modo diferente um com o outro, levantaremos suspeitas. Receio que as damas de companhia já desconfiem.

Pouco depois do almoço, recebo uma carta de Berta. Quase consigo ouvir sua voz enquanto leio.

Querido Klaus,
Sentimos muitíssimo a sua falta
Alice veio nos visitar esta semana. Embora não tenha me dito nada, creio que possamos esperar notícias dela em breve. Há um brilho especial nela, algo que certamente não estava lá

da última vez em que nos vimos. Tenho plena certeza de que, ainda esse ano, seremos tios!

Contudo, não é por isso que lhe escrevo. Preciso da sua ajuda com um assunto da mais extrema urgência.

Como sabe, desde que debutei, venho recebendo visitas de alguns pretendentes. Há um em especial, no entanto, de cuja companhia venho desfrutando mais que da dos outros. O nome dele é sr. Pringsheim e ontem ele me pediu em casamento.

Ele não é o que mamãe espera. Embora venha de uma boa família, o sr. Pringsheim não é nobre, e não é possível que venha a receber algum título. Mas ele é tão gentil, e bondoso, e creio que seus sentimentos por mim são fiéis e honestos. Ao pedir minha mão, o sr. Pringsheim disse estar ciente de não ter muito a oferecer, mas que, se eu permitisse, ele me faria a mulher mais feliz de toda a Áustria. Como posso não me emocionar perante isso?

Oh, Klaus, queria tanto que estivesse aqui para me ajudar! Não conheço mais ninguém tão objetivo nem tão sincero quanto você. Não contei a mais ninguém sobre o pedido e prometi ao sr. Pringsheim que pensaria a respeito, mas gostaria de saber sua opinião, meu irmão. O que devo fazer?

Com amor,

Berta

Minha irmã pega-me de surpresa. Eu nunca teria adivinhado o teor de sua carta. Não me passou pela cabeça que Berta pudesse ser pedida em casamento em minha ausência. Minha irmãzinha, de apenas dezessete anos, *noiva*? Céus. É inimaginável.

Pego uma folha em branco, a caneta e o tinteiro e me ponho a responder:

Cara Berta,

Fico feliz em saber que todos passam bem.

Confesso que não estou surpreso em ouvir suas suspeitas sobre Alice – já está mais do que hora de ela ter um herdeiro. Espero estar presente quando ela anunciar a novidade.

Quanto ao seu problema, este sim me foi um choque. Não imaginei que um pedido viria tão cedo. Creio que me lembro desse tal sr. Pringsheim. Trata-se do cavalheiro dentuço com sardas no rosto?

Minha cara irmã, sabe qual a minha opinião acerca do casamento. Contudo, sei também que as convenções sociais obrigam jovens mulheres como você a se casarem novas demais. Não vou aborrecê-la dizendo que ainda é uma criança, mas direi o seguinte: não se case para agradar a mamãe. Alice já fez isso, e, uma vez que eu certamente não me casarei, as posições de "orgulho da família" e de "ovelha negra" já estão preenchidas. Contente-se em ser um saudável meio-termo.

Berta, conheço o cavalheiro em questão somente de vista e tampouco sei quais são os seus sentimentos em relação a ele. Porém, pelo que me escreveu e pelo que conheço de você, vejo que já tem a resposta. Não baseie as decisões que afetarão a sua vida em minha opinião ou na de nossos pais. Faça o que acredita ser o melhor para você. Estou certo de que saberá o que é. Você sempre foi a segunda mais inteligente da família.

E, caso a decepção de mamãe seja devastadora demais, prometo causar algum escândalo de grandes proporções para distraí-la até que você esteja casada.

Com amor,
Klaus

15

Klaus

Apesar do cansaço, consigo manter-me acordado por tempo o bastante para ver o palácio adormecer. Espero até não ouvir mais nenhum som, então escapo sorrateiramente para fora do quarto.

Caminho sem o auxílio de velas. Andei tanto pelos corredores nas últimas noites que poderia me localizar até vendado. Os quadros nas paredes me lançam olhares críticos, que ignoro com destreza até alcançar as portas da biblioteca e encontrá-las entreabertas.

Mais uma vez, sinto sua presença no ar antes mesmo de vê-la. Ela deixou um rastro de perfume em seu caminho, e sigo o aroma. Encontro a srta. Amélia praticamente escondida entre as prateleiras, e sua expressão abranda-se quando me vê.

A princesa está espetacular, e, nos poucos passos que levo para alcançá-la, admiro sua silhueta. Os cabelos castanhos caem sobre os ombros, e, embora lhe cubram os seios, isso de alguma forma os torna menos atraentes. É uma noite fria, e, além da camisola, ela veste um casaco fino sobre as costas — muito mais tecido do que eu gostaria, mas nem de longe o suficiente para que eu me controle.

Ela tem curvas belíssimas, a srta. Amélia, e é apenas nesses momentos de vulnerabilidade que consigo apreciá-las. Sem a prisão dos espartilhos ou as camadas de saiote, mostra-se mais genuína e bela. Seu corpo é sinuoso como um rio, começando em ombros e busto largos, descendo para uma cintura fina que se abre de novo em quadris avantajados e desaguando em pernas que ainda não tive a oportunidade de ver, mas cuja firmeza já posso imaginar.

Ela sorri ao me descobrir, disfarça o nervosismo e a insegurança e cruza os braços trêmulos. Aproximo-me e paro diante dela, erguendo uma mão para brincar com uma mecha perfeitamente ondulada de seus cabelos castanhos. Os fios macios fazem cócegas em minha pele e escorregam entre meus dedos até voltarem a cair sobre seu colo.

— Por um minuto, achei que não viesse — ela murmura, baixando a cabeça.

— Por que achou isso? — pergunto, a voz sussurrante. Traço uma linha em seu rosto que vai de sua testa até o queixo, descendo pelo pescoço. Sua pele gelada esquenta sob meu toque.

— Fiquei imaginando se teria sonhado com... a noite passada — diz, a voz revelando uma insegurança que não combina com ela. Movo-me para ainda mais perto, até que nossos pés estejam quase se tocando, e ponho as mãos em seus braços. Ela estremece.

— Minha cara princesa... — Inclino-me até apoiar a testa na dela, e ela ergue seus hipnotizantes olhos azuis para mim. — Quero fazê-la sonhar todas as noites.

A srta. Amélia surpreende-me então ao abandonar a cautela e me beijar. Ela envolve meu rosto com as mãos e planta os lábios sobre os meus, e é o bastante para que eu também deixe de me conter. Envolvo sua cintura com um braço, enquanto o outro tateia às cegas o espaço atrás dela, a força de meu corpo empurrando-a em direção a uma estante. Ela emite um gemido abafado quando suas costas se chocam contra uma prateleira, produzindo um baque surdo.

— Eu a machuquei? — pergunto, ofegante, afastando-me somente o suficiente para encará-la.

— Não — ela nega, mas se contradiz ao levar a mão à nuca. Afasto sua palma para ver se há sangue e toco levemente a base de sua cabeça. — Ai. Talvez um pouquinho.

— Sinto muito. Não pretendia...

— Não se desculpe. — Novamente, ela segura meu rosto, o polegar roçando meus lábios. — Apenas me beije.

Fico mais que feliz em lhe obedecer. Beijo seus dedos e a palma de sua mão e, quando percebo que o maldito casaco vai ficar em meu caminho, ajudo-a a livrar-se dele. Afasto seus cabelos enquanto ouço o tecido atingir o chão e mordisco o lóbulo de sua orelha.

74

— Diga-me quando parar — sussurro. Sinto seu corpo se arrepiar sob minhas mãos.

— P-Por quê? — a princesa gagueja, o som mais delicioso que ouço em semanas.

— Porque, se não o fizer, eu não respondo por mim.

Ela não diz nada, e traço um caminho de beijos e pequenas mordidas em seu pescoço, de uma orelha à outra. Seus suspiros e gemidos baixos me motivam a continuar. A srta. Amélia tem um sabor doce de pureza, misturado ao tom picante do desejo — a combinação é explosiva, e, quando me atinge, não consigo me controlar.

Passo a mão pela relva macia de seus cabelos e então desço até os quadris. Ela estremece e encolhe-se ao meu toque, e preciso lembrar-me de que ela não é uma das muitas meretrizes com quem já me deitei; é uma mulher que nunca foi tocada. Forço-me a diminuir o ritmo, e o toque mais leve a faz relaxar. Enquanto a beijo, sinto calma e delicadamente suas curvas, sem apressar-me ou apossar-me delas. Aos poucos, a srta. Amélia permite-se fazer o mesmo.

Sinto-a correr os dedos pelos meus cabelos e cravar as unhas em meus ombros antes de percorrer meus braços. Seu toque é um misto de curiosidade e excitação, e é inebriante, infinitamente mais prazeroso do que julguei ser possível. Afasto-me por um momento para sorrir para ela.

— O que houve? — pergunta em um sussurro preocupado.

— Gosto de como você me toca — respondo, e ela desvia os olhos, seu rosto corando.

— Não brinque comigo, sr. Brachmann. Estou certa de que já foi tocado muitas vezes antes de mim. — Sua voz é um misto de ciúme e algo que remonta a tristeza. Franzo o cenho e ergo seu queixo delicadamente com os dedos.

— Mas não assim. Não por você. — Eu a beijo de novo, mas a srta. Amélia parece desconectada de mim, então me afasto e seguro sua mão. — É isto que a aborrece? Que tenha havido outras mulheres?

— Não o aborreceria se soubesse que fiz com outros homens o que estou fazendo com o senhor? — ela retruca, a expressão subitamente fechada. Como não respondo de imediato, a princesa solta um suspiro alto e distancia-se, andando entre as estantes até chegar à janela.

Penso nisso por um momento. A princesa com outro homem. Um dia Maximiliano se deitará com ela, desposando-a e desfrutando-a. Ciúme e inveja fundem-se em um obscuro sentimento que se apossa de mim. Imaginar outro

75

que não eu a tocá-la enfurece-me de tal modo que, por um momento, desejo que Maximiliano nunca retorne de Paris. Como seria mais fácil e mais feliz para todos nós se ele e a condessa viessem a se casar. Seria a solução para meus problemas.

Céus, em que estou pensando? Eu sempre soube, desde o início, quais seriam as minhas limitações com relação à princesa. Ela e Maximiliano devem se casar, e eu jamais deveria ter me permitido envolver tanto assim. Quando me interessei pela srta. Amélia, não previa ser capaz de desenvolver algo mais que puro desejo por ela. Fui tolo, agora percebo, ao crer que ela fosse igual às outras que já passaram pela minha vida. E ainda mais tolo ao pensar que poderia simplesmente usá-la.

Vou até ela, que está de costas para mim, encarando os jardins. A lua está parcialmente encoberta pelas nuvens hoje, e mal consigo distingui-la no escuro. Delicadamente, aproximo-me e toco seus ombros. Ela não me rechaça, mas tampouco se vira para mim. Beijo o topo de sua cabeça e inspiro seu perfume, escolhendo cuidadosamente o que direi a seguir.

— Não posso lhe fazer promessas para o futuro, *Prinzessin* — falo. — Nunca poderei. Nossos encontros estão fadados a acabar. Mas posso lhe jurar duas coisas.

Ela se vira para mim, os braços cruzados em frente ao corpo. Eu os descruzo, pegando suas mãos e levando-as até a boca, beijando-lhe os nós dos dedos.

— Eu juro nunca mentir nem lhe omitir nada. A senhorita pode confiar inteiramente em mim — digo, então solto uma de suas mãos e corro os dedos pelo seu cabelo. — E juro que nunca tocarei outra mulher como eu a tocar.

Aos poucos sua expressão relaxa e, novamente, ela me puxa e me beija. É um beijo calmo desta vez, cauteloso e desconfiado. Por fim, ela me solta, busca o casaco que deixou cair e anuncia que é hora de nos deitarmos.

E, mais uma vez, absolutamente contra a minha vontade, eu a deixo ir.

16

Maria Amélia

Passamos o restante da semana trocando olhares furtivos durante o dia e encerrando nossas noites em encontros secretos na biblioteca. Todas as noites, ele me traz de volta e eu me deito para mais uma sessão de sono inquieto. Tanto por meu corpo ainda estar trêmulo e quente devido à agitação noturna quanto por não conseguir deixar de pensar no que ele me disse.

Não posso lhe fazer promessas.

Não sou tola o suficiente para acreditar que temos algum futuro juntos. Conheço minhas obrigações e pretendo ater-me a elas. Mas, nestes poucos dias desde que o arquiduque se foi, tem sido agradável fantasiar que ele não existe. Nos últimos dois dias, em especial, imaginar que não existe casamento e que somos somente eu e o sr. Brachmann tem sido meu alento.

Não, não sou tola o bastante para ter aspirações de futuro ao lado dele. Mas talvez, só talvez, eu seja tola a ponto de me apaixonar.

Tomo café em meu quarto na manhã de sábado, ainda remoendo minhas angústias. Por um instante, na biblioteca, o mero pensamento das mãos do sr. Brachmann tocando outra mulher foi o que bastou para que eu ficasse cega de raiva — e de ciúme, preciso ser franca. E agora não posso deixar de sondar se, ainda que contra a minha vontade, venho maturando sentimentos pelo sr. Brachmann. Sentimentos perigosos.

Será possível? Eu o conheço há tão pouco tempo. Há um período determinado para que uma pessoa se apaixone? Eu não saberia dizer — nunca amei ninguém. Minhas únicas referências são os romances que li e as pessoas que conheço. Mamãe sempre me disse que se apaixonou por meu pai à primeira vista, e lady Ana insinuou que amor e ódio não estão assim tão distantes um do outro. Talvez seja isso. Talvez minha repulsa inicial tenha sido o sinal prematuro de uma paixão.

Sinto-me sufocada e tenho uma súbita necessidade de levantar-me. Chamo a criada, que me veste e arruma meu cabelo num elaborado coque de tranças no alto da cabeça. Vejo pela janela que o clima está agradável e decido que é um bom dia para desenhar ao ar livre e talvez completar a pintura da árvore seca que comecei há alguns dias. É exatamente disto que preciso: algumas horas sozinha e em silêncio com meus desenhos.

Contudo, assim que desço as escadas, percebo que não será possível. Vejo o sr. Brachmann parado junto à entrada, como se estivesse esperando que eu aparecesse. Um arrepio percorre-me a espinha, e a sensação é agravada quando ele se vira para mim e abre seu maravilhoso sorriso travesso, fazendo minhas pernas tremerem.

— Bom dia, princesa — ele cumprimenta com uma mesura.

— Sr. Brachmann — é o máximo que consigo dizer. Lembro-me de seus lábios trilhando a linha da minha clavícula e estremeço. Ele ergue as sobrancelhas de maneira significativa enquanto me encara, e sei que está pensando na mesma coisa.

— Teve uma boa noite? — pergunta, aproximando-se um passo. É o bastante para que meu coração acelere, e de repente o ar se torna muito escasso.

— S-Sim — gaguejo e respiro fundo, tentando me estabilizar. — E o senhor?

Ele começa a responder, mas somos subitamente interrompidos por passos altos ecoando no corredor. Mamãe vem apressada, com lady Ana em seu encalço.

— Maria! Maria! — ela chama e, ao chegar, vejo que traz uma carta. — Veja, querida. Seu noivo lhe escreveu.

— Escreveu? Já? — Franzo o cenho e olho para o sr. Brachmann de soslaio. Então reparo que o selo já foi rompido e digo com fúria para mamãe: — A senhora leu minha correspondência?

— Sou sua mãe — ela afirma, como se essas três palavrinhas fossem explicação suficiente.

Solto um suspiro que é metade cansaço, metade frustração e vou até a sala de desenho. Sei que os três estão em meu encalço, mas ainda assim me aborreço ao sentar em um dos sofás e ver lady Ana e mamãe tomando os assentos à minha frente e o sr. Brachmann furtivamente se posicionando perto da janela.

Abro a carta sem o menor resquício de ânimo. A caligrafia do arquiduque é masculina e fina, expandida de forma que a brevíssima mensagem ocupe mais espaço que o normal.

Cara Alteza,

Confio que a senhorita e sua mãe estejam gozando de boa saúde. Não há um dia que passe sem que eu pense em voltar ao Palácio das Janelas Verdes.

Estamos neste momento atravessando a Espanha. É um belo país, embora não tão bonito quanto minha saudosa Áustria, tampouco quanto o belíssimo Portugal. Creio que a senhorita gostaria das paisagens daqui, contudo. Estou certo de que lhe renderiam belos desenhos.

Em minha ausência, por favor, conte com meu bom amigo Klaus como contaria comigo. Não há mais ninguém a quem confiaria sua segurança.

Cordialmente,

Fernando Maximiliano José de Habsburgo-Lorena

Leio a carta mais uma vez, apenas para que tenham a impressão de que estou me demorando nas palavras de meu futuro esposo. Dobro o papel no colo, mantendo a expressão cuidadosamente indiferente.

— E então? — mamãe pergunta, impaciente.

— Então o quê, mamãe? — retruco, arqueando uma sobrancelha.

— Seu noivo está fazendo uma viagem bastante exaustiva e encontrou tempo para escrever-lhe. — Gesticula em direção à carta, como se eu não pudesse vê-la. — É de bom tom que você responda de imediato.

— Responderei quando estiver disposta a fazê-lo — replico em tom de desafio, minhas mãos involuntariamente apertando o papel e amassando as bordas.

— Por que não agora?

— Por que não mais tarde? — Levanto-me em um salto, o desejo ávido de ficar sozinha retornando com força total. — Com licença, tenho alguns desenhos para terminar — digo, caminhando até a porta. O sr. Brachmann faz menção de me acompanhar, mas ergo a mão para detê-lo. — Sozinha! — declaro e disparo para fora da saleta.

Klaus

Não vejo propósito em continuar na companhia da duquesa e de suas damas uma vez que a srta. Amélia se vai, então decido tirar a tarde para cuidar de meus afazeres. Contudo, para a minha surpresa, tão logo deixo a sala de desenho, sou abordado pelo mordomo, que traz uma bandeja com um único envelope endereçado a mim.

— Correspondência, sr. Brachmann. — Ele me estende a bandeja e pego o envelope. Basta olhar de relance para que eu reconheça a caligrafia de Maximiliano.

— Obrigado, senhor… — Franzo o cenho, tentando me lembrar.

— Pereira, senhor — ele completa, com uma mesura e um resquício de sorriso. Imagino que não muitos aqui tenham se dado o trabalho de saber seu nome.

— Sr. Pereira — repito, meu sotaque carregado fazendo uma breve confusão com as sílabas. Ele se retira, e decido procurar um lugar sossegado para abrir a carta.

Acabo em outra das salas em desuso, uma espécie de escritório com decoração genérica que aparenta não ver visitantes há tempos. Sento-me numa poltrona e rompo o selo da carta, deparando-me com a caligrafia pontiaguda e exageradamente grande de meu amigo.

Caro Klaus,

Estou neste momento atravessando a Espanha. Antes mesmo de chegar a Paris, recebi más notícias.

Quem me escreve é a boa lady Heidi, dama de companhia da condessa. Ela me pede sigilo total e diz que desconfia de que sua senhora esteja esperando um filho. Um filho meu.

Oh, meu bom Klaus, o que vou fazer? Não posso voltar atrás em meu compromisso com a princesa, mas, se o que lady Heidi disse for verdade, tampouco posso deixar a condessa ao relento. Uma mulher em sua posição, viúva, o que as pessoas dirão? Temo pelo nosso futuro. Sou um homem preso em uma escolha impossível. Ajude-me, meu amigo!

Confio que esteja cuidando bem de minha futura esposa. Se seus cuidados forem maiores ou mais íntimos que o aceitável, peço-lhe que não me conte. Torço para que saiba o que está fazendo.
Cordialmente,
   Fernando Maximiliano José de Habsburgo-Lorena

Solto um suspiro que lentamente se transforma em um riso desprovido de humor. Max, meu bom homem, em que foi que se meteu?

Reflito por um instante sobre o que responder. Fantasio com a ideia de dizer-lhe que escolha a condessa, mesmo sabendo que sua família não sobreviveria a um escândalo dessa magnitude. Imaginar um futuro em que Maximiliano não seja um empecilho entre mim e a srta. Amélia faz nascer uma estranha necessidade de tê-la somente para mim, e esse desejo me assusta. Ao susto, segue a melancolia — mesmo que eu pudesse tê-la, o que poderia oferecer a ela, a filha de um imperador? Eu sou o mero filho de um marquês, nascido em uma família cheia de dívidas; Maximiliano é arquiduque. Ela jamais me escolheria.

Uma enorme insatisfação brota em meu peito, e rabisco uma resposta desinteressada para meu bom amigo. Selo a carta e a devolvo ao mordomo, e a vontade de procurar a srta. Amélia pelo palácio cresce dentro de mim. Ela, contudo, foi bastante eloquente ao professar sua vontade de permanecer sozinha, e não serei inconveniente. Em vez disso, procuro dar conta de meus afazeres.

O dia é longo e arrastado, e anseio pelas refeições só para ter a chance de vê-la. Trocamos olhares silenciosos, mas não conversamos, nem há menção alguma de nos encontrarmos naquela noite. Ocorre-me que talvez ela não queira mais se encontrar comigo. Talvez a carta de Maximiliano a tenha lembrado de suas obrigações, e sua ânsia em ficar sozinha seja na verdade a necessidade de afastar-se de mim.

Ainda assim, quando a noite cai e os corredores do palácio se cobrem de escuridão e silêncio, não consigo ficar deitado. Depois de tantas vezes tê-la em meus braços antes de dormir, a ideia de simplesmente fechar os olhos e adormecer sem beijá-la é inconcebível. Levanto-me e sigo mais uma vez pelo caminho que já sei de memória. Deixo a porta da biblioteca entreaberta e me ponho a esperar pela minha princesa.

17

Maria Amélia

Com a ajuda de Deus, consigo passar a maior parte do dia sozinha, embora sinta que estou sendo constantemente vigiada pelos criados e pelas damas de companhia; uma princesa nunca está verdadeiramente só. Contudo, todos me deixam em paz, e, salvo pelas refeições, não sou forçada a ser simpática com ninguém o dia inteiro.

Estou tão exausta quando me deito naquela noite que adormeço de imediato. A despeito do cansaço, acordo algumas horas depois. Não há nada além de um finzinho de fogo na lareira para me fornecer luz, e faz um frio de gelar os ossos. Aconchego-me entre os cobertores, mas não consigo voltar a dormir. Um único pensamento me mantém acordada.

Será que *ele* está na biblioteca?

Não houve convite nem acordo verbal entre nós durante o dia. Mas, uma vez instalada, a dúvida transforma-se em curiosidade, que por sua vez se torna excitação, e esta deixa-me inquieta demais para que consiga descansar. Quando dou por mim, já estou à procura de um casaco pesado e do candelabro, cujas velas acendo na lareira antes de sair.

Quando chego à biblioteca, a porta está entreaberta, como sempre, e solto um suspiro baixo de alívio. Contudo, ao entrar, não o vejo de imediato. A mudança na fase da lua deixou o cômodo praticamente às escuras, e as poucas velas que trago comigo não são suficientes para permitir uma boa visão. Dou alguns passos inseguros e olho em torno. Apenas depois de ouvir sua voz, eu o vejo.

— Achei que não fosse encontrá-la hoje — ele diz, quase que em um sussurro. Para a poucos passos de mim, com as costas apoiadas na parede ao lado da porta.

— Estava me esperando? — pergunto, a boca seca. Lambo os lábios e, mesmo no cômodo quase escuro, vejo seus olhos seguirem o movimento.

— Estava — confirma com um meio-sorriso. Lentamente, empurra a porta da biblioteca até fechá-la. — A carta de Maximiliano a fez mudar de ideia sobre nós?

— Não! — exclamo, rápida e desesperada demais. O sr. Brachmann sorri, aproximando-se em passos lentos e deliberados. Tira o candelabro da minha mão e o pousa no chão.

— O que vai dizer a ele quando escrever de volta? — quer saber, erguendo a mão para que seus dedos brinquem com uma mecha de meu cabelo. Estou suando sob o casaco, mas não faço menção de me mexer.

— O que o senhor sugere?

— Diga que sente a falta dele. — Seus dedos sobem até minha nuca e instintivamente arqueio a cabeça para ele. — Todas as noites, antes de dormir. Diga que sonha com os beijos dele. Que não há nada mais difícil que querer tocá-lo e não poder.

Não consigo responder — não creio que conseguiria falar mesmo que tivesse algo a dizer. Sua outra mão livra meu corpo da prisão do casaco e então desce para as minhas costas, alojando-se na curva do meu quadril enquanto ele planta beijos e pequenas mordidas em meu pescoço. Meu estômago contrai-se em nervosismo e antecipação.

— Não deveríamos... — balbucio, a voz tão instável quanto meus joelhos bambos. Ele se afasta por um segundo.

— Posso sair, se a senhorita assim desejar — sugere, o rosto a poucos centímetros do meu, a chama das velas bruxuleando sombras sobre ele.

— Talvez devêssemos... — Pauso, os olhos perdidos na perfeição de seus traços, no desenho másculo e desejável de sua boca. Então, sorrio. — Mas já que o senhor está aqui...

— A senhorita leu a minha mente!

Ele toma minha boca em um beijo apaixonado, que literalmente tira meus pés do chão quando me ergue sem sinal algum de esforço. Prendo os dedos em seus cabelos e mal percebo que ele me carrega até a janela, colocando-me sentada sobre o batente, meus joelhos fechados, formando uma espécie de barreira entre nós.

É muito diferente dos outros beijos que trocamos. Há o mesmo carinho e cuidado, mas também uma dose extra de paixão e urgência. Seus lábios devoram os meus, a língua quente passeando e explorando minha boca. De súbito, ele para.

— Senhorita... — começa a dizer, mas eu o interrompo, pousando um dedo sobre seus lábios.

— Amélia — corrijo, num murmúrio.

Ele sorri por um longo instante antes de continuar.

— *Amélia...* — repete, dizendo cada sílaba pausadamente, como se pronunciasse um encantamento. — Mais uma vez, devo pedir-lhe que me diga quando parar. Não vou machucá-la, mas tampouco desejo agir contra a sua vontade.

Faço que sim e ele me beija novamente, mas interrompe-se logo em seguida, como se algo tivesse acabado de lhe ocorrer.

— E a senhorita... — um sorriso travesso se abre, seus lábios roçando nos meus — pode me chamar de *Herr* Brachmann.

— *Herr* Brachmann — falo, minha voz não mais que um murmúrio. Seu sorriso se alarga.

— Mais alto — pede, um brilho inegável de excitação em seu olhar enquanto me encara, deliciado.

— *Herr* Brachmann — chamo, e o tom normal de minha voz ecoa pela biblioteca. Não contenho uma risada, e ele me beija outra vez, mordendo e sugando meu lábio inferior.

Sinto sua mão subindo pelo meu corpo, trazendo consigo a bainha da minha camisola, e gentilmente ele se encaixa entre minhas pernas. Então desamarra habilmente os laços em meu peito, abrindo minha vestimenta e correndo os dedos pela minha clavícula nua. Um arrepio me percorre, mas não peço que pare.

É a primeira vez que ele me toca de verdade, pele com pele. Embora tenha acariciado meus braços e afagado minhas costas, sempre havia uma segura camada de tecido a proteger-me. Eu não fazia ideia de quão melhores as carícias poderiam ser sem nada que as abafasse, e suspiro enquanto ele traça desenhos em meus ombros, as mãos habilidosamente baixando a camisola até que a metade superior de meu corpo esteja nua.

Klaus afasta o rosto para me olhar, e sou prontamente invadida por uma onda de vergonha. O que estou fazendo, permitindo-me ser tocada dessa maneira por um homem que não é meu marido? A agonia, no entanto, desaparece no instante em que o sorriso dele se abre.

84

— Amélia, Amélia... — ele murmura, a voz rouca de desejo. Há um brilho diferente em seus olhos enquanto me estuda, e me pergunto se a mesma fome e paixão que vejo ali se refletem em meu olhar.

Ele me beija, e uma mão agarra firmemente meu seio. O desconforto dura um segundo, imediatamente substituído por uma onda de prazer enquanto ele o massageia.

— Não sabe quanto tempo esperei... Quanto tempo desejei... — sussurra em meu ouvido, seu hálito arrepiando minha pele.

Herr Brachmann brinca comigo demoradamente e murmura coisas ininteligíveis em alemão. Seus dedos estimulam meus mamilos, provocando mais sensações em um segundo do que em toda minha vida. Aperto as pernas em torno dele, sentindo um pulsar prazeroso e inteiramente novo na região do ventre, que se intensifica a cada novo toque.

— *Wunderschön!* — ele murmura com uma expressão maravilhada, fazendo com que eu me sinta a mulher mais linda do mundo. — *Du bist wunderschön!*

Meu corpo responde ao seu toque, e arqueio as costas, oferecendo-lhe tudo que tenho. Minhas pernas circulam seus quadris e, enquanto agarro seus cabelos com uma das mãos, a outra procura mais de sua pele, erguendo sua camisa e arranhando suas costas acidentalmente no processo. Klaus responde com um silvo suave e apressa-se a puxar a camisa pela cabeça e jogá-la de lado.

Seus lábios passeiam pela minha boca, pelo meu queixo, descem pelo pescoço, até encontrar o seio livre, e, por um segundo, estou certa de que vou explodir.

Cravo as unhas nele quando sua boca volta a me tomar. Sua pele contra a minha é ao mesmo tempo uma tortura e uma salvação; as sensações em mim são controversas. Tremo pela temperatura fria, mas queimo sob o calor de seu toque. Minha mente sabe que devo afastá-lo, mas meu corpo se recusa a deixá-lo parar.

Suas mãos desbravam o caminho sob a camisola, subindo por minhas coxas até encontrar o espaço entre as pernas. Surpresa, solto um gemido quando sinto seus dedos me tocarem, encontrando meu centro de prazer.

— Eu a machuquei? — ele pergunta, a voz ofegante. Balanço a cabeça; a miríade de sensações me impossibilita de articular uma resposta. — Tente relaxar — instrui ao meu ouvido, mordiscando o lóbulo da orelha.

Ele me beija, e me permito relaxar. Sinto-o me massagear em movimentos rítmicos, e uma onda de tremores e arrepios percorre meu corpo. Agarro-me mais a ele, minha respiração entrecortada enquanto ele me explora.

Nunca antes me senti tão perdida e tão consciente de uma só vez. Meus pensamentos são uma nuvem incompreensível de informações, e somente consigo gemer e suspirar. Meu corpo, contudo, está em alerta, mais vivo e desperto do que nunca. Sinto cada beijo de Klaus como brasas em minha pele, o roçar de sua barba áspera deixando uma trilha de chamas por onde passa, e seus cabelos e pelos como seda pura sob minhas mãos.

Seu dedo desliza mais para baixo e meu corpo reage por instinto, arqueando-se para ele. Quero que ele me complete. Quero senti-lo dentro de mim, em cada parte minha. Puxo-o para perto, esperando que ele responda aos meus anseios. Klaus compreende e sorri.

— *Nicht jetzt* — murmura. *Agora não.*

Ele despeja beijos pela extensão da minha clavícula. Inclina-me para trás até que eu me apoie no vidro da janela e continua descendo pelos meus seios e pela barriga. Depois, ergue a saia da camisola até a cintura.

— O que está fazendo? — pergunto, num quase murmúrio.

— Quer que eu pare? — replica, a voz rouca.

— Não.

— Então relaxe — responde. Mesmo à fraca luz das velas, consigo vê-lo abrir um sorriso atrevido, seus olhos faiscando para mim.

Klaus ajoelhando-se diante de mim em tão poucos trajes é a visão mais sensual de toda a minha vida. Sua respiração provoca cócegas em meu ventre, mas meus risos dissolvem-se em gemidos quando ele mordisca a parte interna das minhas coxas. O roçar áspero da barba e a respiração quente me fazem tremer. Ele me puxa, colocando minhas pernas sobre seus ombros, e, quando estou prestes a perguntar-lhe novamente o que está fazendo, meu mundo explode em cores.

Sinto sua língua quente e úmida em meu centro de prazer. Ele se demora, lambendo, sugando e mordendo-me, explorando-me de maneiras que eu nem sequer acreditava serem possíveis. Uma mão agarra a carne da minha perna e a outra brinca e massageia minha fenda, enquanto ele me prova cada vez mais profundamente.

Ponho uma das mãos em sua cabeça e com a outra agarro o beiral da janela. Não sei se pretendo detê-lo ou incentivá-lo, mas a segunda opção é a que vence, e imploro por mais. Sou invadida por ondas incontroláveis de prazer que me fazem estremecer e suspirar tão alto que preciso lembrar-me de que todo o palácio dorme. Quero gritar, mas, em vez disso, sussurro seu nome.

Quando acho que cheguei ao ápice, esquecendo-me de onde estou e de como respirar, ele para. Torna a mordiscar minhas pernas e então traça o caminho de volta para cima, seu polegar nunca deixando de estimular o espaço entre minhas pernas. Sua língua faz uma trilha úmida pela minha barriga, parando para sugar demoradamente cada um dos meus seios, antes de subir pelo pescoço e terminar em minha boca. Provo de meu próprio sabor quando ele me beija, nossa respiração ofegante soando como música aos meus ouvidos.

— *Herr* Brachmann — chamo, entre suspiros. Ele morde meu pescoço, e sinto quando um sorriso se desenha em seus lábios.

— *Ja.*

— *Hör nicht auf* — digo. *Não pare.* Ponho as mãos em seus ombros e o empurro para baixo, e Klaus me atende com prazer.

Ele torna a se ajoelhar, sua boca criando explosões mágicas de prazer pelo meu corpo. Não para até que eu tenha perdido todo o controle e, quando finalmente se ergue, planta um beijo em meu pescoço. Minha respiração está descompassada, e estou certa de que não poderia me levantar mesmo que quisesse. Acima de qualquer coisa, estou pronta para mais. Eu quero mais.

— Eu a machuquei? — ele pergunta, afastando alguns fios de cabelo rebeldes de meu rosto. Sorri daquele seu jeito provocante e bem-humorado.

— Definitivamente não! — arfo ao dizer, passando um braço trêmulo pelo pescoço dele. — Klaus, eu…

— Hoje não, princesa. — Ele respira fundo e apoia a testa na minha, olhando bem dentro de meus olhos em tom de promessa. — Não aqui. Não ainda. A senhorita tem algumas coisas a aprender primeiro.

— Eu aprendo rápido — murmuro, roubando-lhe outro beijo e novamente sentindo meu gosto em sua boca. Ele ri.

— Estou certo de que sim. Na verdade… — ele morde meu lábio inferior e aproxima a boca do meu ouvido — estou contando com isso — diz, sua respiração quente causando arrepios pelo meu corpo.

Klaus ergue-me nos braços, carregando-me como uma criança, e leva-me para fora da biblioteca e de volta ao meu quarto. Quero pedir-lhe para ficar, mas ele não me dá a chance. Pousa-me na cama, cobre-me com todas as cobertas disponíveis e planta um beijo em minha testa antes de sair. Adormeço tão bem que nem me lembro do candelabro que esquecemos na biblioteca.

Klaus

É difícil dormir esta noite.

Depois de deixar Amélia em seu quarto, obrigo-me a sair e voltar aos meus aposentos, embora tudo em mim implore para ficar. Deito-me com o coração acelerado e o corpo em êxtase, o sabor dela ainda na boca.

Ah, Amélia, Amélia. Mais doce que seu nome, só a sensação de sua pele sob meus dedos, de tomar cada pedaço seu. Eu havia imaginado tanto, desejado tanto, e os eventos desta noite nem sequer começaram a saciar minhas vontades. Há muito mais que eu quero fazer com ela, muito a ensinar-lhe... Mas há tempo. Maximiliano só retornará em duas semanas, e até lá Amélia é minha.

E pretendo tirar proveito disso.

Durmo o sono dos justos, despertando bem depois do desjejum. Desço para um palácio silencioso. Assim que chamo um dos criados, lembro-me de que é domingo, portanto a princesa, sua mãe e as damas já devem há muito estar na igreja. Não há o menor problema para mim; Deus e eu não temos ideologias muito parecidas. De qualquer forma, duvido de que ele gostaria de ter um pecador como eu em sua casa.

Uso a manhã para tratar de meus negócios em uma das salas de estudos do palácio, e já é quase hora do almoço quando ouço barulhos na entrada, anunciando a chegada da imperatriz-viúva e sua filha. Levanto-me, pronto para recebê-las, mas sou interceptado na porta por um criado com mais um envelope sobre uma pequena bandeja prateada.

Murmuro um xingamento em alemão, agradeço ao criado e torno a fechar a porta. O selo é de minha própria casa, disso estou certo; resta saber de quem. Abro a carta enquanto me sento e sou agraciado pela letra bem desenhada de minha mãe, cujas curvas e floreios me dão dor de cabeça antes mesmo de começar a leitura.

Caro Klaus,

Não sei o que disse à sua irmã em sua última correspondência, mas temo que o pior tenha acontecido. Berta decidiu aceitar a proposta do sr. Pringsheim, e não há nada que a faça mudar de ideia.

Bem sabe que Berta o venera. Meu bom filho, oro para que seja a voz da razão. Embora seja notória sua inabilidade de tomar uma decisão certa por sua própria vida (ainda que ela se apresentasse nua à sua frente), sei que fará o melhor por sua irmã. Essa menina precisa saber que, uma vez casada, não há nada que possa desfazer sua infeliz decisão. Berta acha que o amor por si só basta, mas pensará o mesmo em dez anos, quando estiver cheia de filhos para criar e com pouca renda? É vital que reveja sua decisão!

Aguardo ansiosamente sua ajuda. Ademais, espero que não esteja envergonhando o nome de sua família ou de seu amigo, o sr. Habsburgo.

Cordialmente,

Mamãe

Ah, minha querida mamãe. Sempre um poço de boas maneiras e amor pelos filhos.

Giro a carta entre os dedos por alguns minutos, pensando a respeito. Quando Berta me escreveu, não acreditei que fosse, de fato, aceitar o sr. Pringsheim. Não quando sei que mamãe iria vigiá-la e julgá-la de perto. Berta é uma menina bastante influenciável, porém não vi mal algum em dar-lhe minha opinião, crente de que a alcançaria tarde demais.

No entanto, saber que minha irmãzinha tomou uma decisão por conta própria me orgulha. Ainda que o sr. Pringsheim não seja o genro com que nossa mãe sonha, poderá fazê-la feliz — estou perfeitamente seguro ao dizer que conheço muito mais das necessidades e sonhos de minha irmã do que nossa mãe.

Berta, diferentemente de Alice, não tem grandes aspirações por uma vida em sociedade nem gosta de gastar sua renda em vestidos e fitas ou o que quer que as moças de sua idade comprem hoje em dia. Assim como eu, ela se sente perfeitamente à vontade com pouco, valoriza boas amizades e gosta de pessoas e lugares que a façam feliz. E, se o tal sr. Pringsheim é essa pessoa, então fico contente em saber que ela o encontrou. Não desejaria nada de diferente para minha irmã mais próxima.

Pego tinta e papel e ponho-me a rabiscar uma resposta.

Querida mãe,

Agradeço pelos votos de boa saúde. Ficará feliz em saber que eu e Maximiliano fizemos boa viagem e encontramo-nos atualmente desfrutando de uma estadia muito prazerosa no Palácio das Janelas Verdes. Posso contar-lhe os mínimos detalhes sobre a viagem, é claro, mas creio que seria prudente fazê-lo em outra carta, visto que a senhora está tão angustiada para resolver o assunto em questão.

De fato, escrevi a Berta, aconselhando-a sobre o pedido. Não me recordo das palavras exatas, mas creio ter dito a ela que baseasse sua decisão única e exclusivamente nos próprios desejos. Sinto muito em saber não ser motivo de alegria para a senhora ter filhos que pensam e se decidem por conta própria. Mas, ora, para isso sempre pode contar com Alice!

No mais, desejo felicidade ao novo casal e torço para que aguardem meu retorno antes de selarem a união, pois gostaria muito de acompanhar Berta ao altar, caso papai esteja envergonhado demais para fazê-lo.

Cordialmente,
Klaus

✥

Maria Amélia

Não consigo me decidir se a noite passada foi um sonho. Abro os olhos e, conforme o sono vai embora, sou inundada pelas lembranças da madrugada na biblioteca. Meu coração bate mais forte e levanto-me, subitamente energizada.

Depois de vestida e arrumada para a missa, desço e encontro mamãe já me esperando. Não há sinal de Klaus, o que considero bom; não estou certa de que esteja pronta para encará-lo depois do ocorrido. Ainda mais com minha mãe à mesa do desjejum.

Tomamos café em silêncio e seguimos para a igreja. Percebo que mamãe me sonda de esguelha, como se tivesse algo para me perguntar, mas nada diz. Fazemos o caminho de sempre, tomamos os mesmos assentos de costume e assistimos à missa. Na comunhão, ela se levanta com suas damas e lança-me um olhar estranho quando não as acompanho.

Será possível que mamãe esteja desconfiada? Deus sabe que Klaus e eu não temos sido exatamente discretos, com encontros na biblioteca e nossas interações cada vez menos controladas. Sem mencionar minha clara falta com Deus. Uma princesa, pura e casta, deveria confessar-se e comungar semanalmente, e cá estou, sentada pelo segundo domingo consecutivo e em falta com meu dever cristão.

Quando a missa termina, mamãe e eu somos as primeiras a cumprimentar o padre. Adianto-me em dizer que gostaria de me confessar, ao que tanto mamãe quanto o sacerdote sorriem satisfeitos, e fica decidido que irei à igreja no dia seguinte pela manhã com esse intento. O padre se afasta, e reparo que o semblante de mamãe é mais sereno.

Contudo, enquanto estamos voltando, sua expressão torna a se agravar. Ela engancha o braço ao meu e então, com a voz baixa para que as damas de companhia não a ouçam, diz:

— Maria, há algo que preciso lhe perguntar.

Engulo em seco, focada no caminho à frente, sem coragem de encará-la, temendo que minha reação me traia. Levo alguns segundos para conseguir responder de maneira calma:

— O que houve?

— Fui avisada hoje de que encontraram um castiçal na biblioteca. Um castiçal que não estava lá na noite passada. — Ela faz uma pausa breve para respirar. — E não pude deixar de me perguntar...

Baixo a cabeça, preparando-me para o pior. Meu segredo foi descoberto. Mamãe com certeza vai...

— Você tem tido dificuldade para dormir, querida? — pergunta, pegando-me totalmente desprevenida com seu tom carinhoso e preocupado. — Sei que gosta de ler quando está sem sono, e... Se não estiver se sentindo bem, posso pedir ao dr. Silva que...

— Não é necessário! — apresso-me em interrompê-la, sorrindo tanto por impulso quanto por alívio. Preciso controlar-me para não levar a mão ao peito. — Eu estive, sim, na biblioteca esta noite — continuo, escolhendo minhas mentiras com cuidado. — Peguei um livro e depois me deitei. Não foi nada de mais. Nem sei como deixei o castiçal para trás.

— E isso vem acontecendo com frequência, essas visitas noturnas à biblioteca? — pergunta mamãe, e crispo os lábios para evitar que um sorriso ainda maior se forme. Ah, se ela soubesse...

— Não, de forma alguma — garanto e dou dois tapinhas amigáveis em sua mão para acalmá-la. — Tenho dormido muito bem, mamãe. Não precisa se preocupar.

Ela suspira e sua expressão relaxa conforme nos aproximamos do palácio. Sinto-me péssima por mentir para ela, mas o que há entre mim e Klaus é precioso demais para ser dividido. E o que é mais um pecado a esta altura? Quando me confessar, estou certa, o padre saberá a devida penitência e estarei liberta da angústia que me aflige.

Maria Amélia

A despeito do que eu disse a mamãe pela manhã, ao longo do dia começo a sentir-me mal. Não dou muita atenção, mas noto certa indisposição, um cansaço que parece consumir-me até os ossos. Mal consigo me concentrar em minhas atividades durante o dia, tão exausta me sinto.

— Maria? — mamãe chama. Estamos na sala de desenho, na companhia de lady Ana e lady Lúcia. Embora devesse estar bordando, tudo que consigo fazer é lutar para não dormir. — Fiz-lhe uma pergunta.

— O quê? — Sento-me mais ereta e pisco repetidas vezes. À minha frente, com seu próprio bordado em mãos, mamãe lança-me um olhar enfezado.

— Perguntei se devemos seguir com os planos desta noite, mesmo sem a presença do sr. Habsburgo — diz pausadamente, como se falasse com uma criança.

— Quais planos? — pergunto, remexendo-me, incomodada. Minhas juntas doem, especialmente as das mãos, de tanto segurar a agulha.

— A ópera, Maria — replica, impaciente. Então me lembro. Haverá uma apresentação de *O barbeiro de Sevilha*, uma das peças preferidas de mamãe.

— Oh. Sim. — Contenho um bocejo e tento voltar a bordar. — Sim, não vejo motivo para cancelarmos.

— Bem, seu noivo não está aqui.

— O que tem isso a ver com qualquer coisa, mamãe? Somos perfeitamente capazes de comparecer à ópera sem ele.

Ela não responde, e o assunto dá-se por encerrado. Assim sendo, mais tarde, subo para um banho e visto-me para a noite. Escolho um vestido azul-escuro de decote baixo, que faz meus seios saltarem em conjunto com o espartilho — não consigo deixar de imaginar o que Klaus dirá ao ver-me. Minhas bochechas coram.

Calço luvas brancas longas e pego um xale, por precaução. Desço as escadas perguntando-me se mamãe já estará pronta e à minha espera. Nesse momento, deparo-me com Klaus, parado próximo à entrada, as mãos cruzadas nas costas.

Ele se vira ao me ouvir chegar, e a expressão em seu rosto é de completo deleite. Abre a boca para falar algo, mas expira sonoramente. Estuda-me de cima a baixo, tão compenetrado que sinto como se me desnudasse sem encostar um único dedo em mim.

— Klaus...

— Oh, *Prinzessin*! — exclama, aproximando-se da beira da escada. Ele estende a mão, que paira a poucos centímetros de mim. — Se pudesse ler meus pensamentos, precisaria confessar-se diariamente por uma semana.

Coro ainda mais, engolindo em seco. Sem me tocar, Klaus traça o contorno de meu rosto, de minha clavícula, o volume dos meus seios. Sem me tocar, faz minha pele arder em chamas. Não preciso ler seus pensamentos para encontrar o pecado — ele já está em mim, em minha mente, correndo como fogo pelas minhas veias, fazendo meu coração palpitar e minha pele formigar de desejo.

Ouvimos passos se aproximando, e Klaus se afasta, dando-me as costas antes que sejamos pegos. Mordo o lábio para não gritar, desejando mais que tudo poder mandar a ópera às favas e passar o resto da noite nos braços de Klaus, perdidos em nossa biblioteca.

Klaus

A viagem até o Teatro Nacional transcorre em silêncio e visível incômodo. Somos apenas eu, a imperatriz-viúva e Amélia na carruagem. Eu, admirando de soslaio a princesa; ela, encarando as mãos sobre o colo; e dona Amélia, olhando severamente pela janela.

Não preciso perguntar para saber que a imperatriz não está muito satisfeita com a minha presença, ainda que tenha sido ela a estender-me o convite de acompanhá-las no lugar de Maximiliano. Acho que jamais esperou que eu aceitasse, mas eu não perderia a oportunidade de ficar perto de Amélia, ainda que para tal precise sobreviver a uma noite de ópera.

Desembarcamos em frente ao teatro, e entro de braços dados com mãe e filha. Enquanto Amélia me segura firme e próximo a seu corpo, a imperatriz-viúva parece aceitar meu braço somente pelas convenções sociais, mantendo-se o mais distante possível. Pergunto-me o que fiz para gerar tamanha antipatia, e se algum dia conquistarei sua boa opinião. Fantasio-me, por um segundo, tentando pedir a mão de Amélia a ela, tentando convencê-la...

Nein. Não posso me deixar levar por tais pensamentos. Afasto as imagens e foco-me no presente, no grandioso teatro diante de mim. Tento concentrar-me na fachada suntuosa, nas enormes pilastras e nas pessoas que nos cumprimentam. Mas minha atenção recai invariavelmente sobre Amélia, e minha mente remói que ela não é verdadeiramente minha. Estou aqui para substituir Maximiliano temporariamente. Em breve, tudo isto — *ela* — será dele.

O pensamento assombra-me enquanto subimos as escadas até o balcão reservado aos Bragança. Mãe e filha acomodam-se nos primeiros assentos, e sento-me atrás de Amélia. Não me importo; ao menos assim, nenhuma delas notará quando eu cochilar.

Mas, mesmo depois que a ópera começa, não consigo me desligar. Observo Amélia atentamente, memorizando cada aspecto seu. Só de olhar, consigo lembrar a textura sedosa de seus cabelos sob meus dedos, a maciez de sua pele. Sei onde e quando tocá-la, e como reagirá no momento em que eu o fizer. A sensação é tão forte que logo é demais para suportar.

Enquanto a duquesa se inclina para enxergar melhor, com pequenos binóculos contra os olhos, aproveito-me de sua distração para aproximar-me de Amélia. Sento-me na beirada da cadeira, até que consigo sentir o perfume de seus cabelos.

— *Beweg dich nicht*— sussurro para ela. *Não se mova.* Amélia emite um breve suspiro de surpresa, a postura subitamente rígida, e espia-me num átimo. Abre um sorriso e assente.

Não há muito que eu possa fazer, mas tiro proveito do que posso. Passo a mão por seus cabelos, na pele fina de seu pescoço e corro os dedos pelo seu braço. Ela ergue a mão por sobre o ombro e inclino-me mais para alcançá-la. Tiro sua luva e beijo cada um de seus dedos, a palma de sua mão, inspiro o aroma doce de sua pele. Beijo-lhe levemente o pescoço, sentindo-a arrepiar e emitir um suspiro quase inaudível.

— *Meine süsse Prinzessin* — murmuro-lhe ao pé do ouvido. — Se soubesse o que penso... quanto a desejo...

Mordisco o lóbulo de sua orelha e Amélia arfa baixinho, inclinando a cabeça para trás. Vejo seu peito subindo e descendo ao ritmo de sua respiração acelerada. Sinto o ímpeto de tomá-la aqui mesmo, e para o inferno com sua mãe, com o público e a ópera.

— Imagine que estou tirando seu vestido — sussurro, minhas mãos roçando o tecido fino e sedoso de suas vestes. — *Langsam. Sehr langsam.* Botão após botão.

Amélia estremece e fecha os olhos, perdida em minha voz. E então sussurro tudo o que gostaria de fazer com ela. Tudo o que farei, quando estivermos sozinhos. Cada uma das formas pelas quais lhe darei prazer. Deixo a imaginação me levar.

Quando a solto, ao fim do primeiro ato, ela está corada e arfando. Sei que estou abusando da sorte, mas, por um momento, quase desejo que a imperatriz-viúva perceba. Um flagrante talvez fosse a única maneira de garantir que Amélia não se case com ninguém a não ser comigo. No entanto, a duquesa apenas se vira para a filha, extasiada, e diz:

— Esta não é a melhor ópera que já viu?

— Oh, sim! — Amélia apressa-se em concordar, balançando veementemente a cabeça. — A melhor!

Maria Amélia

Desperto na manhã seguinte sentindo-me terrivelmente mal. Meu corpo dói, a cabeça lateja e a garganta arde. Recuso-me a levantar da cama pela manhã e, conforme as horas passam sem sinal de melhora, afundo-me mais e mais entre os lençóis.

Minha ausência torna-se rapidamente motivo de comoção. Criados entram e saem do quarto carregando bandejas com comida de hora em hora até o início da tarde, e, quando as recuso, minha mãe aparece.

— Maria, por que não está comendo? — pergunta, sentando-se ao meu lado na cama.

Tento pigarrear, mas sinto uma pontada aguda na garganta e torço o nariz. Sinalizo para mamãe que não consigo falar.

— O quê? Pelo amor de Deus, Maria, fale direito! — ralha, impaciente, juntando as mãos no colo.

Suspiro, contendo a vontade de revirar os olhos — hábito que mamãe repreendeu em mais de uma ocasião. Abro a boca e tento falar.

— Eu... est... — Pauso. Dizer que minha voz é um mero fiapo seria eufemismo. Mal emito som, e mamãe inclina-se em minha direção para tentar entender o que digo. — Minha... garganta... dói.

— Oh, céus! Eu sabia! — Ela anda exasperada pelo quarto. — Não tem conseguido dormir, e agora a garganta... Vou chamar o dr. Silva.

Não protesto. Espero que ela termine seus lamentos de mãe preocupada e saia.

A porta torna a abrir-se antes que eu consiga fechar os olhos. Sento-me na cama, pronta para mais uma sessão de lamúrias, mas paro no instante em que vejo Klaus na soleira.

Ele espia pelo vão da porta duas vezes antes de entrar e fechá-la. Está belíssimo, com uma casaca azul-escura e calças pretas que marcam muito favoravelmente o contorno de seus músculos. Faço menção de levantar logo que o vejo, mas Klaus adianta-se, erguendo uma mão para mim.

— Não, não, não se levante, princesa — pede, cobrindo a distância entre nós em duas passadas largas. Ele se ajoelha diante da cama, pegando minha mão entre as suas. — *Mein Gott*, a senhorita está febril!

Quero dizer-lhe que não é nada, que, excetuando a garganta, não me sinto tão mal assim, mas novamente não consigo falar. Encaro nossas mãos unidas e em seguida observo Klaus. Há um sentimento novo ali. Já o vi expressar desejo, divertimento, curiosidade — mas não preocupação. Percebo uma ruga minúscula entre seus olhos. Ao notar que o encaro, Klaus monta um sorriso perfeitamente tranquilo, calmo demais para que eu acredite ser espontâneo.

— Receio não poder lhe fazer companhia. — Enquanto uma mão segura a minha, a outra passeia pelo meu rosto. — Não é de bom tom uma princesa solteira receber um homem em seu quarto, ainda que sejam amantes.

Arregalo os olhos para ele, e Klaus ri. Acabo por rir também, leve e silenciosamente.

— Já chamaram o médico? — pergunta, aferindo minha temperatura com as costas da mão. Aceno que sim. — *Gut*. Então a deixarei em boas mãos.

Ele leva minha mão aos lábios e a beija. Se não estava febril antes, certamente estou agora. Seu toque faz meu corpo inteiro arder, e quero tanto beijá-lo que até me esqueço da dor por um instante. Mas Klaus levanta-se e segue para a porta, parando por um segundo para olhar-me antes de sair. Tenho a impressão de que ele quer dizer alguma coisa, mas o que quer que seja permanece selado em seus lábios.

Klaus

Se eu tinha dúvidas sobre meus sentimentos por Amélia, elas evaporaram no instante em que descobri que a princesa tinha adoecido.

Mesmo agora, depois de vê-la, ainda estou angustiado. Volto aos meus aposentos, embora meu coração me peça para ficar — não posso arriscar ser pego no quarto da princesa. Tento me acalmar, pensando que terei notícias em breve, e que uma febre não mata ninguém se for tratada logo de início. Ela ficará bem.

Em meu quarto, sento-me em frente à lareira com um livro no colo. *Os bandoleiros* é uma de minhas histórias prediletas, mas hoje nem isso é capaz de manter-me distraído. A todo momento meus pensamentos voltam a Amélia. A preocupação aperta meu peito, tornando difícil me concentrar.

Passo o dia pensativo e, à noite, nem tento dormir. Em vez disso, ponho o livro de lado e vago pelo palácio, invariavelmente parando no corredor onde ficam os aposentos da princesa. Está tudo muito quieto, mas não duvido de que haja um criado com ela. Peso minhas opções — é arriscado, mas, se for uma moça, posso convencê-la a não me entregar com alguns bons sorrisos e flertes bem insinuados. Por fim, decido que Amélia vale o risco.

Aproximo-me da porta com passos lentos. Já perambulei o suficiente pelo Palácio das Janelas Verdes para saber que seu piso antigo tem o péssimo hábito de ranger. Abro a porta com cuidado, espiando pela fresta. As velas ainda estão acesas, mas não consigo ver o bastante para saber se há alguém ali.

Respiro fundo e entro. Há, de fato, uma criada, mas ela está profundamente adormecida em uma das poltronas, com um braço apoiando a cabeça. Sinto o impulso de ralhar com ela por dormir enquanto a princesa está doente, mas penso melhor. Encosto a porta e vou até a cama curvando-me por instinto, como se pudesse, de alguma forma, me tornar menor ou menos visível caso ela acorde.

Amélia também dorme. O livro que estava lendo — *Orgulho e preconceito* ainda, percebo pela capa — está fechado ao seu lado na cama. Há uma bacia com água e panos sobre a mesinha de cabeceira, provavelmente usadas para baixarem sua temperatura.

Muito suavemente, encosto as costas da mão em sua testa. Um tanto suada, mas não febril. Respiro aliviado enquanto a observo dormir por um instante. Como gostaria de ficar... Daria tudo para poder me embrenhar nos lençóis ao seu lado e cuidar dela até que melhore. Mas este, preciso lembrar-me, não é o papel do amante; é o papel do marido.

Função que, infelizmente, nunca poderei exercer.

Maria Amélia

Sinto-me muito melhor quando desperto na manhã seguinte. Percebo uma mão sobre meu rosto e estou certa de que é Klaus. Contudo, ao abrir os olhos, deparo-me com a criada, que sorri, surpresa ao ver-me acordar.

— Bom dia, Vossa Alteza. — Ela se afasta e faz uma mesura. — Como a senhorita se sente?

— Melhor — digo, testando minha voz. A garganta já não dói tanto, embora ainda esteja longe de estar completamente recuperada. — Água, por favor.

Ela prontamente busca um copo da penteadeira e o enche com água da moringa. O líquido alivia um pouco da sensação áspera e faz com que me sinta ainda melhor.

Informo ter disposição para sair da cama. Tão logo a criada manda avisar minha mãe, sei que não estou nem perto de ter o dia livre. Mamãe chega em poucos minutos, parecendo lívida de preocupação, e ralha comigo ao encontrar-me fora do leito.

— Volte já para debaixo das cobertas, Maria! — exclama, horrorizada, enxotando-me de volta. — Não sairá daí até que o médico permita!

Faço o desjejum em meu quarto, e o médico chega uma hora depois. Após me examinar, conclui que foi uma simples inflamação de garganta, comum nesta época do ano. Recomenda que eu beba chá de gengibre, não me exponha a ventos ou friagens e volte a procurá-lo caso o quadro piore.

Mamãe, contudo, entende que não devo sair da cama por, pelo menos, mais um dia e obriga-me a permanecer trancafiada a manhã inteira. Lady Ana chega pouco antes do almoço, com as bochechas coradas de frio, para fazer-me companhia. Rebelo-me o suficiente para trocar o colchão pela poltrona, e Ana toma o assento ao meu lado.

— Ah, Alteza, a senhorita nos deu um grande susto ontem! — diz, em seu tom afetado de costume. Ela trouxe consigo seu bordado, cujo desenho se assemelha a uma flor disforme, e põe-se a bordar.

— Foi apenas uma dor de garganta. — Solto um suspiro e ajeito-me na poltrona, o exemplar de Orgulho e preconceito ainda em meu colo. Pergunto-me se algum dia chegarei a terminar de lê-lo.

— Ah, mas não foi isso que pareceu, pela preocupação de Sua Majestade — garante, e consigo imaginar perfeitamente a cena: mamãe, em seu desespero hiperbólico, recebendo a notícia de que estou indisposta e correndo para vir me ver. — E o sr. Brachmann, pobrezinho...

— O sr. Brachmann? — Meu coração acelera e dou um pulo involuntário na cadeira. O livro escorrega de meu colo e cai fechado no chão, mas não me movo para pegá-lo. — O que tem o sr. Brachmann?

— Ah, Alteza, ele também ficou muito preocupado com a senhorita — diz, num tom tão cuidadosamente indiferente que tenho absoluta convicção de que Ana sabe mais do que deixa transparecer. — Por um instante, achei que ele fosse seguir Sua Majestade. E depois... bem...

— O que houve depois?

— Ele desapareceu, Alteza, assim, sem mais nem menos — conta Ana. Ela continua bordando sem desviar os olhos de mim. Não me admira que o bordado sempre sofra gravemente as consequências de seu desleixo. — Só o vi agora pela manhã, no café. Parecia muito abatido. Acho que estava preocupado com a senhorita.

Uma emoção tão grande me toma que por muito pouco não sorrio. Sabendo que lady Ana já desconfia e que não devo lhe dar mais nenhum motivo para suspeitar, luto para manter a expressão impassível.

— Duvido muito. O sr. Brachmann não se preocupa com ninguém além de si — minto, enquanto me inclino para pegar o livro caído. E ali, onde Ana não pode ver, deixo escapar um sorriso.

Klaus

Tolero a espera por notícias até onde é possível. Após uma longa noite de preocupação, em que mal preguei os olhos, levanto-me ávido por saber do estado de Amélia. Contudo, não sendo seu noivo, amigo próximo ou membro de sua família, ninguém sente necessidade de manter-me a par de nada.

Ensaio duas vezes ir até seu quarto para checar como ela está, mas em ambas acabo por desistir; não tenho direito algum de visitá-la em seus aposentos, e o escândalo de ter-me em seu quarto, mesmo que à luz do dia, não fará bem a ninguém. Em vez disso, perambulo pelo palácio, à espera de notícias.

Minha espera acaba quando estamos sentados para o almoço. Divido a mesa com a duquesa de Bragança e duas de suas damas de companhia, as três imersas em mexericos sobre a corte, quando vejo Amélia se aproximando no corredor, acompanhada de lady Ana. Levanto-me tão depressa que a conversa se interrompe abruptamente, e todas olham na mesma direção que eu.

— Maria! — Sua mãe levanta-se num átimo, parecendo ultrajada e preocupada. — O que está fazendo fora da cama? O médico disse…

— O médico disse que não devo me expor ao vento — ela completa. Sua voz está fraca e vacilante, mas ao menos consegue falar. — E não estou exposta, mamãe. Estou bastante coberta, como pode ver.

Ao dizer isso, seu olhar recai sobre mim, e não consigo conter um sorriso. Amélia está, de fato, muito bem coberta; muito mais do que eu gostaria, confesso. Além do vestido de mangas longas, ela usa casaco e lenço no pescoço. Parece cansada, mas infinitamente melhor que na noite passada. Mesmo que esteja tão recatada, a visão dela já basta para aliviar-me e acelerar meu coração.

A duquesa torna a protestar, mas Amélia é senhora de suas vontades. Senta-se à mesa, ao lado da mãe e diretamente à minha frente. Estou tão feliz em vê-la de pé que poderia beijá-la aqui mesmo. No entanto, limito-me a sorrir educadamente e dizer:

— Fico feliz que a senhorita esteja melhor, Vossa Alteza. O arquiduque não ficaria nada satisfeito de saber que adoeceu na ausência dele.

— Não há com o que se preocupar, sr. Brachmann — diz. Falta-lhe a voz ao dizer meu nome e ela pigarreia de leve, cobrindo a boca com a mão. — Foi uma simples indisposição.

— Indisposição… — sua mãe resmunga, ao que Amélia lhe lança um olhar ferino.

— Vamos apenas comer, sim?

E é o que fazemos, embora não sem protestos constantes da imperatriz-
-viúva. Ao final da refeição, obedecendo aos pedidos urgentes da mãe, Amélia
retorna ao seu quarto, mas não sem antes passar perigosamente perto de mim
no caminho para o corredor. Sinto sua mão roçar meu braço e respondo bem
a tempo de agarrar o minúsculo papel que deposita em minhas mãos. Escon-
do-o como um tesouro até estar sozinho mais uma vez.

Venha ao meu quarto esta noite.

Nem precisava pedir.

Maria Amélia

Minha condição melhora muito ao longo do dia, e sinto que o confinamento em meu quarto é desnecessário. No entanto, mais para acalmar a consciência de mamãe do que por crer na eficácia do método, permaneço presa, e uso o restante do dia para dar conta da leitura atrasada. Quando o sol se põe, termino as últimas páginas de *Orgulho e preconceito* e suspiro.

— E então, Alteza? É um bom livro? — lady Ana pergunta, tirando mais uma vez os olhos de seu bordado medonho.

— Excelente! — respondo com um sorriso.

— Eles ficam juntos no final? — indaga em tom distraído. Lady Ana enfim olha para seu bordado, mas posso ler em sua expressão que não é exclusivamente ao livro que ela se refere.

— Sim — respondo, levantando-me para colocar o exemplar sobre a mesa de cabeceira. Espreguiço-me de maneira muito pouco feminina, que faria mamãe ralhar comigo se visse. — Deus, como estou cansada destas paredes! Gostaria de poder sair um pouco.

— Ah, Alteza, não se preocupe. Amanhã a senhorita poderá caminhar pelos jardins. E, até lá, terá companhia — diz, e tomo um susto quando a ouço. Eu a encaro, horrorizada, mas lady Ana pisca e sorri, como se não tivesse dito nada de mais. — Estarei aqui com a senhorita até quando assim desejar.

— Oh... Obrigada, Ana — falo pausadamente, ainda sobressaltada. Novamente, estou certa de que ela vê e sabe muito mais do que conta. Eu poderia revelar a ela, penso. Poderia confiar em lady Ana para abrir meu coração e quem sabe assim encontrar algum alento. Ela é minha amiga. Não me trairia, não é? E Deus sabe que eu gostaria de ter alguém com quem conversar.

Estou prestes a abrir a boca quando batem à porta e mando que entrem. Uma criada vem trazer meu jantar e avisar Ana de que o mesmo está sendo servido à mesa caso queira juntar-se aos outros.

— Vá, Ana. — Dispenso-a com um gesto. — Já basta uma de nós forçada ao confinamento. Não se preocupe comigo; deitarei após o jantar.

— Como quiser, Alteza. — Ela faz uma mesura e sai.

Recolho-me após a refeição, dispensando os criados. Mamãe aparece para uma última visita. Depois de um breve embate, consigo convencê-la de que não preciso de babá esta noite. Sinto-me completamente recuperada, não estou mais febril, e não há necessidade de ser vigiada. Ela acata e finalmente me deixa a sós — e à espera de Klaus.

Devo ter cochilado em algum momento enquanto esperava. Quando abro os olhos, ele está ali, sentado à beira da minha cama, sorrindo enquanto me olha.

— Que horas são? — pergunto, ajeitando-me. O sono ainda me chama, pesando minhas pálpebras, mas, agora que ele está aqui, não quero mais ceder.

— É tarde, princesa — responde afetuosamente. Imagino que deva ser; os únicos trajes de Klaus são uma camisa branca aberta até a metade, calças de dormir e um robe preto e pesado. O fogo na lareira já quase se dissipou, deixando o quarto gelado com o frio da noite. — Desculpe se a acordei.

— Não, eu não... — Sou interrompida por um bocejo, e ele ri.

— Deixarei que durma. — E faz menção de levantar-se, mas seguro rapidamente sua mão.

— Não — digo, um pouco alto demais. Ele torna a sentar-se e vira a palma da mão para cima, deixando que meus dedos escorreguem por sua pele. — Fique aqui — acrescento, mais baixo agora. — Só mais um pouco.

Klaus não diz nada, limitando-se a observar nossas mãos unidas por um instante. Movo-me para o lado, cedendo espaço para ele na cama. Klaus abre mais um de seus maravilhosos sorrisos, um misto de rendição e divertimento, e aceita o convite. Puxa as cobertas, lançando um vento gelado em minhas pernas, e encaixa-se ao meu lado.

Estou sonolenta demais para aproveitar-me da proximidade. O frio é espantado pelo calor de seu corpo, e aconchego-me mais a ele, encaixando a cabeça na curva de seu ombro e passando um braço sobre seu tronco. Ele se ajeita para me receber, deixando um braço sob a minha cabeça, a mão acarinhando calmamente meus cabelos, fazendo meus olhos pesarem ainda mais.

— *Gute Nacht, Prinzessin* — ouço-o sussurrar, e sinto seus lábios tocarem minha testa. — *Hab schöne Träume.*

E então adormeço.

Klaus

Não sei precisar quanto tempo passo com Amélia nos braços. Senti-la dormir, ouvindo sua respiração ressonar baixo como uma melodia, é diferente de qualquer coisa que já experimentei.

Já partilhei a cama com inúmeras mulheres. Diverti-me com muitas, mas passei a noite com poucas delas. E, em cada uma dessas raras ocasiões, *zelo* nunca foi a palavra de ordem. Prazer, sim, jamais carinho. Nunca me deitei com uma mulher sem possuí-la.

Contudo, apenas abraçar Amélia me parece o bastante. Não que não a queira — desejo-a com cada fibra de meu corpo —, mas estar com ela, somente, basta-me. Senti-la comigo, saber que está bem e segura.

E esse sentimento, francamente, assusta-me.

Cochilo em dado momento e desperto com o canto dos pássaros, quando o sol já está para nascer. Ralho comigo mesmo por ter permitido tal descuido. Deveria ter saído tão logo Amélia adormeceu, mas não pude. Agora preciso ser cauteloso.

Muito cuidadosamente, saio da cama, deixando-a adormecida. Sinto-me imediatamente mais vazio e gelado, sem ter seu corpo para aquecer o meu. Cubro-a para que não sinta frio, depois vou para a porta, abrindo-a para espiar o corredor antes de sair.

Não há sinal de criados ou de movimento, então saio e fecho a porta sem fazer nenhum ruído. O piso range baixinho sob meu peso ao caminhar de volta aos meus aposentos. Graças a uma boa dose de sorte, consigo alcançar meu quarto sem ser visto.

Acordo para o desjejum. Faz uma manhã bonita lá fora, com céu azul e sol intenso, embora o frio ainda permaneça. Visto-me e desço, chegando bem a tempo de ver a princesa tomando o assento ao lado da mãe.

— Bom dia, Vossa Majestade — cumprimento-a com um aceno. Ela retribui o gesto e cobre a boca para disfarçar um bocejo. — Miladies. — Viro-me para as damas de companhia, que dizem "bom dia" em coro e lançam-me olhares lascivos. E então, finalmente, olho para Amélia. — Bom dia, Vossa Alteza.

— Bom dia, sr. Brachmann — diz e abre um sorriso esplendoroso, que ilumina a sala muito mais do que quaisquer dos raios de sol que entram pelas janelas.

Sento-me, sem desviar os olhos dela. Qualquer vestígio de que esteve doente já se apagou. Amélia está com as faces coradas e uma aparência energizada. O cabelo solto cai sobre seus ombros em uma cascata escura e sedosa. Para meu grande desalento, ela ainda está muito coberta; há um xale muito bem preso em seu colo, escondendo suas beldades arredondadas. Quando percebe para onde estou olhando, suas bochechas coram e ela disfarça uma risadinha com uma tossida leve.

— Deus do céu, o que há? Não está se sentindo bem? — Sua mãe desespera-se, segurando um braço da filha. — Talvez deva deitar-se...

— Estou perfeitamente bem, mamãe, muito obrigada — a princesa responde, soltando-se do aperto da mãe. Há uma leve nota de irritação em sua voz, mas seu semblante permanece alegre. — Ademais, creio que ar puro me faria bem. Outro dia trancafiada naquele quarto e *aí sim* ficarei doente.

— Não acha prudente chamarmos o médico...

— Na verdade, estou pensando em sair para cavalgar — continua, como se a mãe não tivesse falado. Amélia não olha diretamente para mim, mas sinto seu pé se esticando para me alcançar sob a mesa e estendo a perna para ajudá-la.

— Cavalgar? — A duquesa quase engasga com seu café.

— Sim! Jade está parada há tempo demais. A pobrezinha precisa de exercício e eu também — diz em tom definitivo. Então, vira-se para mim, as emoções perfeitamente controladas no rosto e na voz. — O senhor cavalga, sr. Brachmann?

— É uma de minhas atividades favoritas — respondo, sem sequer precisar mentir para acompanhar sua deixa. Em casa, em Viena, meu cavalo Nachthimmel é meu melhor e mais fiel amigo.

— Perfeito. Então o senhor há de acompanhar-me esta manhã. — Ela usa o tom de voz que mais aprecio: o da princesa que comanda e não admite recusas. Preciso controlar-me para não sorrir e faço um meneio de cabeça.

107

— Como desejar, princesa.

Nenhuma outra palavra sobre o assunto é proferida durante a refeição, mas, quando me retiro para vestir algo mais adequado ao passeio, entreouço mãe e filha discutirem aos sussurros a decisão da princesa de sair para uma atividade ao ar livre. Apesar de curioso, não fico para ouvir o desfecho da briga, e, quando torno a descer as escadas, não há mais sinal das duas.

Espero por Amélia próximo à entrada e, como de costume, sinto sua presença antes de vê-la chegar. Quando viro, encontro-a descendo as escadas com a postura e a elegância de uma rainha. É a primeira vez que a vejo em trajes escuros; o vestido, com a saia menos ampla que as que costuma usar, é preto, de mangas longas e gola desagradavelmente alta. Seus cabelos estão presos em coque sob um chapéu escuro com penas pretas enfeitando a aba. Como sempre, ela está deslumbrante.

— Vamos? — convida ao alcançar-me. Sorrio e estendo-lhe o braço, que ela cruza com o seu e me leva em direção ao jardim.

Contornamos a casa até chegar aos estábulos. Em todos estes dias desde a minha chegada, ainda não havia estado nesta parte do palácio. A construção, inteiramente de madeira, tem o cheiro forte e característico de animais, mas isso não parece incomodar a princesa. Ela solta meu braço tão logo alcançamos a porta, embrenhando-se para dentro, como se este fosse seu segundo lar.

Apesar do espaço grande, há poucos cavalos. Os criados já trataram de arrumar dois, selando-os e checando as ferraduras. Amélia aproxima-se do que está à esquerda, um lindo espécime de pelos aveludados cor de marfim, e põe-se a acarinhar seu focinho esguio.

— Sr. Brachmann, esta é Jade — apresenta, sem se virar para mim. Paro a seu lado e ponho a mão no dorso macio da égua, mas minha atenção está focada em Amélia. Ela exibe um sorriso encantador e meigo como o de uma criança, e um entusiasmo diferente de qualquer outra emoção sua que vi até o momento.

— Ela é linda — falo com um sorriso. *Como você*, completo mentalmente, mas não me atrevo a dizer nada em voz alta, receando que os criados deem com a língua nos dentes.

— E este será o companheiro do senhor esta manhã. — Faz um último afago na égua e volta-se para o cavalo ao lado, cuja pelugem branca é salpicada aqui e ali de manchas pretas. — Não demos um nome para ele ainda. Chegou ao palácio pouco antes do senhor. Qual acha que deveria ser a sua graça?

Penso sobre isso um instante, enquanto passo a mão pelo focinho comprido do cavalo. Então respondo, sem hesitar:

— Morgenstern.

— Estrela da manhã? — traduz a princesa, com um sorriso radiante. — É perfeito.

Trocamos um olhar rápido, mas cheio de cumplicidade e palavras não ditas. Quero tanto beijá-la que já consigo sentir seus lábios sobre os meus; minha boca formiga de desejo. Mas haverá tempo. Temos a manhã inteira para nós.

— Bem, sr. Brachmann, devo avisar-lhe que Jade é bastante rápida. — Amélia afasta-se, voltando-se para sua égua e assumindo um tom quase de desafio. — E, visto que não conhecemos a agilidade do sr. Morgenstern aqui, espero que não se chateie quando for deixado para trás.

— Quando? — repito, soltando um riso espirituoso. — Ora, princesa, isso é um desafio?

— E se for? Qual será o prêmio? — Seus olhos faíscam para mim. Pergunto-me se os criados conseguem ver, se conseguem sentir o calor que arde entre nós.

— Isso nós decidiremos quando eu vencê-la — respondo, lançando-lhe uma piscadela. Posso concluir, pela intensidade de seu sorriso, que foi a resposta certa.

Maria Amélia

A despeito do que inicialmente pensei, o cavalo que escolhi para Klaus é deveras rápido — o suficiente para que *quase* alcance a mim e Jade. Contudo, os muitos anos de experiência, a intimidade com minha égua e o conhecimento do terreno contam a meu favor, e não é preciso muito para que deixemos Klaus para trás.

Embora minha decisão tenha sido em muito tomada com base na vontade de passar algum tempo sozinha com Klaus, devo admitir que o ar livre me é muito benéfico. Eu não cavalgava há semanas, desde muito antes da chegada do arquiduque. Sentia falta do exercício, e o tempo que passei confinada em meu quarto foi a gota-d'água. Com o sol alto para aquecer-me, o frio mal se faz notar, e logo estou suando sob o vestido.

Cavalgamos por um longo tempo, afastando-nos cada vez mais do palácio. Acompanhamos o rio Tejo até um ponto onde não há nada além de vegetação a perder de vista. Diminuo o ritmo de Jade ao trote e ouço Klaus aproximar-se com Morgenstern. Viro-me e perco o fôlego com a visão, quase insuportável de tão bela. Como um príncipe, vem montado num cavalo branco, um sorriso animado no rosto corado pelo exercício, os cabelos negros balançando com o vento.

— Tinha razão, Amélia. Jade é mesmo rápida — diz, guiando Morgenstern em minha direção com a mesma facilidade e naturalidade que teria se fossem dois velhos companheiros.

— Espero que perder para uma dama não o desanime — brinco, abrindo um sorriso. Klaus solta uma risada alta, inclinando a cabeça para trás.

— De forma alguma. Mas diga-me, princesa: qual será seu prêmio?

— Um beijo — respondo, sem pestanejar.

Klaus não diz nada, apenas desmonta do cavalo e ajuda-me a descer do meu. Suas mãos em minha cintura são firmes e fazem minha pele arder mesmo sob as camadas de tecido. Mal pouso os pés no chão e ele enlaça minha cintura com um braço, usando a mão livre para soltar o chapéu e meu penteado.

— Agora sim — diz, e sinto seus dedos agarrando os cabelos da minha nuca, puxando muito levemente os fios. — Muito melhor.

Então ele me beija. Levo as mãos ao seu rosto enquanto nossos lábios se tocam e nossa língua dança, deliciando-me com a aspereza sob minha pele, estudando cada um de seus traços com os dedos. Seus beijos deixam-me zonza e sem ar, e sinto-o conduzir-me lentamente até uma árvore. Encosta-me contra o tronco e cola o corpo ao meu, as mãos passeando sem pressa pelas minhas curvas enquanto nos rendemos ao beijo.

Mal consigo respirar. Meu corpo arde enquanto ele me explora, e posso sentir a intensidade de seu desejo contra mim. Sinto um calor e um formigamento familiares entre as pernas, que me recordam da explosão de cores e sensações que Klaus me proporcionou na biblioteca.

— Klaus — digo de repente, enquanto seus lábios percorrem a pouca pele nua do meu pescoço.

— Ora, mas esse não é meu nome, é? — Solta uma risada rouca, mordiscando meu queixo. — Não aqui, não agora.

— *Herr* Brachmann — corrijo, rindo de humor e de prazer quando sinto sua respiração quente em minha pele.

— *Ja.*

— Aquela vez, na biblioteca… — Minha voz sai entrecortada, a respiração acelerada. — Foi prazeroso para você… me dar prazer?

Lentamente, Klaus para de me beijar e afasta-se, apenas o suficiente para olhar para mim. Ajeita alguns fios de cabelo que caíam em meu rosto, as sobrancelhas franzidas.

— Por que pergunta? — quer saber, o polegar desenhando carícias em minha bochecha.

— Curiosidade.

— Bem, responda-me primeiro: foi prazeroso para *você*? — Ele abre um sorriso, prevendo a resposta.

— Imensamente — sussurro, mordiscando seu lábio inferior. — Foi como ser elevada aos céus. Como caminhar entre as estrelas.

— Pois para mim foi igualmente prazeroso. — Klaus pontua cada palavra com um beijo em meu rosto, em meus lábios, em meu pescoço. — Não há nada mais excitante que a visão de outra pessoa enlouquecendo de prazer graças a você. É o melhor afrodisíaco que conheço.

— Mostre-me — murmuro, pegando-o totalmente de surpresa.

Ele me olha com um sorriso que mescla choque e fascínio, e não penso duas vezes. Giro nossos corpos, colocando-o contra a árvore, apoiando as mãos em seu peito.

— Disse que ainda tenho muito a aprender — acrescento, com um sorriso de menina levada. — Então me ensine, *Herr* Brachmann.

— Pois bem, Amélia. — Klaus abre os braços, rendido. — Explore-me.

É a minha vez de franzir o cenho, sem entender. Ele pega cuidadosamente minhas mãos e as faz escorregar pelo seu dorso.

— O corpo é um livro, repleto de histórias para contar — diz, quase num sussurro. — Se quer aprender comigo, tem que ler meu corpo primeiro. Toque-me. Conheça-me, assim como a conheci na biblioteca.

Sorrio, finalmente compreendendo.

— Eu gosto de ler — brinco, e Klaus ri.

Começo desfazendo o nó em seu lenço, arranco-o de seu pescoço e jogo na grama. Em seguida, tiro sua casaca e desabotoo o colete, fazendo-os cair por terra também. Abro os botões de sua camisa, sem desnudá-lo. Mesmo no meio do nada, não posso arriscar deixá-lo totalmente nu só para o meu prazer.

Estudo seus músculos e pelos, primeiro com os olhos, depois com as mãos, enfiando-as sob o tecido da camisa para senti-lo melhor. Pergunto-me se ele sente o mesmo calor, a mesma energia emanando de mim para ele, que me arrepia e faz o vento frio parecer insignificante. Basta olhá-lo para saber a resposta; Klaus sorri e fecha os olhos, totalmente perdido sob meu toque.

Beijo-lhe a boca e faço uma trilha por seu pescoço áspero, sentindo o delicioso cheiro almiscarado que emana de sua pele. Quando alcanço sua orelha, mordo o lóbulo com força demais, e Klaus geme baixinho. Não me repreende nem me toca; fica parado, deixando que eu me divirta.

Desço as mãos, arranhando de leve sua barriga, e Klaus estremece e solta uma risada. Noto, então, que ele estava certo; observar outra pessoa tendo prazer com você é afrodisíaco. Sinto meu coração acelerar de excitação, enquanto meus dedos se aproximam do cós de sua calça.

Prossigo com animação e curiosidade. Nunca vi o corpo de um homem. Mesmo Klaus, só vi desnudo do torso para cima. Apresso-me a desabotoar suas calças, o interesse fazendo com que me atrapalhe em minha pressa pela descoberta, até que finalmente o exponho. Seu corpo é estranho a princípio, tão diferente do meu, mas torna-se cada vez mais belo e desejável à medida que o observo.

— Sua vez, princesa. — Klaus põe a mão em minha nuca e rouba-me um beijo rápido antes de acrescentar: — Ajoelhe-se.

Obedeço de pronto. Ergo a saia do vestido para que não me atrapalhe, contente pelas vestes de montaria serem mais simples e leves que as milhares de camadas de tecido que normalmente sou obrigada a usar. Ajoelho-me diante dele, sem desviar o olhar do seu um único instante. Klaus põe a mão em minha cabeça, alisando meus cabelos, um ardor inegável de desejo nos olhos.

— *Berühre es. Fühle es.* — *Toque. Sinta.*

Com as mãos um tanto incertas, toco-o. Sinto a pelugem suave e a pele macia sob meus dedos, enrijecendo-se com mais intensidade sob meu toque. Klaus emite um silvo baixo, meio gemido e meio rosnado, um apelo mudo ao meu próprio corpo. Sua mão agarra meus cabelos com mais força, e fecho os dedos em torno de seu membro.

— Agora movimente — comanda, a voz já rouca de desejo. — E, quando estiver pronta, prove.

De algum modo, sei exatamente o que ele quer de mim. Corro a mão lentamente por sua intimidade, tomando cuidado para não apertar demais, temendo machucá-lo. Desvio os olhos para encarar Klaus, e a visão me tira o fôlego: está sorrindo, os lábios entreabertos, os olhos fechados e a cabeça inclinada para trás.

— *Schneller* — pede. *Mais rápido.*

Novamente obedeço, aumentando gradativamente a velocidade. Klaus parece perdido em seu próprio êxtase, mas sei que ainda não é o bastante; quero que ele chegue aos céus, que ande pelas estrelas como eu andei.

Desacelero e inclino-me para ele. Por puro instinto, deixo que minha língua o prove antes dos lábios, lambendo timidamente a ponta. Ele tem o gosto salgado e agridoce de pele e prazer. Klaus estremece.

— *Ja* — murmura, com um meio-sorriso. — Está indo bem, Amélia.

Sem soltá-lo, encosto os lábios como em um beijo, sugando-o levemente. Seu arfar de prazer me estimula e excita. Mas ainda não é o suficiente. Quero levá-lo ao paraíso.

Permito-me experimentá-lo aos poucos, uma lambida por vez, divertindo-me ao ver as reações estampadas no rosto de Klaus. Ele estava certo — é um forte afrodisíaco. Mas há poder também em saber que sou eu quem o deixa tão sem controle sobre si. É o que me dá ousadia para continuar.

Torno a explorá-lo com os lábios, permitindo que preencha minha boca lentamente. O arfar baixo torna-se um gemido alto e incontido, deixando-me ainda mais quente. Subo e volto a tomá-lo em movimentos ritmados, indo um pouco mais fundo, sem nunca prová-lo por inteiro. As mãos de Klaus em mim tornam-se mais urgentes, guiando-me para um lado ou para o outro, cada vez mais rápida e intensamente.

— Amélia! — ele chama, a voz alta e tão incontrolável que é quase um grito. Mas, em vez de temer sermos pegos, sinto-me ainda mais excitada. É isso. Quero que ele clame meu nome, que esteja tão completamente preenchido por mim que eu seja a única coisa coerente para ele. Quero que ele *implore*.

Arrisco ir mais fundo, tentando desta vez abarcá-lo totalmente. Porém engasgo e entreouço-o murmurar algo sobre ir com calma. Suas palavras se perdem quando o lambo de uma só vez, do topo até a base, perdidas em um arfar de prazer que aumenta conforme reencontro o ritmo.

Sei que ele atinge o êxtase máximo quando o sinto tremer, e provo sua excitação em minha boca, deixando-a escorrer para dentro de mim. Quando ergo o olhar, Klaus está suado, arfando de prazer, as pernas bambas obrigando-o a escorar-se contra a árvore. O calor e o formigamento entre minhas pernas só aumentam.

— Bem? — Ponho-me de pé e o abraço, mordendo seu pescoço. Klaus ri.

— Foi como andar entre as estrelas — confirma, a voz ofegante, e passa os braços em volta de mim.

— Ótimo — digo. Então, com uma mão ergo a saia, enquanto a outra o guia para debaixo dela. — Leve-me até lá novamente.

— Com muito prazer, princesa.

24

Klaus

É difícil despedir-me de Amélia depois que voltamos para o palácio. Há tanto ainda que gostaria de fazer, tantas partes suas que gostaria de explorar... Mas há tempo. Não há por que ter pressa.

Uma vez de volta, cada um segue para o próprio quarto. Estou a poucos passos da porta quando sou interceptado pelo velho mordomo.

— Cartas para o senhor, sr. Brachmann — diz, estendendo a bandeja de prata com os envelopes cuidadosamente arrumados sobre ela.

— Cartas? No plural? — Solto uma risada bem-humorada. Há três envelopes para mim. — *Gott*, quem terá morrido?

O sr. Pereira sorri ao meu comentário, faz uma mesura e afasta-se, deixando-me sozinho. Abro a porta do quarto com a mão livre, e só depois que entro que olho os remetentes. Uma delas é de Maximiliano. As outras duas são de minhas irmãs.

Decido começar pela de meu velho amigo, sabendo que, qualquer que seja o conteúdo, será menos exaustivo que as ladainhas de Alice ou os amores juvenis de Berta. Abro o envelope e sento-me na cama, lendo enquanto retiro as botas de montaria.

Caro Klaus,
Cheguei enfim a Paris. Ah, meu caro, não sabe como é bom me reunir novamente com minha amada. Infelizmente, serão poucos os nossos dias roubados; temo que o dever me chame de volta a Lisboa muito em breve.

Dever este do qual, creio eu, você esteja cuidando muito bem. Novamente, meu caro, devo pedir-lhe que me poupe dos detalhes. Rogo apenas que resolva o caso antes de meu retorno, pois seria demasiado desagradável para todas as partes se o que quer que se passe entre vocês durasse mais que o desejável, não é mesmo?

Não é por isso, contudo, que lhe escrevo. Talvez se recorde das alarmantes notícias que dividi com você em minha última carta. Tão logo cheguei a Paris, confirmei que eram de fato reais. Annelise está esperando um filho meu, e receio que sua gravidez já esteja bastante evidente ao círculo social da condessa.

Meu bom Klaus, o que faremos? Amo Annelise e estou muito feliz com a notícia de que serei pai. Mas tenho um dever para com Sua Alteza Imperial e temo que o escândalo seja a ruína da casa Habsburgo. Preciso pensar em uma solução.

Parto de Paris na próxima sexta-feira. Conversaremos melhor quando eu chegar.

Cordialmente,

Fernando Maximiliano José de Habsburgo-Lorena

Sua carta faz brotar em mim todo tipo de sentimentos. Primeiro vem o choque, que me deixa de queixo caído, questionando como meu amigo pôde ser tão descuidado. Então vem o medo, o receio pelo bem-estar dele, sabendo que o arquiduque da Áustria não pode se permitir tal escândalo.

Por fim, vem a alegria. Confusa e tímida, ela se espalha por meu peito quando penso que este pode ser o fim do acordo de casamento entre Amélia e Maximiliano. Pode significar caminho aberto para mim. Quem sabe agora nós possamos…

Não, não devo me deixar levar por tais pensamentos, não quando nada está certo. Balanço a cabeça, tentando clarear a mente. Pego a segunda carta, na caligrafia redonda e desenhada de Alice.

Estimado irmão,

Não sou dada a rodeios, portanto serei breve. Escrevo-lhe com um assunto da mais alta urgência.

Talvez já saiba que nossa irmã, Berta, foi recentemente apresentada à sociedade. Jovem e bem-apessoada como é, claro que

Berta foi rapidamente cercada por pretendentes, tendo eu mesma conhecido alguns deles. A vida de uma jovem debutante pode ser deveras deslumbrante caso a moça não esteja preparada. Receio que as ilusões e promessas de amor foram demais para nossa pobre irmã.

Chegou ao meu conhecimento que uma proposta de casamento foi feita por um senhor chamado Pringsheim — senhor este que, devo acrescentar, apesar de boa pessoa e vindo de uma família de nome razoavelmente respeitável, não possui a posição ou sequer a fortuna desejável para uma jovem como Berta. Tendo eu mesma desposado um conde, era de esperar que ela encontrasse, no mínimo, um visconde ou um barão com quem se casar.

Contudo, cega por uma paixão juvenil, nossa irmã cometeu a incrível tolice de aceitar a proposta do sr. Pringsheim. Papai não cabe em si de descontentamento, e mamãe, é claro, está furiosa. No entanto, receio que haja muito pouco que qualquer um de nós possa fazer; é somente você que ela ouve, Klaus. Berta não aceitará conselhos de nenhuma outra pessoa.

Então, rogo para que faça o melhor por sua família e consiga dissuadir Berta dessa decisão precipitada. Um casamento ruim pode arruinar toda uma família. Pense nisto: as escolhas de Berta podem até mesmo destruir as suas chances, irmão, de obter um bom casamento. Aguardo ansiosamente sua réplica e sua decisão.

Com amor,
Alice

Ponho a carta dela de lado com impaciência. Alice tem por hábito escrever longas narrativas, quando poderia resolver qualquer assunto em poucas linhas. Sua ideia de "conciso" é escrever duas páginas em vez de cinco. Por fim, abro a carta de Berta. Esta, graças aos céus, consiste em um único parágrafo.

Querido Klaus,
Decidi aceitar o pedido do sr. Pringsheim, a despeito dos protestos de mamãe e das cartas insistentes de Alice. Estão todos contra mim agora, mas sei que você, meu querido irmão, continuará ao meu lado. Obrigada por ser o único preocupado com o meu bem-estar e a minha vontade.

Com amor,
  Berta
P.S.: Esta talvez seja uma boa hora para causar o prometido escândalo de proporções inimagináveis.

Não consigo evitar um sorriso ao imaginar minha pequena Berta enfrentando o mundo. Embora Alice esteja parcialmente certa — *não é* o casamento ideal em nenhum aspecto —, Berta tem o direito de escolher o que fazer com a própria vida. E eu jamais me perdoaria se dissesse a ela para escolher algo menos do que aquilo que a faz feliz.

Troco de roupa e então pego papel e tinta para escrever minhas respostas.

Caro Maximiliano,
  Quanto à sua noiva, fique tranquilo: ela está sendo muito bem cuidada.
  Em relação à condessa, estou confuso se devo congratulá-lo ou dizer que sinto muito. Na dúvida, digo-lhe apenas que não há problema para o qual não possamos pensar juntos em uma solução. Acalme-se, meu bom amigo. Decidiremos o melhor a fazer quando você chegar aqui. Por ora, saiba que, caso venham a ter um menino, ficaria extremamente honrado se escolhesse Klaus ou Theodor para batizar a criança.
  Faça uma boa viagem de volta.
  Cordialmente,
    Klaus

Caríssima irmã,
  Seu talento para narrativas breves impressionou-me mais uma vez. Diga, Alice, alguma vez já considerou seguir carreira como escritora? Estou certo de que suas habilidades para contar uma história poderiam conquistar muitos leitores.
  Já estou ciente da situação de Berta, tendo ela mesma me escrito em mais de uma ocasião. Ficará contente em saber que fui eu quem aconselhou nossa irmã a aceitar o pedido. Berta não está mais deslumbrada do que você esteve quando foi apresentada à sociedade, e na ocasião, se bem me recordo, declarou estar apaixonada por não menos que

três pretendentes diferentes. Julgo-me satisfeito, portanto, em saber que Berta prometeu suas afeições a um único cavalheiro, e que o fez por escolha própria, não por ser a melhor opção disponível. Se isso vier a arruinar minhas chances de encontrar uma esposa, tanto melhor. Assim o título de marquês morrerá comigo e será passado ao primogênito que estou certo de que você providenciará muito em breve.

Com amor,
Klaus

Querida Berta,

Felicidades ao casal. Não se preocupe, mamãe vai se acostumar à ideia em breve. Conte comigo para o que precisar.

Com amor,
Klaus

25

Maria Amélia

Trocamos olhares discretos e palavras afáveis durante o almoço e o jantar, mas não nos vemos depois disso. Tampouco nos encontramos na biblioteca naquela noite. Tenho um sono inquieto, sentindo falta do calor de seu corpo ao lado do meu. Quando desperto na manhã seguinte, meus pensamentos estão de novo nele. Planejo desculpas insanas para arrastá-lo para longe dos olhares de mamãe e dos empregados, mas, tão logo chego à mesa do café, percebo que meu dia será bem diferente.

— Maria, o padre Joaquim espera por você hoje às dez — mamãe anuncia, assim que me sento.

— Espera-me? Para quê? — Franzo o cenho, confusa, enquanto um criado me serve uma chávena de café.

— Para tomar sua confissão, ora pois! — Ela solta um muxoxo irritado e toma um gole de chá. — Você havia marcado de encontrá-lo na segunda, mas adoeceu, então tomei a liberdade de reagendar seu compromisso para hoje. E, depois disso, tem de ir à modista a fim de provar seu vestido de noiva.

— Meu vestido... — começo a falar, mas o choque rouba-me a voz. — E a senhora agendou esses compromissos sem me consultar primeiro?

— Por quê, Maria? Tem alguma obrigação mais importante que restabelecer contato com Deus ou preparar-se para o casamento? — Mamãe estreita os olhos para mim, fazendo-me corar de medo e vergonha. Por um momento, estou certa de que ela sabe sobre mim e Klaus; por que outro motivo estaria tão ressabiada?

Beberico meu café, procurando acalmar-me. Mamãe não sabe de nada — não teria como saber, certo? Mas ela não agiria de maneira tão desconfiada se eu mesma não me portasse de forma tão suspeita. Em todos os meus vinte anos, jamais passei um domingo sem comungar durante a missa ou mais de uma semana sem confessar-me com o padre. Não é de espantar que mamãe estranhe meu comportamento; é totalmente atípico.

Não conversamos mais durante o café da manhã, e sinto-me ao mesmo tempo aliviada e incomodada por Klaus não ter se juntado a nós. Anseio por vê-lo, mas sei que a distância nos fará bem — ou, ao menos, ajudará mamãe a esquecer quaisquer desconfianças que possa estar construindo em sua mente.

Às nove e meia, lady Ana acompanha-me até a igreja. O frio excessivo dos últimos dias dá uma trégua. Além do céu azul e do sol alto, há uma brisa quente soprando por todo o caminho. Sorrio, satisfeita. Adoro a primavera, e ficarei feliz de deixar o frio e o clima do inverno para trás.

Alcançamos a paróquia, e deixo lady Ana sentar-se em um banco aos fundos da igreja enquanto sigo para o confessionário. Não há mais ninguém além de nós, e o lugar está tão silencioso que posso ouvir meus passos ecoando na pedra fria e a respiração alta de Ana enquanto finge rezar.

Entro no confessionário e sento-me no banquinho diminuto de madeira coberto com veludo. A cortina que separa os dois lados se abre, e, embora eu não o veja direito entre os furinhos entalhados na janela de madeira, posso imaginar o rosto enrugado e franzino do padre Joaquim, pronto para ouvir meus pecados.

Meu coração acelera. Por Deus, terei que contar a ele! Terei que contar a ele as coisas que fiz e deixei que Klaus fizesse comigo. Oh, meu Deus, como poderei dizer? Pior — como poderei encarar padre Joaquim na missa depois que ele souber os meus segredos mais íntimos, os meus pecados mais graves?

Mas pior, penso, é saber que mesmo minha confissão será um pecado. Pois para se confessar é preciso buscar o perdão e, para tal, deve-se estar arrependido. E posso estar profundamente embaraçada pelos meus atos, mas arrependida... Nunca. Jamais.

— Ave Maria puríssima — padre Joaquim começa, e faço o sinal da cruz sentindo-me a pior e mais pecadora das católicas.

— Sem pecado concebida. Abençoe-me, padre, porque pequei — digo a frase que venho repetindo semanalmente há anos de maneira automática.

— Conte-me o que a aflige, minha filha — ele diz, e meu rosto queima de vergonha.

Calo-me pelo que me parece um longo tempo. Há tantas coisas passando pela minha cabeça que nem sei por onde começar. Passo tanto tempo em silêncio que, quando ouço padre Joaquim pigarrear, dou um pulo no banco.

— Padre... — falo e hesito por mais um segundo, as mãos brincando nervosamente com o tecido da saia. — Eu... eu menti. Repetidas vezes, e para muitas pessoas.

— Continue, minha filha — pede, após mais uma longa pausa de minha parte, e parece conter um bocejo. Pobre padre Joaquim. Deve estar pegando no sono enquanto espera que eu me pronuncie.

— Venho enganando a todos, padre. Acreditam que estou me preparando para o meu casamento, mas na verdade estou... — A voz me falta, assim como a coragem. Respiro fundo, tentando recobrá-las. — Estou encontrando outro homem.

Padre Joaquim nada diz, e mordo o lábio inferior, com medo do que ele deve estar pensando a meu respeito. Fecho os olhos e decido que, já que comecei, posso muito bem contar tudo.

— Venho encontrando outro homem em segredo há algum tempo — digo e revejo os momentos que passei com Klaus como fotogramas em minha mente.

— Encontrando, minha filha? — o padre repete, e sinto meu rosto arder.

— Sim, padre. Encontrando... — Hesito, mas obrigo-me a continuar. — Encontrando em pecado — completo.

Consigo imaginar a expressão horrorizada do velho padre Joaquim. Uma moça — pior, uma *princesa* — encontrando secretamente um homem com quem não é casada. Mais grave ainda, um homem que *não virá a ser seu marido*. O choque, temo, pode matá-lo, então é bom que eu me apresse.

— Este homem é um... um conhecido da minha família — digo. Será que meias-verdades contam como pecado de omissão ou mentira? Deus do céu, perdoe-me. — E não nos dávamos bem de início, mas eu... não sei bem, padre. Fui arrebatada por um sentimento desconhecido.

Padre Joaquim não responde, mas tampouco precisa. Uma vez que começo a confissão, a necessidade de compartilhar com alguém a minha história — mesmo que com um homem de Deus — fala mais alto, e não consigo parar.

— Não pretendia me envolver com ele de início. Digo, ele sempre foi bastante *ousado*, mas eu nunca... Não pretendia que chegasse tão longe.

— O pecado nunca é intencional, minha filha — sua voz cansada diz, com ar sábio. — Quando Adão e Eva cederam à serpente, não pretendiam mal algum.

Comer uma maçã, penso eu, dificilmente se assemelha a todas as coisas que Klaus e eu fizemos. Ainda assim, entendo o que padre Joaquim quer dizer. Respiro fundo e prossigo.

— E nós pecamos, padre — continuo, corando cada vez mais à medida que as palavras saem de minha boca. — Muitas vezes.

— Deitou-se com esse homem, minha filha? — ele pergunta muito lentamente, como se cada sílaba fosse um peso horrível de carregar.

— Bem, ainda não — digo, e a surpresa de minha ousadia faz com que eu cubra a boca com a mão. — Mas fizemos... outras coisas.

— Outras coisas? — repete, e, apesar da seriedade da situação, sorrio. As memórias tiram-me da igreja e transportam-me para outro lugar, para o chão frio da biblioteca, para as paredes e estantes que agora guardam meus segredos. Para a ravina às margens do Tejo...

— Nós nos beijamos. Muitas vezes. E... — o confessionário parece subitamente quente, e abano-me com as mãos — deixei que ele me tocasse, padre.

— Continue — diz, em um tom assustado que não me passa despercebido. A mera lembrança incendeia o sangue em minhas veias.

— Deixei que me visse nua. Deixei que tocasse meu... meu íntimo. — As pernas formigam e preciso cruzá-las para manter-me sã. — Deixei até que me beijasse *lá*. E *gostei*. E, ontem mesmo, eu também o vi nu, e ele me ensinou a...

— Tudo bem, filha, tudo bem — o padre interrompe-me tão alto que temo que sua voz tenha ecoado pela igreja inteira. Ele parece impressionado. — Já entendi.

— Acha que Deus pode me perdoar, padre? — pergunto, a voz ansiosa. Ele pigarreia.

— Veja bem, minha filha. O que acontece entre um homem e uma mulher... — Ele pausa, soando extremamente desconfortável. — Os prazeres carnais são um compromisso aos olhos de Deus. Uma mulher não deve se deitar com um homem com quem não é casada, tampouco deveria um homem fazê-lo. Mas, sobretudo, não deveria se deitar com uma pessoa a quem não ama.

Faz-se silêncio. As palavras de padre Joaquim pesam sobre meus ombros e fazem minha cabeça girar. Amor. Nunca pensei em amor. Pensei em luxúria e em desejo. E embora sempre estivesse ciente dos perigos de apaixonar-me por Klaus, nunca achei que passasse disto: paixão. Algo cego como o desejo que ardia entre nós, mas passageiro. Não amor.

Padre Joaquim absolve-me e dá minha penitência — cem pai-nossos e cem ave-marias, muito menos do que imaginei que mereceria —, e retiro-me do confessionário, ajoelhando-me em um dos bancos para rezar. Enquanto o faço, questiono meus sentimentos por Klaus.

Não o amo. Não posso amá-lo. Pois amá-lo significaria jamais poder deixá-lo partir.

E, para o nosso próprio bem, sei que muito em breve é exatamente o que terei de fazer.

Klaus

Não vejo Amélia por um dia inteiro, e a falta que ela me faz é cada vez mais difícil de ignorar. Depois de perder o desjejum, descubro que ela foi à igreja com lady Ana e acaba não retornando a tempo do almoço. Após uma sequência de desencontros, finalmente a vejo na mesa do jantar.

— Boa noite, Vossa Alteza — digo, fazendo uma mesura educada. Amélia está belíssima, o bom tempo favorecendo suas feições. As faces estão mais coradas, o sorriso mais amplo, e o decote consideravelmente mais baixo, para minha enorme satisfação. — Não achei que fosse vê-la hoje. Por um segundo, achei que estivesse fugindo de mim.

— De maneira alguma, sr. Brachmann — replica, tomando o assento ao lado da mãe. — Lady Ana e eu fomos até a cidade, e por isso nos demoramos.

— Maria foi até a modista, provar o vestido para o casamento — a duquesa declara, com um sorriso felicíssimo.

Meu corpo gela. Encaro Amélia sem emitir som algum, imaginando se meu rosto trai alguma das emoções conflituosas que se passam dentro de mim. Este misto de angústia e raiva, de dor e decepção. Mas que direito tenho eu de decepcionar-me, de sentir-me triste ou furioso? O casamento de Amélia e Maximiliano não é nenhuma novidade, nenhuma surpresa. Foi por isso que vim a Portugal.

E será que ela sente o mesmo que eu? Estudo seu rosto subitamente pálido, esquadrinhando-o em busca de algum sinal. Amélia disse-me uma vez que conhecia suas obrigações, que não tinha ilusões de se casar por amor. Terão, contudo, essas noções mudado em nossos encontros? Será que ela, assim como eu, também vem sentindo um aperto no coração ao imaginar a separação próxima, ao visualizar-se subindo ao altar com Maximiliano?

Mas Amélia, assim como eu, é excelente em esconder seus sentimentos. Se há resquícios de suas verdadeiras emoções em seu semblante, não as vejo. Ela apenas retribui o meu olhar, pelo que me parece uma eternidade.

— E que tal está ficando o vestido, querida? — a duquesa pergunta, sua voz ecoando a quilômetros de distância enquanto Amélia e eu nos olhamos. — Maria?

— S-Sim, mamãe? — A princesa desvia o olhar de mim, trazendo-me de volta ao mundo real.

— Perguntei-lhe do vestido — sua mãe repete com calma, olhando-a de forma condescendente.

— Ele é... branco — Amélia diz, aparentemente sem pensar. Suas faces coram de vergonha, e ela se apressa a completar: — É bonito.

— Fico feliz que tenha gostado. Precisamos ainda decidir quanto às flores...

A imperatriz-viúva continua por longos e intermináveis minutos a falar sobre o casamento, mas Amélia mal participa da conversa, deixando a ladainha a cargo da mãe e das damas de companhia. Olho-a furtivamente durante o jantar, mas ela mantém os olhos baixos, evitando encarar qualquer lugar que não a mãe ou o próprio prato.

Após o jantar, a imperatriz-viúva segue silenciosamente para alguma de suas atividades, seguida por todas as moças. Lady Ana demora a levantar-se, lançando um olhar suspeito em minha direção antes de sair. Por fim, a princesa a segue, ainda de cabeça baixa. Sem perder um segundo, sigo-as pelo corredor, e só quando estamos fora do alcance dos olhares e ouvidos dos criados abro a primeira porta que encontro e a puxo comigo.

— O que... — Ela quase grita de surpresa, mas controla-se assim que me vê. — Klaus, não podemos...

— Senti sua falta hoje — confesso, fechando a porta. A saleta é consideravelmente menor do que as outras que já explorei pelo palácio, um escritório decorado simplesmente com uma mesa, uma cadeira e prateleiras com volumes que não consigo distinguir. As cortinas estão fechadas e a luz que adentra a janela mal é suficiente para que eu veja a silhueta de Amélia. Não que seja preciso; basta apenas que possa senti-la.

— Também senti a sua — ouço-a murmurar, e sua mão tateia meu rosto, o polegar descrevendo a curva dos meus lábios. — Mas não devemos nos arriscar assim. Se formos pegos...

126

— Será rápido. Diga-me... — Aproximo-me dela, reconhecendo o volume de seus seios contra meu tórax e deliciando-me com seu perfume. Minhas mãos encontram os fios macios de seu cabelo, acompanhando-os do topo da cabeça até caírem por suas costas. — Posso vê-la esta noite?

Amélia hesita. É breve, não mais que alguns segundos, mas o suficiente para que eu questione novamente se terá desistido de mim — de *nós*. O pensamento faz doer ainda mais meu peito, e me amaldiçoo por sentir-me desse jeito.

— Claro — diz por fim, e sinto-a sorrir. Sou invadido por um alívio imediato, soltando o ar devagar enquanto ela completa: — Encontre-me na biblioteca.

Rio baixo e inclino-me para beijá-la. Seguro seu rosto, e Amélia cobre minhas mãos com as suas. É um beijo rápido, roubado, tão diferente dos que já trocamos, tão menos do que gostaria de dar a ela. Mal a solto e ouço-a abrir a porta e desaparecer corredor afora.

✦═══✦

Maria Amélia

Assim que adentro a sala de música, todos os olhos se voltam para mim. Lady Ana, até então ao piano, vira-se tão rápido para me ver chegar que esquece completamente a música que está tocando.

— Demorou — é o único comentário que mamãe faz. Ela está de cabeça baixa, lendo algum livro, mas não me engana; sei que segue cada movimento meu.

Não respondo de imediato. Vou até ela e tomo o assento vago imediatamente à sua frente, ajeitando-me na poltrona. Lady Ana levanta-se e senta-se com lady Cora e lady Lúcia, fingindo prestar atenção ao bordado de uma delas.

— O sr. Brachmann precisava dar uma palavrinha comigo — digo, optando por uma meia-verdade —, sobre meu noivo.

— A senhorita e o sr. Brachmann têm passado muito tempo juntos — lady Ana diz, em um tom de voz perfeitamente calmo e cuidadosamente indiferente.

— Bem, ele... — Sinto o rosto arder, e a voz trava. Encaro Ana diretamente, que não parece nem um pouco envergonhada pela situação em que me colocou. Ao contrário, ela sorri. Pigarreio e continuo: — Ele e meu noivo são grandes amigos, e o sr. Habsburgo deixou-me aos cuidados do sr. Brachmann, então é natural que estejamos próximos. Está cuidando de mim enquanto o arquiduque não retorna.

— Sabemos como ele cuida de você... — Ana murmura, deixando-me chocada. Felizmente, mamãe não parece ouvir o comentário.

— Não gosto muito desse sr. Brachmann — ela diz, uma ruga de desaprovação formando-se em sua testa. — Há muitas conversas na corte sobre sua reputação. O sr. Habsburgo não deveria se misturar com tal tipo de gente, e tampouco deveria você, Maria. Sabe como as pessoas falam.

As damas trocam risadinhas baixas e afetadas, e volto meu olhar para lady Ana outra vez. Há algo em seu sorriso que me parece perigoso, como uma cobra prestes a atacar. Engulo em seco e não digo nada.

— E você não me parece especialmente animada com o casamento — mamãe acrescenta, enfim baixando o livro e olhando para mim. A mudança súbita de assunto é a oportunidade de que eu precisava para desviá-la completamente de Klaus.

— Nunca estive animada com o casamento — digo, ajeitando-me na cadeira. Faz-se silêncio na sala. Mesmo que Ana e as outras se esforcem para parecerem ocupadas, sei que estão atentas a cada palavra que trocamos.

— Esperava que mudasse de ideia depois de conhecer o sr. Habsburgo. — Mamãe solta um suspiro pesado, quase triste. — Achei que, depois de conhecê-lo, pudesse vir a... gostar mais dele.

— *Gostar mais dele?* — repito, subitamente inflamada. A sensibilidade do tópico mistura-se à confusão de sentimentos que tenho por Klaus e transforma-se em lágrimas em meus olhos, que contenho a todo custo. — Achou mesmo que seria assim? Como eu poderia me apaixonar por um homem com quem passei poucos dias?

— E acha que passei muito tempo com seu pai antes de nos casarmos? — replica, sua voz alta e irritadiça. Mamãe nunca falou nesse tom comigo. Por mais irritada que estivesse, sempre mantinha a voz baixa, a compostura. Não desta vez. — Acha que eu o amava quando nos casamos, que minha vida foi como um daqueles romances que você tanto adora ler?

Abro a boca, chocada, mas não consigo responder. A vida inteira acreditei que o casamento de meus pais era perfeito. Papai morreu quando eu ainda era muito pequena, e tive somente os quadros e as histórias de mamãe para conhecê-lo. Nelas, ele soava como um príncipe encantado. Como o marido perfeito, o grande amor de sua vida.

— Mas a senhora... a senhora disse...

— Contei a você o que precisava ouvir — interrompe-me, porém a rispidez em sua voz se vai, substituída pelo que me parece um enorme cansaço. —

Mas não se engane, Maria; não houve nada de perfeito em nosso casamento. Também não me casei por amor. Somos nobres. Não podemos nos dar ao luxo do sentimento.

O choque que me atinge é tamanho que nem sinto quando as lágrimas começam a brotar. Choro silenciosamente, sem saber direito por quê: pelas mentiras, pelo meu futuro incerto ou por saber que mamãe foi tão infeliz quanto provavelmente serei. Por fim, peço licença e anuncio que vou me recolher.

Klaus

Espero Amélia por longas horas na biblioteca, mas ela não aparece. Passeio por entre as prateleiras, olhando os livros e folheando alguns exemplares, porém não há nada capaz de acalmar meu coração. Por que ela não chega?

Deve ter adormecido, diz meu lado são e calmo. É o mais sensato, afinal nem todos são insones incuráveis como eu. Contudo, o lado cruel, aquele cujo anseio me leva à beira da loucura, sussurra: *Ela não quer mais ver você*. E é esse lado, temo dizer, que vence.

Não consigo imaginar o que possa ter feito para que Amélia tenha decidido não vir. Quando a beijei, logo após o jantar, parecia tão receptiva.

Não, não parecia, o pequeno verme da ansiedade contesta. E, de fato, ele está certo. Houve um segundo ali, um segundo muito breve, em que vi a hesitação em seu olhar. Sabia que não havia imaginado coisas. Talvez Amélia só tenha concordado em me encontrar hoje por pena. Talvez não quisesse me dispensar tão bruscamente em uma saleta mal iluminada, mas jamais pretendeu vir. Talvez ela...

As dúvidas corroem-me por dentro. Vago pelos já familiares corredores, completamente desperto. A mera suposição de que a princesa não queira mais minha companhia me causa dor física. A agonia comprime meus pulmões e aperta meu coração.

Faço, então, algo que definitivamente não deveria fazer. Ando decidido até a ala dos aposentos reais e paro à sua porta, a mão a meio caminho da maçaneta. Meu peito retumba, os batimentos tão acelerados e altos que temo que o palácio inteiro vá ouvir. Não sei o que vim fazer aqui. É a pior decisão possível. Mesmo assim, após a mais longa das hesitações, giro a maçaneta e entro. O quarto está quase completamente entregue à penumbra. Algum criado deve ter se esquecido de fechar a janela, e uma brisa gelada empurra as cortinas, fazendo-as esvoaçarem como fantasmas no escuro. As brasas na lareira mal são o bastante para iluminar o ambiente, mas eu a vejo com clareza. Vejo seu contorno sob o edredom, as curvas que conheço tão bem.

— Quem está aí? — diz, em um sussurro assustado, e a vejo sentar na cama, puxando as cobertas contra si.

— Sou eu — respondo, um pouco mais alto do que pretendia. Fecho a porta e rapidamente cubro a distância entre nós, sentando-me à beira de sua cama.

— Klaus? — pergunta, confusa. Passo a mão por seus cabelos e sinto-a relaxar um pouco. — O que veio fazer aqui?

— Você não apareceu hoje — digo, surpreendendo-me com a mágoa em minha voz. Sinto-me um menino, uma criança mimada a quem um presente muito cobiçado foi negado, e tal sensação não me agrada nem um pouco. — Fiquei preocupado.

— Não deveria ter vindo — Amélia sussurra, e soa tão ríspida que me afasto, como se tivesse sido atingido por um raio.

Por um instante, nenhum de nós diz nada. Olho para ela, estudando suas feições no escuro. Amélia olha para todo e qualquer canto, menos para mim. Sinto meu coração apertar-se mais e mais.

— Algo está errado? — pergunto. Minha voz trai completamente minhas emoções, mas não é hora de agir com frieza. Nem sei se conseguiria, mesmo que tentasse.

— Não devemos mais nos ver — Amélia diz, tão baixo que parece falar consigo mesma. Ergue os olhos para mim por um instante e, como se acabasse de notar a proximidade entre nós, apressa-se em empurrar as cobertas para longe e levantar-se da cama. — Não deveria ter vindo aqui. Não é certo uma senhorita solteira receber homens em seus aposentos.

— Não seria a primeira vez, não é mesmo? — digo, com uma nota pesada de sarcasmo. A piada, contudo, serve apenas para chocar Amélia ainda mais. Levanto-me e aproximo-me dela. — Amélia, o que está acontecendo? Até ontem...

— Até ontem, eu havia me esquecido das minhas obrigações! — exclama num sussurro alto, desesperado. Vejo lágrimas brotando em seus olhos, mas também noto seu esforço para não chorar. — Até ontem me permiti a ilusão de uma vida que não é minha.

— *Gott*, Amélia, do que está falando? — Tento segurá-la pelos ombros, mas ela afasta-se de mim.

— Estou falando de estar noiva do arquiduque da Áustria, seu *melhor amigo*, que estará de volta daqui a uma semana — diz rispidamente. — É com ele que vou me casar, Kl... sr. Brachmann. E creio que já deixamos esta brincadeira entre nós chegar longe demais.

Lembro-me de uma ocasião, quando ainda era muito jovem, em que briguei com um colega por uma aposta tola. Foi a primeira vez que tomei um soco; uma pancada violenta, dada por um brutamontes muito maior do que eu, que me acertou em cheio na boca do estômago e deixou-me sem ar por horas.

Ouvir Amélia agora me dá uma sensação semelhante. Uma falta de ar súbita, uma dor na barriga que faz meu corpo se contrair involuntariamente. Semelhante, mas muito, muito pior. Porque, desta vez, não posso atingir meu oponente de volta. Tudo que consigo fazer é manter a cabeça erguida e encará-la, enquanto ela vai até a porta e a abre.

— Não devemos mais nos encontrar, sr. Brachmann — diz, mantendo a cabeça baixa ao segurar a porta aberta. — Agora, peço que se retire. Preciso descansar.

— Como desejar, princesa — murmuro, e meus pés me carregam automaticamente até a porta e em seguida pelo corredor.

Não sei como chego ao meu quarto. Em dado momento, encontro-me deitado em minha cama, encarando o teto e sentindo um vazio tão imenso no peito que temo que sugue minha vida completamente.

E é então que enxergo que meu velho amigo Max tem razão. Paro de tentar provar a mim mesmo que não sinto. E finalmente percebo.

Eu a amo.

✦

Maria Amélia

Praticamente não durmo depois que Klaus se vai. *Sr. Brachmann*, corrijo-me mentalmente. Preciso acostumar-me a falar dele com distância, frieza, impessoalidade. Preciso acostumar-me a ficar longe dele.

No entanto, as lágrimas embalam-me noite adentro. Sei que minhas palavras duras foram necessárias. Sei que me afastar dele é o certo a fazer. Estou noiva. Meu casamento acontecerá daqui a um mês. Sou uma princesa e tenho minhas obrigações.

Mas nada disso importa para meu coração despedaçado. Do momento em que saí da sala de música e decidi deitar-me mais cedo, sabia que não seria fácil. Tão logo tomei a decisão, sabia que doeria. Mas jamais imaginei que doeria tanto, ou que seria tão cedo.

Talvez tenha sido melhor assim. Antes uma despedida aos sussurros no meio da madrugada, quando tenho uma noite inteira para apagar as marcas de choro, do que uma briga à luz do dia, que qualquer pessoa no palácio poderia entreouvir. Sim, devo contentar-me. Foi melhor assim.

Adormeço quando o dia começa a clarear e só acordo com o sol já alto. Chamo a criada, que chega trazendo uma bandeja com o café da manhã em que não toco, e deixo que ela me vista. Não noto as roupas que uso, o penteado que recebo ou a temperatura que faz quando saio do quarto; sou uma boneca, uma marionete, movendo-me contra minha vontade, seguindo com a vida pois é isso que se espera que eu faça.

Caminho pelos corredores mais por hábito que por estar à procura de algo ou alguém, e, quando avisto lady Ana com seu bordado em uma das saletas, meu estômago revira. Sinto-me enjoada mesmo sem ter comido nada e dou-lhe as costas, correndo para fora do palácio. A última coisa que quero agora é encarar seu sorriso ferino ou tolerar alguma de suas insinuações a meu respeito.

Quando paro de correr, estou em frente ao estábulo. O cheiro familiar de cavalo e feno me tranquiliza, e respiro fundo, lutando para acalmar meu coração. Jade é exatamente a companhia de que preciso agora. Não há dor que um animal não consiga curar.

Ando sem me preocupar com a terra que suja meus sapatos e meu vestido, totalmente impróprios para caminhar entre os estábulos. É a primeira vez em muitas horas que me sinto remotamente bem ou calma. Entro, pronta para pedir para que um dos criados traga Jade e uma escova para mim, mas o que vejo torna a tirar meu ar.

O sr. Brachmann está lá, vestido para montar, escovando o pelo de Morgenstern. A visão transporta-me de volta ao passado, para o momento em que ele nomeou o belo cavalo e saímos para cavalgar. Lembro-me de sorrir ao vê-lo montado, suas bochechas corando com o vento. E então me lembro dos beijos. Dos toques. De senti-lo em mim. As memórias doces são quase insuportáveis e solto um som indistinto e incontrolável.

133

Quando me vê, o sr. Brachmann derruba a escova, que cai sobre uma das patas de Morgenstern. O cavalo solta um relincho baixo e incomodado, mas nenhum de nós lhe dá atenção. Só tenho olhos para o sr. Brachmann, e ele também está inteiramente concentrado em mim.

— Não sabia que estava aqui — digo baixinho, abraçando meu corpo como se pudesse proteger-me do efeito que ele tem sobre mim.

— Eu já estou de saída — o sr. Brachmann responde, apontando para Morgenstern com o polegar.

— Notei. — Tento sorrir, mas imagino que meu rosto, tal como o dele, esteja preso em uma expressão interminável de confusão e sofrimento. Dou-lhe as costas. — Eu vou...

— Princesa...

Não ouço o que ele tem a me dizer. Em vez disso, corro outra vez, afastando-me dos estábulos e do palácio, indo em direção à igreja. Quem sabe Deus possa me ajudar a apaziguar esta dor. Nada na Terra parece capaz disso.

Maria Amélia

Tomo cuidado ao sair para caminhar no dia seguinte. O palácio parece mais escuro sem a companhia do sr. Brachmann, e temo encontrá-lo atrás de cada porta que abro, em cada corredor pelo qual passo. Sinto-me ridícula por fugir dele em minha própria casa, mas não estou pronta para vê-lo novamente. Decido, por fim, ir até a igreja, onde estou certa de que não cruzarei com ele — o sr. Brachmann deixou claro, em mais de uma ocasião, que Deus e ele seguem caminhos bastante opostos. Ademais, talvez eu encontre algum consolo na solidão fria da paróquia.

Ao longe, avisto mamãe e uma de suas damas, acompanhadas de padre Joaquim. Ele está de casaco e chapéu e carrega uma mala. Bem ao lado da igreja, uma carruagem o espera.

— Vossa Alteza! — ele exclama quando estou perto o bastante. Mamãe vira-se, surpresa, para mim, e sua dama faz uma mesura.

— Bom dia, padre Joaquim — digo, esboçando um sorriso. Ele faz um breve aceno com a cabeça, mas evita olhar para mim; de fato, parece até mesmo *incomodado* com a minha presença. — Está indo a algum lugar? — pergunto, apontando a mala.

— Receio que nosso bom padre esteja se aposentando. — É mamãe quem responde, parecendo bastante triste com a notícia. — Por que agora, padre, se me permite perguntar?

— Ora, Vossa Majestade, creio que já servi à Igreja por tempo suficiente, ainda que nunca deixe de servir a Deus — diz e, olhando-me furtivamente, acrescenta: — E os pecadores de hoje em dia... Há coisas que um velho como eu jamais deveria ter que escutar.

Coro e baixo a cabeça, incapaz de responder.

— Bem, faça uma boa viagem, padre Joaquim — mamãe diz, e ele acena, ainda sem conseguir me encarar, depois sobe na carruagem.

O cocheiro fecha a porta e toma as rédeas, e vemos a carruagem afastar-se pela estrada. Por fim, mamãe suspira e volta-se para mim.

— Que bom que me encontrou, Maria. Temos um horário com a modista — diz, sorrindo de orelha a orelha.

— Mas já fiz a prova do vestido de noiva — respondo, sentindo o enjoo retornar à menção dessas três palavrinhas.

— Não é isso. Precisamos providenciar vestidos novos. — Ela toma meu braço e começa a andar de volta para casa.

— Para quê?

— Para o baile de máscaras da condessa de Albuquerque.

Klaus

Os dias que passo sem falar com Amélia são os piores da minha vida.

Após nosso breve encontro nos estábulos, mal a vejo. Cruzamo-nos durante as refeições, pois, se um de nós faltasse constantemente à mesa, seria inevitável atrair suspeitas, mas não há mais encontros casuais ou às escondidas. Amélia evita-me a todo custo no restante dos dias, e dou a ela o espaço necessário.

Acabo, então, limitando-me a cavalgar durante o dia, explorando Lisboa a cavalo, e confinando-me à biblioteca à noite, nas horas em que sei que ela não estará por lá. Tento distrair-me com prosa e poesia, mas não tento me enganar dizendo que é pelas histórias que vou até lá. A verdade é que, de todos os lugares do Palácio das Janelas Verdes, aquele é onde me sinto mais próximo dela.

Conforme os dias se arrastam, pego-me desejando que Maximiliano volte logo. Imagino o momento em que direi a ele que, mais do que nunca, precisa honrar seu compromisso com Amélia. Que ele precisa amá-la, como eu amo. Fazê-la feliz como não poderei. Que ele precisa...

Então tenho um estalo. *A carta.*

É claro! A carta de Maximiliano soluciona tudo. Quando Amélia a ler e descobrir sobre a gravidez da condessa, saberá que nada disso importa. Ela não precisa se preocupar em cumprir com seu dever para com o noivo, porque não haverá mais casamento. Tão logo o escândalo vier a público, a imperatriz-viúva exigirá distância dos Habsburgo. Amélia precisa saber!

Em meu quarto, tarde da noite, passo a revirar as gavetas. Sei que a deixei aqui em algum lugar depois de respondê-la, mas não consigo me recordar exatamente *onde*. Abro as gavetas da cômoda, olho na mesa de cabeceira, entre as páginas dos livros que trouxe da Áustria e até sob o colchão, mas não a encontro.

Interrompo a busca, sentindo-me frustrado. Decido que não preciso de carta alguma; minha palavra bastará. Em um acesso de coragem, atravesso o palácio em direção aos aposentos da princesa.

Contudo, ao chegar lá, Amélia não responde quando bato à sua porta, e encontro-a trancada. Suspiro, apoiando a testa contra o batente, e por fim decido tentar aproximar-me dela no dia seguinte.

Tenho outra noite inquieta e insone, em que mal prego os olhos. Quando acordo, há uma criada mexendo em minhas coisas. Sento-me num salto e esfrego os olhos.

— O que está fazendo? — digo, um pouco mais rude do que pretendo. A criada, uma mocinha de não mais que vinte anos, dá um pulo e deixa cair uma camisa no chão.

— Desculpe, senhor. Não sabia que estava acordado. — Ela baixa a cabeça, temendo olhar para mim, e então recolhe a camisa caída.

— Perdoe-me. Não quis assustá-la. — Solto um suspiro cansado e ponho as pernas para fora da cama. A mocinha vira de costas para mim, envergonhada por ver-me em trajes de dormir. Em outros tempos, eu teria feito alguma piada inapropriada, quem sabe até tentado seduzi-la. Não mais. — Está procurando alguma coisa?

— Seu fraque, senhor — responde, congelada, exceto pelas mãos, que remexem o tecido da camisa nervosamente. — Para o baile de hoje à noite.

— Baile... — murmuro, mas então me recordo. Suas Altezas foram convidadas para um baile de máscaras de algum nobre, e o convite obviamente se estende a mim.

Não me encontro exatamente ávido por uma celebração, mas o baile será a oportunidade perfeita para falar com Amélia. Sendo o único homem a acompanhá-las, ela deverá dançar ao menos uma valsa comigo, e todos os contatos com cavalheiros passarão por meu intermédio. Em algum momento ela *terá* de conversar comigo, e então me farei ouvir.

29

Klaus

O tempo passa bem mais depressa e de modo mais agradável devido à perspectiva de encontrá-la. Não a procuro durante o dia, optando por treinar o que direi a ela e imaginar todos os tipos de cenário para esta noite. Não sei se falar a verdade adiantará de alguma coisa, mas ela precisa saber. Antes de mais nada, prometi a Amélia minha completa honestidade, e é isso que ela terá.

Quando volto ao quarto, meu fraque e minha camisa já estão devidamente limpos e engomados, meus sapatos e chapéu foram lustrados e há uma máscara sobre a cama. É simples, preta e adornada com desenhos quase imperceptíveis em um tom muito escuro de azul, com um pedaço de fita de cada lado para prendê-la à cabeça.

Banho-me, visto-me e coloco a máscara. Pareço outra pessoa quando vejo meu reflexo no espelho. E talvez de fato seja. O Klaus Brachmann que chegou com a comitiva do arquiduque há um mês em nada se parece com o homem que sou agora. Aquele Klaus, sorrio ao pensar, teria zombado de mim, um homem apaixonado, pronto a trair o segredo de seu melhor amigo para não perder a mulher que ama.

Que ama. E, por Deus, eu a amo. Talvez o dito seja mesmo verdadeiro e o amor mude as pessoas. Eu certamente mudei. Apenas posso rezar para que o mesmo aconteça com Amélia.

Saio do quarto e preciso lutar para não ir até os aposentos dela. Em vez disso, desço as escadas e atravesso o átrio de entrada para ir até a porta. Já escureceu, e o clima é agradável lá fora, atípico para o mês de fevereiro. Há duas carruagens esperando por nós, e os cocheiros conversam amenidades entre si num português demasiadamente rápido e carregado para que eu os entenda. Decido então voltar para dentro e aguardá-las.

Chego bem a tempo de ver as moças prontas. As damas de companhia são as primeiras a descer, as três em vestidos brancos simples e recatados — ainda que o olhar que lady Ana me dirige não seja nem um pouco recatado — e segurando máscaras idênticas, da mesma cor, adornadas com pérolas e penas. Elas passam por mim soltando risinhos e vão direto para a saída.

Em seguida, vem a duquesa de Bragança. Vestida com elegância e imponência, é possível enxergar nela a sombra da realeza que ainda perpassa suas veias. Seu vestido é verde-escuro, combinando com o tom um pouco mais claro da máscara e do leque. Ela me cumprimenta com um aceno de cabeça e também segue para fora.

Por fim, surge Amélia.

Não canso de admirar sua beleza, mas esta noite ela está mais do que bela. Está resplandecente. Seu vestido marfim abre-se como uma aura em torno dela. O corpete aperta sua cintura, destacando os belos seios no decote. Um penteado complicado prende no topo da cabeça parte de seus lindos fios castanhos, deixando outros livres para caírem pelos ombros.

Amélia detém-se na escada quando me vê. Por trás da belíssima máscara branca e dourada que adorna seu rosto, olhos angustiados esquadrinham meu corpo. Após o que parece uma eternidade de hesitação, ela desce, mas ignora meu braço quando o ofereço, indo diretamente para fora, como se eu nem sequer estivesse ali.

Não me deixo abater e sigo atrás dela. Amélia e a mãe acomodam-se com uma das damas em uma carruagem, e a mim resta o assento vago em frente à lady Ana no outro coche. Respiro fundo e subo, sentindo o tranco da carruagem entrando em movimento tão logo o cocheiro bate a porta atrás de mim.

— Animado para o baile, sr. Brachmann? — lady Ana pergunta-me, com um sorrisinho simplório. Não gosto desta mulher. Há algo de muito obviamente desinteressado em sua expressão que me faz desconfiar de suas reais intenções.

— Muito — respondo, procurando sorrir. Ela e a outra dama trocam olhares.

— Gosta de dançar, sr. Brachmann? — quer saber, e dou de ombros.

— Tanto quanto qualquer cavalheiro.

— Trate de guardar uma dança para mim, então — ela diz, pegando-me totalmente de surpresa. Damas não pedem aos cavalheiros que lhes concedam uma dança. É totalmente inapropriado.

140

Mais uma vez, noto como estou diferente ao não responder ao pedido de lady Ana. Em outros tempos, teria me interessado muito por sua ousadia e seu desrespeito às regras, mas agora seus avanços são meros inconvenientes. Há mais chance de o inferno congelar do que de eu dançar com esta mulher.

Estou tão ansioso que salto da carruagem mesmo antes que ela pare completamente quando alcançamos nosso destino. Deixo que o cocheiro ajude as damas a descerem e posto-me em frente à carruagem da princesa para ajudá-la a sair. Amélia hesita ao me ver, mas acaba aceitando minha mão, soltando-a tão logo o auxílio não é mais necessário.

— Ana, acompanhe-me, por favor — diz a duquesa, ao que lady Ana atende prontamente, colocando-se ao seu lado. — Maria, entre com o sr. Brachmann.

A princesa parece prestes a discutir, mas cala-se. Não olha para mim quando lhe ofereço o braço, e, mesmo quando o toma, procura ficar o mais distante possível do meu corpo, como se temesse pegar alguma doença.

Respiro fundo e sigo a duquesa. A propriedade do conde de Albuquerque lembra-me muito de minha casa: imponente o bastante para uma família abastada, mas não grande demais que ultrapasse sua condição social. Há tochas ladeando o caminho escuro, que acabam numa pequena escadaria de pedra polida, levando à entrada principal.

Do lado de dentro, o salão principal está zunindo com conversa e música. Sou apresentado aos anfitriões — ele, um senhor de pelo menos sessenta anos, curvado e enrugado pela idade, e ela, uma moça não muito mais velha que Amélia, com brilhantes cabelos loiros e roupas espalhafatosas em tons de vinho — e acompanho Suas Altezas até os assentos antes de buscar cartões de dança para todas as minhas acompanhantes.

Quando retorno e entrego um cartão a cada uma, lady Ana lança-me um olhar furtivo que faço questão de ignorar. Viro-me para Amélia, estendo-lhe a mão em galanteio e digo:

— Concede-me a honra da primeira dança?

Ela me encara por um instante, completamente paralisada. Sinto que estamos sendo observados por todas as pessoas no salão, mas não poderia me importar menos com nossa plateia. *Só me dê uma chance*, penso, rezando para que ela consiga ver a urgência em meu olhar. *Apenas uma chance.*

— Sim — diz, a voz tão baixa que passa quase despercebida. Sorrio e inclino-me para escrever meu nome em seu cartão. Em uma travessura repentina, acabo por escrever "*Herr* Brachmann", fazendo-a corar e comprimir os lábios, como se escondesse um sorriso.

Nos minutos que se seguem, somos cumprimentados por tantos rostos mascarados e sou apresentado a tantos nomes e títulos de nobreza que esqueço praticamente todos tão logo nos dão as costas. Estou ansioso e inquieto, e preciso controlar-me para não bater o pé impacientemente enquanto aguardo a primeira dança. Estou cansado de ser gentil e educado e de assistir à enorme fila de cavalheiros tecendo galanteios a Amélia, na tentativa de chamar sua atenção. Vejo seu cartão de baile sendo preenchido e o ciúme toma-me com uma ânsia incontrolável.

Quando enfim os anfitriões se aproximam do centro do salão para dar início ao baile, há um rapaz conversando com Amélia. A etiqueta e a boa educação diriam que eu deveria esperar, e minha mãe provavelmente ficaria horrorizada com meus maus modos, mas não consigo me controlar. Em um instante estou ao lado de Amélia, interrompendo bruscamente sua conversa e estendendo-lhe a mão.

— Acredito que esta seja a nossa dança — digo, com um meio-sorriso. Ela cora, parecendo profundamente ultrajada pela interrupção. Mas logo suas feições mudam para uma nítida apreensão enquanto encara minha mão estendida.

— Com licença — ela murmura para o outro rapaz, antes de aceitar minha mão e levantar-se.

Sinto todos os olhos sobre nós ao caminhar com Amélia para o centro do salão, embora vários outros casais nos acompanhem. Mesmo sem verificar, sei que somos observados — sei que *Amélia* é o foco das atenções. Não somente por ser a princesa, por sua herança e linhagem, mas porque ela é sem sombra de dúvida a mulher mais deslumbrante que já andou pelas ruas de Lisboa. É impossível que não a admirem, não a desejem ou não queiram ser ela.

E, ainda assim, com os olhares recaindo sobre nós, é como se estivéssemos sozinhos. Quando paramos entre os casais e nos posicionamos para começar a dançar, o mundo parece desaparecer por completo. Somos só ela e eu. De repente, a falta que Amélia fez durante os últimos dias ameaça sufocar-me.

— O que houve? — ela pergunta, estudando minha expressão. Solto uma risada abafada.

— Nada, é que... — Pauso. A música enche o ar, uma valsa. Ponho a mão em sua cintura, e Amélia leva a sua, trêmula, ao meu braço, então começamos a dançar. — Senti sua falta — acrescento, baixo, unicamente para ela.

Amélia não responde de imediato. Os segundos em que apenas dançamos parecem os mais longos de minha vida, e, por um momento, imagino que ela não vá responder. Talvez nada do que eu faça possa fazê-la mudar de ideia. Talvez tentar me aproximar seja um erro.

— Há uma palavra em português para isto — ela diz por fim, a voz cautelosa e baixa. — Saudade.

— Saudade — repito, e meu sotaque a faz rir. — Senti saudade, Amélia.

— Eu também — murmura, tão baixo que não sei se foi simplesmente minha imaginação.

Nenhum de nós diz mais nada. Limitamo-nos a dançar, e tiro proveito de cada instante com ela em meus braços. Não há nada que se iguale ao seu perfume, ou às curvas de seu corpo, ou à delicadeza de seu sorriso. A proximidade me preenche, bem como me enlouquece. Como poderei viver sem Amélia? Como poderei suportar uma existência em que não posso tê-la, amá-la, tocá-la?

A música acaba, e o salão enche-se de aplausos. Amélia está pronta para se afastar, mas seguro-a delicadamente pelo cotovelo.

— Por favor, Amélia. Vamos conversar — peço com urgência, olhando-a nos olhos. Preocupada, ela examina a plateia ao nosso redor, mas eu não me importo minimamente.

— Eu já disse o que tinha para dizer, sr. Brachmann — ela afirma e tenta desvencilhar-se. Não permito.

— Mas eu não — retruco. — Não exijo nada de você. Só escute o que tenho para dizer, por favor.

Amélia analisa-me por um instante, parecendo pesar sua decisão. A máscara esconde boa parte de seu rosto, mas consigo vê-la torcer os lábios, indecisa. Por fim assente, e meu coração permite-se encher de alegria novamente.

— Venha. — Tomo seu braço e saímos à procura de um lugar mais privado para conversar.

Maria Amélia

Sinto que todos nos observam ao sairmos do salão em direção à varanda, e finjo não estar me sentindo muito bem. Forço uma careta de dor e ando mole, sendo quase arrastada por Klaus por metade do caminho. Longe de preocupar-se comigo, ele compreende muito bem meu jogo e sorri, murmurando desculpas e explicações vagas ao abrir caminho.

Como o baile acaba de ter início, não há vivalma do lado de fora. Faz uma noite bonita e estrelada, e a brisa gelada faz-me tremer. Klaus põe as mãos atrás da cabeça e desamarra sua máscara, tirando-a antes de olhar para mim. Ele está maravilhoso, belo e preciso como se seu rosto tivesse sido esculpido por Michelangelo. Seu olhar intenso sobre mim faz com que eu estremeça ainda mais.

— Pronto — diz, com um meio-sorriso cansado. — Sem máscaras. Sem mentiras. Prometi que seria sempre honesto consigo, e assim o serei, se você puder prometer ser honesta em retorno.

Mordo o lábio e tiro minha máscara, entregando-a a ele.

Sem mentiras.

Klaus sorri, encarando nossas máscaras em suas mãos. A música lá dentro, o baile e toda a minha existência começam a sumir lentamente diante desse sorriso. Nessas últimas semanas, aprendi a ler tão bem as várias expressões de Klaus que sinto conhecê-lo como se a mim mesma. E o sorriso de agora não é como os demais; é puro, inocente. Um sorriso verdadeiro.

— Amélia, quando a conheci, não a levei muito a sério — diz, em tom de confissão, olhando para mim como uma criança que foi pega no flagra fazendo algo que não devia. — Aproximei-me de você por desejo, confesso. Cobiça. Nunca imaginei que poderia me apaixonar. E ainda assim...

Ele pausa e se aproxima. Derruba as máscaras no chão, mas não dá atenção a elas. Em vez disso, segura minhas mãos entre as dele e olha-me como se eu fosse a única mulher no mundo.

— Estou apaixonado por você — fala, parecendo um tanto sem ar. Eu o entendo. Suas palavras tiram o chão sob meus pés e o ar de meus pulmões. Nada consigo além de encará-lo, chocada. — Acho que estive apaixonado por você desde que a vi pela primeira vez. Não há um dia que passe sem que eu queira estar ao seu lado, um momento que não queira compartilhar com você. Não acreditava em amor antes porque nunca o tinha visto, mas agora é tudo que eu vejo. Você é tudo que eu vejo. E eu amo você, Amélia.

— Mas nós... — começo, embora não saiba bem o que pretendo dizer ou aonde quero chegar. Meus pensamentos coerentes se foram. Só consigo pensar: *Ele me ama. Ele me ama.*

— Deixe-me terminar — interrompe-me, e nós dois soltamos risos baixos. Klaus beija os nós dos meus dedos, e minha pele ferve e formiga sob a luva. — Há algo que você não sabe, sobre Maximiliano.

— O quê?

— Ele... — Outra pausa, e então suspira. — A condessa está grávida. Ela e Maximiliano terão um filho. Receio dizer que a esta hora, na próxima semana, o noivado de vocês estará cancelado, princesa.

Levo ambas as mãos ao rosto, cobrindo minha boca escancarada pelo choque.

— Grávida? Deus do céu! Isso muda tudo!

— Sim, muda — Klaus confirma, passando a mão pelos cabelos. Torna a pegar minhas mãos, a expressão ficando mais séria. — Sei que não sou um concorrente à altura do arquiduque da Áustria. Meu Deus, tudo o que tenho são meu bom nome e dívidas. Sei que não tenho muito a oferecer, mas posso lhe dar meu coração e o amor que há nele todos os dias de minha vida. Você os terá, ainda que não aceite. Eles sempre foram seus. Mas, se você quiser, podemos unir nosso coração em um só. Somente peço uma chance.

É o bastante, e é tudo o que eu precisava ouvir. Sem pensar duas vezes, sem sequer checar se há alguém espreitando, lanço-me em seus braços, passando as mãos por seu pescoço enquanto o beijo. Um beijo de promessas, de saudade e principalmente de amor. Pois, se não consigo colocar em palavras quan-

145

to o amo, espero que este gesto o faça, em uma língua que nós dois entendemos muito bem.

— Nós devíamos voltar — murmuro quando o solto. Klaus sorri, ainda de olhos fechados.

— Nós devíamos fugir — sugere, puxando-me de volta para mais um beijo.

— Haverá tempo — digo, aos risos. Klaus encosta a testa na minha e abre os olhos, e a felicidade ameaça explodir meu coração. — Todo o tempo do mundo.

Trocamos um último beijo apaixonado e então recuperamos nossas máscaras. Uma vez apresentáveis, retornamos silenciosa e disfarçadamente para dentro do salão, eu tomando a dianteira. Quando me avista, mamãe faz uma cara feia.

— Onde esteve? O sr. Azevedo disse que lhe prometeu uma dança! — acusa em um sussurro irritado, tentando não atrair atenção.

— Está muito abafado aqui dentro e eu não me sentia bem. Precisei tomar um pouco de ar — digo, a mentira soando tão natural e displicente que me surpreendo comigo mesma. Não olho para mamãe, mas tenho certeza de que ela não acreditou em mim.

O baile parece passar muito rápido e demasiado devagar ao mesmo tempo. Cada dança nos braços de outro homem que não Klaus dura uma eternidade, mas, quando dou por mim, todas já terminaram, e estou livre de novo.

Mamãe, há muito exausta, é a primeira de nosso grupo a levantar-se para ir embora. Conhecendo-a, tratamos de segui-la porta afora. Primeiro lady Ana, liderando as damas; depois eu, fazendo questão de ficar para trás; e, por último, Klaus, cuja mão toca delicadamente a minha num movimento rápido, como se apenas quisesse se certificar de que estou aqui.

Tomamos nossas carruagens na mesmíssima formação de quando viemos. Ser separada de Klaus, ainda que por um breve momento, faz meu coração apertar e doer. Nunca achei que fosse possível amar tanto uma pessoa quanto o amo agora. Nem em meus mais loucos devaneios imaginei que algum dia poderia me sentir assim.

Nossa carruagem chega primeiro, e recolho-me aos meus aposentos antes que mamãe tenha chance de dizer alguma coisa. A criada chega logo em seguida e auxilia-me na difícil tarefa de desfazer-me do vestido, do espartilho e das anáguas, e então parte, deixando-me sozinha em minhas roupas de dormir.

O que acontecerá agora?, pergunto, sentando-me na cama. A condessa está grávida do sr. Habsburgo, e nosso noivado em breve terminará, pois escândalos como esse não se escondem por muito tempo. Divirto-me imaginando a expressão de descrença e ultraje de mamãe ao descobrir sobre a amante do arquiduque. Certamente, até mesmo ela verá que nunca houve esperança para um casamento entre nós dois.

Mas será que o escândalo do arquiduque vai ser o bastante para que mamãe aceite Klaus como futuro genro? Ela deixou muito claro que não o aprova, mas poderia mudar de ideia se soubesse de meus sentimentos por ele? Ou será que vou me desfazer do sr. Habsburgo apenas para ser negociada como mercadoria a algum outro nobre que agrade à minha família?

Sou dominada por uma onda de pânico que me revira o estômago e faz o coração acelerar. Recuso-me a tomar qualquer outro por esposo que não Klaus. Nem que seja a última coisa que faça, nós nos casaremos. Nem mamãe nem ninguém poderá nos impedir.

Saio do transe quando ouço a porta se abrindo. Vejo Klaus entrando com a agilidade e o silêncio de um gato, espiando o corredor pela fresta antes de fechar a porta. Ele se vira para mim.

— Desculpe vir tão cedo — diz. Vejo que nem sequer trocou as roupas do baile; somente a máscara não está mais ali. — Não pude esperar nem mais um minuto.

Levanto-me e encurto a distância entre nós, parando diante dele, e coloco as mãos em seu peito. Posso sentir seu coração batendo alto, tão rápido quanto o meu. Sei como se sente. A mesma urgência que martela seu peito corre em minhas veias, até que falar é impossível. Pensar é impossível. Tudo que quero fazer é tocá-lo.

Retiro sua casaca, que cai no chão com um baque surdo, e desfaço o nó do lenço em seu pescoço, atirando-o para o lado. Em seguida abro seu colete, deixando-o cair também, e Klaus ergue os braços para que eu tire sua camisa.

Corro os dedos pelo peito nu, sentindo cada ondulação de seus músculos, cada um dos pelos sob minha pele. Klaus não se move, deixando que eu o estude e o redescubra, como um livro cujas histórias estou apenas começando a desvendar. Eu o circulo e passo as unhas por seu torso e suas costas, sentindo-o arrepiar sob meu toque.

Ele se vira, pegando-me de surpresa com a rapidez. Põe uma mão em minha nuca, prendendo os dedos firmemente em meus cabelos, e me beija, enquanto a mão livre desamarra minha camisola, fazendo-a deslizar pelos meus ombros até formar uma pilha disforme no chão.

A nudez e a exposição não me incomodam. Estou tomada pelo calor do corpo de Klaus contra o meu, pele contra pele, enlouquecida demais por seus beijos para sentir algum pudor. Minhas mãos o acariciam enquanto ele me beija, e quase não percebo quando ele me puxa em direção à cama.

Tombamos desajeitadamente, eu sobre ele, provocando risos um no outro. Interrompo o beijo para ajeitar meus cabelos, que caem em uma cascata desenfreada sobre o rosto de Klaus. Ele os ajeita para o lado e sorri para mim, acariciando meu rosto.

— *Du bist wunderschön* — sussurra. *Você é linda.*

— *Und du bist mein, Herr Brachmann* — digo de volta. *E você é meu.*

Klaus sorri e nos gira na cama, invertendo as posições. Põe um braço de cada lado do meu corpo para ter apoio, e eu envolvo seu quadril com as pernas. Ele beija meus lábios com paixão e então desce para o pescoço, formando uma trilha de pequenos beijos e mordidas que ateiam meu corpo em chamas.

Continua descendo, passando pela minha clavícula e demorando-se propositalmente em meu colo, deixando-me louca por mais. Sua língua toca um mamilo, estimulando meus sentidos. Agarro com força seus cabelos e aperto-o mais entre as coxas.

Solto um gemido baixo quando sua boca toma meu seio e perco o ar enquanto Klaus me suga. Sua mão agarra o seio livre, massageando-o sem pressa. Corro as unhas por suas costas, arqueando meu corpo de encontro ao dele e apertando-o entre minhas pernas. Posso sentir sua virilidade firme contra meu ventre, enlouquecendo-me, enquanto Klaus segue a me provocar.

Então desce, sua respiração quente arrepiando minha pele. O sangue em minhas veias ferve em antecipação; é como na biblioteca, mas infinitamente melhor. Lá, eu estava apenas começando a descobri-lo; agora, sei exatamente o que me espera.

Enrolo os lençóis entre os dedos quando Klaus alcança o espaço entre minhas pernas. Sinto a textura áspera de sua barba por fazer roçando a pele sensível das minhas coxas e estremeço. Mordo o lábio para não gritar quando sua língua toca meu centro de prazer.

Klaus beija, mordisca, explora-me com a boca, e perco-me completamente. Sem pressa, ele se delicia, servindo-se de todo o tempo do mundo para me levar de volta às estrelas. Agarro seus cabelos, trazendo-o mais para perto, sussurrando seu nome, totalmente fora de mim.

O tempo parece dissolver-se e o mundo desaparece à minha volta. Estou dolorosamente consciente de cada centímetro do meu corpo, das mãos dele em meus quadris, a sensação de sua barba roçando a parte interna das minhas coxas, o ar frio da noite tocando minha pele. Sua língua a provar-me e meu coração prestes a explodir.

E então, subitamente, Klaus para, cedo demais. Sobe por meu corpo até beijar meu pescoço e mordiscar o lóbulo da minha orelha. Mas estou longe de cansada ou saciada. Ardo em chamas, todo o meu corpo implorando por ele. Quero mais, preciso de mais.

Levo as mãos até sua calça e a desabotoo apressadamente. Estou prestes a baixá-la quando ele me detém.

— O que está fazendo, Amélia? — pergunta-me, estudando meu rosto com expressão divertida e curiosa.

— Não quero que pare. Não hoje — digo, roubando-lhe um beijo. — Vamos até o fim.

— Tem certeza? — insiste, passando a mão pelo meu rosto. — Não seria mais prudente...

— Certeza absoluta — afirmo, decidida.

Baixo suas calças, expondo o membro já enrijecido. Tomo-o em uma das mãos e Klaus geme, desistindo de qualquer argumento. Abro as pernas ao redor de seu corpo e guio-o para encaixar-se entre elas, sentindo meu ventre pulsar por ele.

Lenta e cuidadosamente, Klaus desliza para dentro de mim. E, apesar do desejo, de toda a paixão, o que sinto é dor. Uma dor lasciva e contínua, que contorce meu rosto em uma careta e faz-me soltar um gemido curto e nada prazeroso.

— Eu a machuquei? — ele se apressa em perguntar, parando de imediato.

— Um pouco — confesso, fechando os olhos. Quão boba devo parecer aos olhos dele? Rapidamente acrescento: — Mas não pare.

Klaus beija-me demoradamente, e a tensão em meus músculos retesados evapora-se, relaxando-me de imediato. Sinto-o sair de dentro de mim e estou prestes a protestar quando percebo seus dedos encontrando meu centro de prazer novamente.

Ao primeiro toque, vem um ligeiro desconforto, que se dissipa depressa, dando lugar ao calor e ao prazer. Enquanto seu polegar me massageia, sinto seus dedos deslizarem para minha fenda, pegando-me de surpresa.

149

Como antes, a primeira coisa que sinto é dor. Torço o nariz, e Klaus me distrai, beijando-me até que eu perca o ar. Para a minha surpresa, essa dor também vai, aos poucos, desaparecendo. Ele trabalha sua mágica em mim, e a aflição dissolve-se em uma sensação de pura glória.

Novamente, Klaus para cedo demais — desta vez, contudo, somente por um período muito breve. Tão logo seus dedos me deixam, sinto-o deslizar seu membro para dentro de mim. Agora, muito mais relaxada, meu corpo abraça sua masculinidade sem medo, a dor apenas momentânea.

Klaus começa devagar, investindo suavemente contra mim enquanto me beija. Sou tomada por tamanha gama de sensações que não sei dizer qual prevalece — há o prazer e a excitação de tê-lo dentro de mim, e o sentimento de plenitude, de finalmente estar completa. Contudo, também quero mais, tão mais dele, como se jamais pudesse ter o suficiente.

Aperto as coxas ao seu redor, deliciando-me com o movimento de nossos corpos em sincronia, o som de nossa respiração entrecortada, o toque de Klaus sobre mim. Ele é tudo que vejo, e tudo que quero ver, pelo resto dos meus dias.

Sentindo meu desejo, ele acelera, tirando o ar de meu corpo a cada estocada. Cada nova investida faz meu corpo tremer, o prazer queimando como fogo em minhas veias. Abro a boca para dizer seu nome, mas somente arfo e emito gemidos, implorando por mais e mais.

Klaus leva-me às estrelas e além. Sinto-o dentro de mim, sinto seus beijos intensos, sinto seu toque quente em minha pele. Quando acredito já não ser possível querê-lo mais do que agora, sou tomada por tamanho prazer que meu corpo se contorce em espasmos. Ele me acompanha, gemendo meu nome enquanto investe uma última vez antes de desabar sobre mim.

A sensação é maravilhosa, como uma explosão intensa de alegria incontrolável. É melhor e mais complexo do que qualquer coisa que já experimentei. Abraço o corpo suado de Klaus, deixando que ele me aqueça, e planto beijos leves em seu pescoço, sentindo o cansaço e o sono apoderarem-se de mim.

— Isso foi... — começo a dizer, mas não consigo completar a frase. Se há alguma palavra na língua portuguesa capaz de traduzir meus sentimentos agora, desconheço.

— Eu sei — Klaus murmura em meu ouvido e deita-se ao meu lado, então me puxa para ele, apoiando minha cabeça em seu peito. — *Ich Weiss, Prinzessin.*

— Klaus.

— *Ja?*

Quero dizer que o amo. Que não há nada neste mundo mais importante para mim do que ele. Quero dizer-lhe que, aconteça o que acontecer, venha o que vier, ficaremos juntos, pois jamais amarei outra pessoa como o amo.

Mas o cansaço vence, e caio em um sono profundo, seu nome ainda em meus lábios.

31

Klaus

Não me permito adormecer ao lado de Amélia. Agora que as questões entre nós estão resolvidas, preciso ser ainda mais cuidadoso. Não posso deixar que nos encontrem juntos em seu quarto, ou minhas chances estarão arruinadas. Quero casar-me com ela tendo a bênção de sua família, e não num casamento arranjado às pressas para proteger a reputação da princesa.

Mesmo assim, dou-me ao luxo de ficar mais alguns minutos com ela, vendo-a dormir. Amélia tem um sono calmo, sereno. É tão bom tê-la em meus braços que desejo nunca mais precisar soltá-la. Anseio pelo dia em que não haverá mais necessidade de fugir, em que poderemos ficar juntos pelo tempo que desejarmos. E esse dia está próximo, posso sentir.

Antes que mude de ideia, levanto-me, ajeitando-a na cama cuidadosamente e cobrindo-a para que não sinta frio. Visto minhas roupas e saio para o corredor, olhando para os lados só por garantia, já que é tarde demais para que alguém ainda esteja de pé.

Cruzo com agilidade a distância entre o quarto da princesa e meus aposentos. Nessas últimas semanas, explorei o palácio suficientemente bem para saber quais são as rotas mais curtas e com menor probabilidade de ser pego. Alcanço meu quarto e abro a porta rapidamente, sem me preocupar em não fazer barulho.

E dou de cara com lady Ana à minha espera.

Tomo um susto tão grande que dou um passo para trás, temendo ter entrado no quarto errado. Mas as damas de companhia ficam em outra ala do palácio. Que diabos lady Ana faz aqui, sentada calmamente em uma das poltronas, sorrindo para mim?

— Boa noite — digo, parado entre a porta e o corredor, a mão ainda na maçaneta.

— Boa noite, sr. Brachmann. — Levanta-se, sorrindo abertamente. Lady Ana não usa nada além de uma camisola fina e um robe por cima, seus cabelos negros caindo revoltos sobre os ombros.

— O que a traz aqui a esta hora, lady Ana? — pergunto, tentando não soar agressivo ou acusador. — Há algo que eu possa fazer pela senhorita?

— Há muitas coisas que o senhor pode fazer por mim — responde, caminhando em minha direção. A máscara de recato e delicadeza que veste na presença da duquesa se foi, e agora lady Ana se revela uma mulher de grande ambição e ousadia, desde o modo como anda e fala até a faísca perigosa em seu olhar. — Para começar, o senhor deve-me uma dança.

— Não creio que este seja o momento mais adequado — digo friamente. Lady Ana para diante de mim, e, mesmo sendo vários palmos mais baixa, a maneira como me olha diretamente faz com que pareça maior, mais ameaçadora.

— Ora, vamos, sr. Brachmann. — Ela toca meus braços. É nítido o contraste entre seu toque e o de Amélia. Há mais ferocidade em lady Ana, menos carinho. — Só uma dança. E então o senhor pode fazer o que quiser comigo.

— Receio que eu esteja cansado demais para dançar, lady Ana. Talvez uma outra hora. — Afasto seus braços e, em um único movimento, giro-a até que ela esteja no corredor e eu, dentro do quarto. — Tenha uma boa noite!

Estou quase fechando a porta quando a ouço dizer:

— Sei sobre o senhor e a princesa.

Abro a porta de súbito. A expressão de Ana mudou completamente, o desejo e a luxúria substituídos por ameaça e perigo. Não há nada de amigável no modo como ela me encara.

— Sei que têm se encontrado — continua, ajeitando calmamente uma mecha de cabelo com os dedos. — E sei que o senhor estava com ela até agora. Posso tornar sua vida muito desagradável, sr. Brachmann. Pense bem.

Não sou homem de ser ameaçado. Não fosse lady Ana uma mulher, eu já a teria pegado pelo pescoço e lhe ensinado boas maneiras. Sinto o sangue ferver e não desvio o olhar do dela nem por um instante.

— Boa sorte com isso — digo finalmente e tranco-me em meus aposentos.

Acordo na manhã seguinte com batidas na porta do quarto. A princípio, acho que estou sonhando — que motivo teria alguém no Palácio das Janelas Verdes para vir acordar-me? —, mas, quando as batidas se tornam mais fortes e insistentes, decido atender.

Levanto-me da cama um tanto zonzo e nem sequer visto alguma coisa por cima das roupas de dormir. Abro a porta e esfrego o rosto quando encontro o mordomo em toda sua compostura, segurando uma carta.

— Sr. Pereira? — Esfrego os olhos e contenho um bocejo. — *Mein Gott*, que horas são?

— Perdoe-me por acordá-lo tão cedo, senhor. — Faz um breve aceno de cabeça. — Mas isto acaba de chegar para o senhor, e o entregador garantiu-me que é da mais extrema urgência.

Pego a carta, murmurando um "obrigado" antes de fechar a porta. As possibilidades percorrem minha cabeça — Maximiliano pode ter sofrido um acidente na estrada, ou Alice pode ter perdido o bebê. Ou talvez meu velho pai tenha sucumbido à idade. Todas as alternativas fazem minha garganta fechar de medo e ansiedade, e preciso respirar fundo algumas vezes antes de verificar o remetente.

Ester Brachmann. Mamãe. São notícias de casa.

> *Caro Klaus,*
>
> *Temo ser portadora de más notícias. Como seu pai e eu nos recusamos a dar nossa bênção para o casamento, Berta e o sr. Pringsheim fugiram. Não sabemos onde encontrá-los, e receio que um escândalo dessa magnitude manchará nosso nome para sempre.*
>
> *Por favor, filho, volte para casa. Ajude-nos a encontrar sua irmãzinha e a convencê-la a enxergar a razão. O tempo é essencial! Se o pior não aconteceu e ainda houver salvação para Berta, precisamos resgatá-la com urgência. Sei que você é o único a quem ela dá ouvidos, e sei também que conhece Viena melhor que qualquer um de nós.*
>
> *Oro para que volte imediatamente. Você é a única salvação desta família.*
>
> *Cordialmente,*
> *Mamãe*

Deus do céu, Berta! O que foi fazer? Passo a mão pelo rosto, os resquícios de cansaço dando lugar a uma preocupação latente. Minha irmãzinha, fugida. Jamais imaginei que ela fosse capaz. E, quase sem querer, sorrio. Berta deve ter encontrado em meus conselhos a força para agir por si mesma. Não posso deixar de admirar sua coragem.

Contudo, mamãe tem razão. O escândalo de um casamento nessas condições não apenas destruirá a família como excluirá Berta e seu futuro marido da sociedade e dificultará muito sua vida. Precisamos encontrá-los e providenciar um casamento adequado, ainda que nossos pais jamais aceitem. Antes um casamento a contragosto, mas aos bons olhos da sociedade, do que um rejeitado por todos. Berta merece mais do que isso.

Rapidamente, ponho-me a recolher minhas coisas. O dia começa a nascer, e, se eu me apressar, consigo chegar ao centro a tempo de comprar uma passagem urgente para casa. Com sorte, chegarei antes que seja tarde demais.

Mas e Amélia?, pergunto-me então. Não posso simplesmente desaparecer sem explicação. Pego papel e tinta e rabisco um bilhete.

Querida Amélia,
Precisei ausentar-me por emergências familiares. Mandarei notícias em breve. Deixo-lhe a carta enviada por minha mãe, que será capaz de explicar melhor do que eu.
Com todo o meu amor,
Klaus

Terá que bastar. Uma vez na Áustria, poderei enviar-lhe uma carta com mais explicações, mas estou certo de que Amélia entenderá. Tudo o que ela precisa saber está na carta de minha mãe.

Termino de arrumar minhas coisas e visto-me, saindo com tamanha pressa que praticamente corro pelos corredores do palácio, levando as cartas em uma mão e minha mala na outra. Procuro o mordomo ou algum criado para quem entregar o bilhete para Amélia, mas acabo por cruzar com lady Cora nos jardins.

A princípio, presumo ser a filha de algum criado, pequena e mexendo nas flores. Mas, quando me ouve chegar, vira-se e reconheço seus traços delicados.

— Bom dia, sr. Brachmann — diz, com um sorriso tímido.

— Bom dia, lady Cora — replico e hesito por um instante antes de prosseguir. — Poderia prestar-me um grande favor?

155

— Sim? — Ela franze o cenho, encarando-me em expectativa.

— Poderia certificar-se de que estas cartas cheguem à mão da srta... de Sua Alteza, a princesa? — Estendo-lhe os papéis. Lady Cora não era minha primeira opção, mas, por ser dama de companhia de Amélia, deve ter acesso mais direto a ela.

— É claro. — Ela pega as cartas sem tirar os olhos de mim. Então, mira a mala em minha outra mão. — Está de partida, sr. Brachmann?

— Serei breve. — Checo meu relógio de bolso. Preciso apressar-me. — Certifique-se de que a princesa receba estas cartas, sim?

— Pois não.

Dirijo-lhe um breve aceno e parto para os estábulos. Ouço um trovão e olho para o céu, vendo as nuvens carregadas escurecerem a manhã. Precisarei ser rápido se quiser alcançar o trem antes da tempestade.

32

Maria Amélia

Acordo na manhã seguinte com o som da chuva batendo na janela.

Abro os olhos, e a primeira coisa que percebo é que Klaus não está mais ao meu lado. Provavelmente voltou para seus aposentos no meio da noite, para não sermos pegos em flagrante. A cama parece maior e mais fria sem ele, e sou tomada por uma saudade incontrolável.

Sorrio ao lembrar de nossa noite juntos. De como foi senti-lo dentro de mim, preenchendo-me por inteiro. As lembranças trazem de volta o calor de sua presença, e, subitamente, estou acordada demais para continuar deitada. Preciso me levantar.

Saio da cama e procuro minha camisola para vestir-me de novo antes de chamar a criada. Vou até a janela enquanto espero, observando a chuva pesada que borra quase que completamente minha visão dos jardins. Quem diria que uma noite tão bonita se transformaria em uma manhã tão escura?

— Bom dia, Vossa Alteza — cumprimenta a criada, fazendo uma mesura ao entrar.

— Bom dia — digo distraidamente. — Creio que hoje devo usar o vestido azul, sim? Aquele com babados.

— Pois não — ela assente e lança um olhar rápido para a cama. — Devo preparar os panos, Alteza?

— Desculpe?

— Os panos. Para suas regras — diz, apontando a cama. Sigo seu olhar e então entendo. Ali, entre os lençóis, jaz uma mancha de sangue.

— Oh, sim — gaguejo e preciso dar-lhe as costas para que não veja meu rosto corado. — Sim, por favor.

— Pois não, Vossa Alteza.

Ouço-a sair e então rio comigo mesma. Ah, se ela soubesse...

Uma vez vestida, sigo para o café da manhã. O contentamento e a sensação de plenitude ainda me preenchem. Desço a escada sorrindo sem motivo. Estou louca para ver Klaus outra vez, ainda que precisemos manter distância por mais alguns dias. Meu coração bate forte em antecipação.

Contudo, ao chegar ao salão, não encontro Klaus. Há somente minha mãe e as damas de companhia à mesa, e todas falam rápido e aos cochichos entre si. Não consigo entender o que dizem, mas pelo tom das vozes e a expressão que carregam parece-me sério.

— Bom dia — digo, sentando-me.

— Bom dia — mamãe responde, sendo quase brutalmente interrompida por lady Ana.

— Bom dia, Vossa Alteza! — diz, num tom agudo que, não fosse sua expressão soturna, eu diria que soa quase animado. — Creio que já saiba das notícias.

— Que notícias? — pergunto e então algo me ocorre. — O sr. Habsburgo já retornou?

Mamãe sorri, provavelmente tomando minha pergunta como o sinal de ansiedade pré-casamento que tanto aguarda. Ela não está inteiramente errada. Estou, de fato, ansiosa por um casamento, e ansiosa pelo retorno do arquiduque, mas apenas porque quero livrar-me de meu noivado arranjado o mais rápido possível para que possa abrir caminho para Klaus.

— Não, receio que não — diz, cobrindo minha mão brevemente com a sua. — As notícias que temos são bem menos agradáveis.

Antes que eu tenha a chance de perguntar o que houve, lady Ana exclama, a voz horrorizada:

— O sr. Brachmann fugiu!

O choque é tão grande que acidentalmente derrubo minha chávena, entornando café pela toalha.

— Fugiu? — repito, a palavra parecendo errada em minha boca. — Certamente deve haver alguma explicação, alguma...

— Temo que não — mamãe insiste em tom brando, porém seco. Seu rosto é puro desgosto e decepção. Se ela já desaprovava Klaus antes, agora tal sentimento se eleva ao profundo asco. — Não encontramos nenhum bilhete. Os criados dizem que ele simplesmente pegou suas coisas e partiu.

— E roubou um dos cavalos! — lady Ana completa, intensificando meu choque.

— Sim, roubou — minha mãe confirma, com um suspiro pesado que indica precisamente o nível de sua raiva. — Aquele belo cavalo que mal tivemos tempo de domar.

— Morgenstern? — pergunto. — Ele... *roubou* Morgenstern? Mas por que Kl... o sr. Brachmann faria uma coisa dessas? Qual motivo teria para fugir?

— Talvez ele já tenha conseguido o que queria aqui — lady Ana comenta displicentemente, sem olhar para mim. — E tenha partido em busca de novas *aventuras*.

Não respondo. Mal consigo respirar. Será possível que ele... que nós... que eu tenha sido uma mera aventura para ele? Outra em sua lista infinita de mulheres conquistadas, mais uma da qual se gabar?

Não. É impossível. Ainda ontem Klaus disse que me amava. Disse que quer se casar comigo... não disse? Talvez não em tantas palavras. Não diretamente. Mas o disse. Sei o que ouvi. Vi verdade nos olhos dele.

— Maria? Aonde vai? — mamãe pergunta-me, e só então percebo que estou de pé, a mão sobre o colo, sentindo-me completamente perdida.

— Eu... preciso...

Não termino, apenas saio. Meus passos tornam-se cada vez mais acelerados, até que estou correndo pelo palácio, o mais rápido que consigo. Se ele saiu ainda nesta manhã, e se foi mesmo a cavalo, talvez eu possa alcançá-lo. Morgenstern é um bom corredor, mas Jade é mais veloz. Preciso tentar. Preciso descobrir o que está havendo.

— Vossa Alteza! — ouço uma voz gritar às minhas costas. Olho para trás e vejo lady Cora. — Há algo que a senhorita precisa...

— Agora não, Cora! — exclamo, ignorando-a.

— É importante! — ela diz, mas não me viro. Não há nada mais importante que encontrá-lo.

Sou atingida em cheio pela chuva no caminho até os estábulos. Em questão de segundos, estou encharcada, arrastando os tecidos pesados do vestido e das anáguas atrás de mim, como se fossem um peso morto. Quando chego aos estábulos, dois criados preocupados vêm ao meu encontro, mas não tenho tempo para eles.

— Selem Jade — ordeno, a voz histérica soando entre o bater de dentes. Estou tremendo, mas não sei dizer se de frio ou de medo.

— Mas, Vossa Alteza...

— Selem Jade, *agora*! — repito, sem dar espaço para discussões. Eles se entreolham e depois me obedecem.

Enquanto cuidam de minha égua, refugio-me em uma das baias para livrar-me das anáguas de maneira muito pouco feminina. Deixo-as lá mesmo e corro para Jade tão logo ela está pronta para mim. Monto tão bruscamente que teria deixado mamãe horrorizada e saio mais uma vez para a chuva.

Se eu fosse Klaus, para onde iria? Se fosse um homem fugindo...

Não, não posso pensar nisso.

Não sei quanto tempo se passa. Talvez alguns minutos, talvez horas. Sinto que o estou procurando há dias. O desespero sufoca-me, mas por algum motivo não consigo chorar. Talvez porque não consiga acreditar no que está acontecendo. Porque não pode ser real, nada disso pode ser real.

A chuva finalmente dá uma trégua quando alcanço a ferrovia. Jade e eu estamos encharcadas, e, mesmo sem as anáguas, sinto o tecido do vestido pesar, ameaçando derrubar-me da sela. Antes de parar, avisto Morgenstern amarrado em uma cerca.

Jade para junto dele. Desmonto, checando o cavalo rapidamente, e depois corro para a plataforma, procurando desesperadamente por Klaus.

— A senhorita precisa de ajuda? — Um guarda aproxima-se, e viro-me rapidamente. Ele parece assustar-se com o meu estado.

— O meu... O meu... — balbucio, mas percebo que não sei como me referir a Klaus. Não somos marido e mulher, e dificilmente serei respeitada se me referir a ele como amante. — Ele... acho que veio até aqui, eu não...

— Acaba de partir um trem para a Áustria, senhorita — o guarda diz de forma condescendente, olhando-me com preocupação. — Talvez seu amigo esteja nele. Está certa de que ele veio para cá?

Não respondo. Meu coração desfaz-se em um milhão de pedaços.

Klaus se foi.

160

Maria Amélia

Estão todos à minha espera quando volto ao Palácio das Janelas Verdes, montada em Jade e trazendo Morgenstern comigo. A chuva cessou, dando lugar a um vento de gelar os ossos. Ainda assim, não consigo sentir nada.

Klaus se foi. Abandonou-me. Klaus *fugiu*.

Estou apenas parcialmente consciente de desmontar o cavalo e ser praticamente carregada palácio adentro. Sou despida das roupas molhadas e enfiada em uma banheira com água quente, e ouço mamãe ralhando comigo pelo que me parecem horas, mas não consigo escutá-la.

Klaus se foi. Klaus mentiu para mim. Klaus *não me ama*.

— Maria, pelo amor de Deus, diga alguma coisa! — mamãe exclama finalmente.

Pisco, saindo do estado de transe. Estou de volta à minha cama, embora não tenha lembrança alguma de ter vindo parar aqui. Estou aquecida, mas meu corpo ainda treme. Meu peito dói como se tivesse sido apunhalado, uma dor que se recusa a ir embora por um segundo sequer.

— O que quer que eu diga? — ouço-me perguntar. Minha voz não parece minha. É mais rouca e sem vida do que eu me lembro, e mal sinto meus lábios se moverem.

— O que deu em você, correndo na chuva daquela maneira? — pergunta mamãe, andando de um lado para o outro. — Sei que a fuga do sr. Brachmann foi um choque para todos nós, mas...

— Eu o amo — murmuro. Tão logo as palavras saem de minha boca, lágrimas surgem em meus olhos e caem numa torrente irrefreável.

— O que disse? — Ela para, o choque estampado em cada ruga de seu rosto.

— Eu o amo — repito. É uma confirmação de meus próprios sentimentos, e percebo agora que, embora já soubesse, nunca disse em voz alta. — Eu o amo, mamãe. E ele... ele disse que... me amava também.

— Como... — Ela cobre a boca, então parece pensar melhor e recompõe-se. Em tom mais brando, continua: — Está tudo bem. O sr. Habsburgo deve chegar a qualquer momento, e depois que vocês se casarem...

— Você não entende? — minha voz sai num grito. Sem pensar, estou de pé. — Não posso me casar com o arquiduque. E ele certamente não vai querer se casar comigo quando souber o que fiz.

— Do que...

Mamãe se cala, a compreensão deixando seu rosto lívido. Ela se afasta um passo, e imagino o que vê quando olha para mim: sua filhinha, sua pequena princesa, revelando-se uma mulher sem honra nem escrúpulos. Minha inocência, minha pureza se foram. Klaus levou tudo.

Começo a soluçar incontrolavelmente e desabo de joelhos no chão, agarrando-me às pernas de mamãe por apoio. Espero que ela se afaste, mas, para minha surpresa, ela se abaixa comigo e abraça-me enquanto choro. Não diz nada e, de alguma forma, é ainda pior do que se brigasse comigo. A decepção silenciosa machuca muito mais.

Choro até que não tenha mais lágrimas, então choro um pouco mais. Com a ajuda de uma criada, mamãe me põe de volta na cama e deixa-me quando estou prestes a pegar no sono. Por fim, caio nos braços de Morfeu, o cansaço da tristeza embalando-me em um sono inquieto.

Quando acordo, já é noite, e meu quarto está vazio exceto por lady Ana, sentada em uma das poltronas em frente à lareira com um livro no colo. Assim que me remexo na cama, ela levanta a cabeça.

— Ah, Alteza, a senhorita acordou! — Ela põe o livro de lado e vem até mim. — Como está se sentindo?

— Eu... eu não... — Desisto de falar. Jamais conseguiria colocar tantos sentimentos em palavras. Meu coração dói, meus olhos ardem e minha mente desperta para um turbilhão de pensamentos que tem um único nome.

Klaus.

— Ah, Alteza, eu sinto muito pelo sr. Brachmann — Ana diz, sentando-se à beira da minha cama. A pena em seu rosto é nítida, o que me deixa ainda pior. — Sei como eram... próximos.

— Oh, Ana... — lamento, as lágrimas voltando aos meus olhos. — Não consigo acreditar que ele... Depois de tudo, como ele pôde...

— Eu não sei — ela responde, tomando minha mão entre as dela. Estão geladas e fazem meu corpo inteiro estremecer. — Meu Deus, a senhorita está fervendo.

— Ele não deixou nada... nem um mísero bilhete... — prossigo, sem dar-lhe atenção, balbuciando as palavras que não sou mais capaz de conter. — Não consigo acreditar que ele não me deixou *nada*...

— Bem, talvez haja alguma coisa — Ana sugere, e aí sim tem minha total atenção. Sento-me tão rápido na cama que sou tomada por vertigem.

— Ana, se sabe de alguma coisa, conte-me agora!

Encaramo-nos por um momento muito longo, travando um embate silencioso de autoridade. Por fim, lady Ana desiste e levanta-se, voltando à poltrona e pegando algo dentre as páginas do livro que estava lendo. Quando retorna, vejo que são cartas — todas endereçadas a Klaus.

— As criadas encontraram isto no quarto dele — diz, entregando-me os envelopes. — São correspondências entre o sr. Brachmann e o sr. Habsburgo. Talvez haja algo aí que lhe sirva de explicação.

Tomo as cartas entre minhas mãos trêmulas, olhando-as por um longo momento antes de atrever-me a abrir uma delas.

— Obrigada, Ana. Isso é tudo — dispenso-a. Ela assente, pega seu livro e vai embora.

São apenas duas cartas, para meu desalento. Encaro-as por uma eternidade, temendo o que encontrarei naquelas linhas da caligrafia estranha do arquiduque. Respiro fundo e pego a primeira.

Foi escrita logo que o sr. Habsburgo partiu para Paris, percebo. Desde então, ele já fazia menção a uma possível gravidez da condessa. Em um dos parágrafos:

Confio que esteja cuidando bem de minha futura esposa. Se seus cuidados forem maiores ou mais íntimos que o aceitável, peço-lhe que não me conte. Torço para que saiba o que está fazendo.

Sinto-me enojada e envergonhada ao imaginar que tipo de detalhes Klaus pode ter fornecido ao arquiduque — seu melhor amigo, meu noivo. Talvez seja esta a ideia que os dois fazem de uma piada? Seduza a princesa por mim, desfrute dela enquanto desfruto de minha amante. Que horrores Klaus narrou em sua resposta? Posso apenas imaginar.

Já com a garganta fechada e o estômago em rebuliço, pego a segunda carta. E, logo de início, meu coração para.

Novamente, meu caro, devo pedir-lhe que me poupe dos detalhes. Rogo apenas que resolva o caso antes de meu retorno, pois seria demasiado desagradável para todas as partes se o que quer que se passe entre vocês durasse mais que o desejável, não é mesmo?

É o suficiente. Nem termino de ler a carta, derrubando os papéis no chão em meio à dor e à raiva.

Klaus nunca me amou de verdade. Nunca teve a intenção de casar-se comigo. Desde o início, era um reles jogo, para provar a si mesmo e ao arquiduque que poderia seduzir-me, enganar-me. Não passou de um desafio, e eu, tola, caí e me apaixonei.

Deito-me novamente, e lágrimas escorrem. Como pude ser tão idiota? Acreditei que estava no controle de meus próprios sentimentos, que não me deixaria levar. Estava certa quando me afastei dele; Klaus não era bom para mim. Eu deveria ater-me às minhas responsabilidades. Ainda que o casamento não acontecesse, eu deveria manter-me pura.

E o que tenho agora? Um noivo cuja amante está grávida e em breve será envolvido em um escândalo. Nenhuma perspectiva de casamento, uma vez que homem algum em sã consciência aceitaria uma mulher deflorada. Sou uma desgraça para minha família. Sou uma desgraça para mim mesma.

Mas nada disso dói tanto quanto saber que Klaus não me ama. Eu trocaria o mundo inteiro, honrarias e nobreza, por ele, para que voltasse para mim e me dissesse que foi um simples mal-entendido, que seu coração, de fato, pertence a mim.

Contudo, não posso mais me enganar. Ao menos uma vez, preciso ser honesta.

Klaus não vai voltar. O que houve entre nós nunca foi real. Nunca existiu. Era apenas uma história contada do jeito certo para parecer perfeita, assim como nos livros que tanto amo ler.

Maria Amélia

Amanheço no dia seguinte em chamas. O que é irônico, pois sinto um frio desmedido.

Acordo empapada de suor, a roupa e os lençóis grudando em minha pele. Luto para libertar-me dos cobertores, apenas para descobrir que o ar está gelado demais. Tremo tanto que meus dentes batem uns contra os outros, e preciso cobrir-me de novo por alguns minutos antes de sentir meu corpo em ebulição novamente.

Não tenho forças para chamar ajuda, mas de alguma forma ela aparece. A criada responsável por vestir-me é a primeira a entrar e abafa um grito quando me encontra na cama. Devo estar em um estado lastimável, pois ela sai correndo na mesma hora e volta logo em seguida acompanhada de mamãe.

Sou virada, cutucada, e alguém fala comigo, mas não respondo. Não consigo formar um único pensamento coerente e sinto tanto sono que é difícil ficar acordada. Alguns minutos (ou seriam horas?) depois, o médico chega, e a sensação gelada de suas mãos e instrumentos em mim é tudo que me mantém acordada.

Para então voltar à inconsciência.

Klaus

Estamos atravessando a França, e já estou farto desta viagem. Farto da longa jornada, da falta de higiene. Estou viajando há horas e não sei o que vou encontrar quando chegar em casa. Com toda essa demora, é bem provável que Berta já esteja perdida quando eu a alcançar.

Mas, acima de tudo, a ausência de Amélia sufoca meu coração e a falta de notícias dela me preocupa. Não saber como ela está, se entendeu meus motivos. Não saber se sente minha falta.

Quando fazemos uma pausa, quase chegando à Suíça, aproveito para escrever duas cartas — uma para Maximiliano, que está provavelmente desnorteado depois de chegar ao palácio e não me encontrar lá, e uma para Amélia.

Caro Maximiliano,

A esta altura, estou certo de que boatos já correm o Palácio das Janelas Verdes e muito está sendo dito a meu respeito. Sinto não ter tido tempo de informá-lo antes, mas tudo aconteceu às pressas em meu último dia em Portugal.

Receio que os Brachmann se encontrem em meio a uma espécie de crise familiar. Minha irmã mais nova, Berta, recentemente foi pedida em casamento e, não tendo recebido a bênção e o apoio de nossos pais, resolveu fugir com o agora noivo. Não preciso dizer que a família inteira está em polvorosa. Estou a caminho de Viena para ajudá-los a resolver essa situação o quanto antes.

Meu bom amigo, envio anexa a esta carta uma outra, a ser entregue à srta. Amélia. Deixei-lhe um bilhete antes de minha partida, mas lamento não ter tido tempo de entregá-lo pessoalmente, e estou certo de que ela tem muitas perguntas. Certifique-se de que chegue às mãos dela e de ninguém mais.

Cordialmente,
Klaus

Minha querida Amélia,

Enquanto escrevo esta carta, estou atravessando a França, a poucos dias de casa. Incontáveis horas se passaram desde que a vi pela última vez, e senti sua falta em todas elas.

Sei que o bilhete e a carta que lhe deixei não foram nem de longe explicação suficiente. Gostaria de ter tido tempo para contar-lhe tudo, mas a gravidade da situação não me permitiu o luxo da espera. Berta a esta altura já pode estar casada — ou, pior, pode não ter se casado ainda. Cada segundo é valioso, e espero ser capaz de encontrá-la a tempo de ao menos evitar um escândalo.

Voltarei o mais breve possível. Saiba que você está em meus pensamentos a cada segundo do dia.

Com todo o meu amor,

Klaus

Klaus

Chego a Viena dias após ter partido de Lisboa. Não sei exatamente o que ainda pode ser feito, uma vez que Berta e seu tão estimado sr. Pringsheim tiveram tempo mais que suficiente para selar a união ou ter sido pegos. De toda forma, sigo direto para casa, ávido por notícias.

Ao chegar, abro as portas de uma casa estranhamente silenciosa. Era comum ouvir Berta ao piano por longas horas durante o dia, e a ausência de sua música causa em mim certa comoção. Será um sinal de que não há mais nada a ser feito?

— *Herr* Brachmann! — Sou surpreendido pelo mordomo, o velho sr. Wells. Vindo diretamente da Inglaterra, mudou-se com mamãe quando ela e meu pai se casaram e, apesar de já ter idade avançada, ainda ostenta a postura e a altivez de um jovem. — O senhor está de volta!

— Olá, sr. Wells! — Ponho a mala no chão e olho ao redor. — Onde estão todos?

— *Herr* Brachmann está no gabinete, senhor. Mas acredito que gostará de ter uma palavrinha com *Fräulein* Brachmann primeiro — diz, enquanto apanha as malas.

— Berta está em casa?

— Em seus aposentos, senhor.

Ele não precisa dizer duas vezes. Subo as escadas o mais rápido que posso, nem sequer me lembrando de apreciar o cheiro e as texturas familiares de meu lar. Em menos de um minuto, estou batendo à sua porta.

— Berta, sou eu. Posso entrar? — chamo, entre uma batida e outra.

— Klaus? — ouço-a gritar, depois o barulho alto de algo caindo. No segundo seguinte, ela se joga em meus braços. — Você voltou!

— É claro que voltei — digo, abraçando-a de volta, embora, deva dizer, com muito menos força e intensidade.

Berta solta-me, e a imagem que vejo é muito diferente da moça que deixei em casa antes de partir. Somos um tanto parecidos, compartilhando os mesmos olhos e cabelos escuros e a mesma estatura elevada, ainda que Berta seja um tanto mais baixa. Mas quase não a reconheço, com os cabelos revoltos, como se não os escovasse há dias, os olhos vermelhos e injetados e a tez pálida.

— O que houve? — pergunto, segurando seu rosto entre as mãos.

— Oh, Klaus... — Suas feições delicadas se contorcem em choro. — Fomos pegos. Papai encontrou-nos, trouxe-me para casa, e mamãe disse que nunca mais vou sair do quarto, enquanto viver.

— *Mein Gott...* — suspiro e então entro com ela, fechando a porta. Minha irmã vai até a cama, onde se encolhe, abraçando os joelhos. — Berta, estou certo de que é um exagero. Não podem mantê-la aqui dentro para sempre.

— Talvez não. — Ela funga, as lágrimas escorrendo livremente pelo rosto. — Mas jamais vão permitir que eu me case com Joseph, e isso é infinitas vezes pior. Como viverei sem ele, Klaus? Como posso viver sem o homem que amo?

Vou até ela e sento-me ao seu lado na cama. Sem esperar um convite, Berta desaba em meu colo, abraçando a si mesma, e eu afago seus cabelos.

— Não vai dizer nada? — pergunta.

— O que espera que eu diga? — replico, e pela primeira vez desde que cheguei ela abre um esboço de sorriso.

— Que sou muito jovem ainda. Que não sei o que é amor. — Ela solta um riso que é meio sarcasmo, meio dor. — É o que todos estão dizendo.

— Quem sou eu para lhe dizer se o que sente é amor ou não? — falo, com um suspiro cansado. Os longos dias de viagem estão cobrando seu preço, moendo todas as partes do meu corpo.

— Mas eu conheço Joseph há pouco tempo.

— Não é o tempo que determina o amor. Há pessoas que se apaixonam em poucas horas, outras que passam décadas sob o mesmo teto sem nunca se amarem. — Franzo o cenho para ela. — A menos que *queira* que eu lhe diga que é passageiro. Posso dizer, se fizer você se sentir melhor.

Berta senta-se de frente para mim. As lágrimas se foram, e em seu lugar há um olhar estranho. Ela me estuda, uma ruga mínima formando-se em sua testa, como se não soubesse quem eu sou.

— Há algo diferente em você — afirma, e eu sorrio de leve. É tão evidente? Talvez o amor tenha de fato o poder de mudar as pessoas, talvez tenha me mudado, até mesmo de maneiras que nem me dei conta.

— Muitas coisas aconteceram desde que fui a Portugal — digo, a voz baixa. Sinto vontade de contar tudo a ela, mas decido que não é o momento. Há coisas mais importantes a serem feitas. — Escute, Berta. Vamos dar um jeito nisso.

— Como? — pergunta, baixando os olhos, a tristeza voltando a afligir seu semblante.

— Vou falar com nossos pais. Vou fazê-los enxergar a razão — respondo, segurando suas mãos entre as minhas. — Não perca as esperanças, minha irmã.

Berta abraça-me, afundando o rosto em meu pescoço, mas, felizmente, não torna a chorar. Quando me solta, há um novo brilho em seu olhar, um que se assemelha muito mais à minha irmã caçula como costumava conhecê-la.

— *Danke schön, Klaus* — sussurra.

— *Bitte.* — Beijo suas mãos. — Sempre que precisar.

36

Klaus

Depois de deixar Berta, recolho-me ao meu quarto e durmo profundamente por muito tempo. Sou acordado próximo à hora do jantar pela criadagem. Embora ainda esteja com sono, decido me juntar à minha família.

Família esta que, vejo ao descer, encolheu. Berta não vem jantar conosco, e, embora não nos vejamos há pelo menos dois meses, nem minha mãe nem meu pai parecem muito contentes com a minha presença. Sento-me à mesa com a mesma sensação que tive ao jantar com a imperatriz-viúva em meu primeiro dia em Lisboa: a de que estou comendo entre estranhos.

— Como foi a viagem? — diz mamãe finalmente, depois que começamos a refeição. Apesar de ser pelo menos dois palmos mais baixa que eu, ela é uma dessas mulheres cuja postura e olhar a fazem parecer gigantesca. O cabelo negro está sempre cuidadosamente arrumado, o vestuário impecável, e a expressão controlada.

— Exaustiva — digo, com um suspiro. A entrada de hoje é sopa... de ervilhas. Tento não interpretar como um sinal óbvio de que não sou bem-vindo à minha própria casa. — E como está... tudo?

Papai faz menção de falar, mas é minha mãe quem responde, em tom alto, claro e furioso.

— Como acha que estamos? Sua irmã quase desgraçou a família. Você só aparece quando já é tarde demais...

— Vim o mais rapidamente que pude — tento interrompê-la, mas é como se jamais tivesse aberto a boca.

— Estou certa de que mais nenhum casamento será proposto a ela, pois as notícias não tardarão a se espalhar! — exclama vigorosamente. Ao seu lado, na ponta da mesa, papai massageia as têmporas. Provavelmente já ouviu esses gritos incontáveis vezes nas últimas semanas.

— Bem, se Berta não receberá mais nenhuma proposta, por que não deixar que se case com quem escolheu? — pergunto enquanto brinco com a sopa no prato, sem sorvê-la.

Péssima decisão. Meus pais me olham como se eu tivesse enlouquecido, uma veia saltando no pescoço de mamãe. Temo que vá atacar-me a qualquer momento.

— Esse homem, esse sr. *Pringsheim* — ela diz o nome como se fosse uma maldição — aliciou sua irmã. Fugiu com ela, quase desgraçou o nome desta família.

— Ora, vamos, mamãe. Ninguém poderia forçar Berta a fazer algo que ela não quisesse — digo, ainda que não seja totalmente verdade. Berta é bastante sugestionável, fato que omito para não piorar a situação.

— Chega! — Mamãe bate com os punhos na mesa, fazendo a sopa agitar--se nos pratos e respingar na toalha. — Não ouvirei nenhuma outra palavra sobre este assunto.

Decido por bem deixar que a conversa morra, e passamos o restante do jantar em silêncio. Depois de comermos, como de costume, recolho-me com papai em seu gabinete para um drinque. Conversamos sobre amenidades e sobre minha viagem, e percebo ali a oportunidade certa para agir. Ele é muito mais maleável que minha mãe.

— Quão sério foi, de verdade? Com Berta? — pergunto. Em sua poltrona favorita, meu pai suspira. Alto como eu, ele já perdeu todos os cabelos para a idade, mas conserva um rosto bonito, bem proporcionado. Bastante parecido com o meu.

— Nós a encontramos no terceiro dia — revela, a atenção fixa no copo de conhaque em uma das mãos. — Estava na casa da irmã do sr. Pringsheim, escondendo-se até que os arranjos do casamento estivessem acertados.

— Poderia ser pior — digo, sorvendo a bebida. — Nenhuma honra foi perdida.

— Isso não importa, não é? Sua mãe está certa. A notícia já começa a correr. Creio que seja o fim para Berta, ainda que o escândalo não seja tão grande que possa afetar nossos negócios.

172

Não digo nada imediatamente, preferindo escolher minhas palavras com cuidado. Deixo transcorrer alguns minutos e então pergunto:

— Seria mesmo uma ideia tão abominável permitiu que Berta se case com o sr. Pringsheim?

Ele parece ponderar a questão por alguns instantes, a testa enrugada em uma expressão pensativa. Após mais um gole de conhaque, replica:

— Sua mãe jamais aceitaria.

— Mas ela não tem que aceitar, não é mesmo? Basta que o senhor permita — digo, e ele me lança um olhar de soslaio que diz "Você não quer irritar essa mulher". — Sei que não é a união mais favorável, mas pense bem. Se Berta jamais for desposada, será um estorvo para esta casa. E o sr. Pringsheim vem de uma boa família e pode oferecer a ela segurança e estabilidade. Não vejo nada de mal nisso — continuo, depois de respirar fundo.

— Mas a vergonha...

— Ora, meu pai! Se Berta e ele não se casarem, ela ficará mal falada para sempre. Mas, se houver o matrimônio, então não existirá motivo para que falem! Seria a solução perfeita para o nosso problema.

Papai não responde. Termino minha bebida e ponho o copo vazio sobre a mesa de centro. Estou exausto e já tive o máximo de interação que posso me permitir por um dia.

— Boa noite, pai — digo antes de sair. Ele se limita a erguer a mão em um aceno desajeitado. Meu discurso, espero, ainda reverberando em sua mente.

Acordo na manhã seguinte com um plano e uma missão a serem realizados de imediato. Quanto antes conseguir resolver a situação de minha irmã, mais cedo voltarei para os braços de Amélia.

Converso brevemente com Berta depois que acordo, apenas para pegar a informação de que preciso. Mal tomo café e já estou de saída. Ignoro a carruagem e aproveito o bom tempo para seguir a cavalo.

Nachthimmel é meu cavalo desde os dezesseis anos. Um belo garanhão de pelugem preta, capaz de percorrer distâncias muito longas sem se cansar, e com quem entendo-me muito bem. Montado nele é a primeira vez que me sinto em casa desde que pisei em Viena, e fazemos nosso caminho rapidamente. Em menos de meia hora, estou batendo à porta da casa dos Pringsheim.

Em minha posição de visita desavisada, é natural que seja recebido com franzir de olhos pelo mordomo. Contudo, sua expressão agrava-se quando me apresento e peço que chame o sr. Joseph Pringsheim.

Observo a casa enquanto espero. Não é muito diferente da nossa, embora um pouco menor. É bem decorada, com uma bela tapeçaria e um ou outro quadro na parede. Mal tenho tempo de estudar meus arredores, e um rapaz de não mais que vinte anos chega para receber-me.

Conheci o sr. Pringsheim durante um baile, muitos meses atrás. Na ocasião, aparentava melhor disposição e estava muito mais bem-vestido que agora. Embora use roupas apropriadas, seus trajes estão amarrotados. O rosto trai a real situação de seu espírito, e ele parece não dormir há dias. Em mais de um sentido, o sr. Pringsheim me lembra de Berta.

— O senhor deve ser Klaus — ele diz ao me cumprimentar. É ainda mais alto que eu, uma verdadeira torre de cabelos ruivos e sardas, acentuadas pela pele inchada de tristeza e lágrimas.

— Muito prazer. — Apertamos as mãos. — Há algum lugar onde possamos conversar?

Ele assente e pede que eu o acompanhe até uma sala de estudos. É pequena e aconchegante, cercada de livros e com cheiro forte de tabaco. Por algum motivo, recorda-me das várias saletas do Palácio das Janelas Verdes, e meu coração aperta-se com a memória.

— Sr. Pringsheim, entendo que o senhor tem intenção de casar-se com minha irmã mais nova? — pergunto após fecharmos a porta. Ele se assusta com a minha objetividade, mas logo relaxa e sorri.

— Sim, sr. Brachmann — responde calmamente. — Estou... apaixonado por sua irmã, se me permite a ousadia. Foi amor à primeira vista.

— Hum... — assinto, encarando-o. Nenhum de nós faz menção de sentar-se. — E por que, devo perguntar, resolveram fugir?

— Foi... Foi ideia de Berta, senhor. — Ele cora, baixando a cabeça. — De *Fräulein* Brachmann, isto é. Quando seus pais não concordaram...

— Imaginei — interrompo-o com uma risada baixa. — *Mein Gott*, em que confusão vocês dois se meteram!

O rapaz não diz nada, mas sorri, um sorriso triste, de alguém que tenta encontrar motivos para continuar após uma grande perda. Respiro fundo.

— Sr. Pringsheim, antes de mais nada, preciso saber: ainda tem intenção de se casar com Berta? — pergunto. O olhar dele ilumina-se.

174

— É tudo que mais quero.

— Pois bem. Eis o que vamos fazer. — Vou até ele, tentando olhá-lo nos olhos, o que faz com que eu precise inclinar a cabeça muito mais do que consideraria ideal. — Eu voltarei para casa e o espero para o chá esta tarde. Eu, você e meu pai teremos uma longa conversa sobre o futuro, e a esta hora, na semana que vem, você e Berta estarão casados. Estamos entendidos?

— Perfeitamente, senhor! — exclama, a esperança iluminando seu rosto. Aposto que o encontrarei inteiramente refeito no chá.

— Até breve — digo e volto para casa.

37

Klaus

Dito e feito, o sr. Pringsheim chega para o chá à tarde como um novo homem. Dotado de renovada esperança e coragem, parece ainda mais alto e maduro do que pela manhã. Recebo-o assim que chega e seguimos juntos para o gabinete de meu pai.

— Klaus... o que é isso? — Papai se põe de pé, inflando o peito. Não sei dizer se está de fato furioso, ou se apenas quer simular ultraje. — O que este homem está fazendo em minha casa?

— Eu o convidei — digo com toda a calma do mundo, pegando meu pai de surpresa. — E vamos todos sentar e conversar.

Talvez pelo choque, ele não diz mais nada. Solicito que o sr. Pringsheim se sente, o que faz com temor e insegurança. Ocupo o assento ao seu lado. Depois de respirar fundo algumas vezes, meu pai junta-se a nós.

— Cavalheiros, aceitam uma bebida? — ofereço, pondo-me de pé.

— Uísque, por favor — meu pai pede, soando desgostoso, encarando sem trégua nosso convidado. O sr. Pringsheim recusa qualquer oferta e mantém os olhos em mim.

Sirvo uma dose de uísque em um copo e o entrego a papai antes de tornar a me sentar. Por um longo minuto, nenhum de nós fala. Espero que uma das partes diretamente envolvidas tome a dianteira, mas papai parece furioso demais, e o sr. Pringsheim, demasiadamente ameaçado.

— Muito bem — digo após um suspiro cansado. — Eu os juntei aqui hoje porque acredito que temos um interesse em comum: o bem-estar de Berta.

Papai resmunga algo do tipo "Não é o bem-estar dela que lhe interessa", mas ignoro.

— Sr. Pringsheim, o senhor expressou mais de uma vez que almeja desposar Berta, estou correto? — pergunto, olhando-o diretamente, e ele assente como um garotinho nervoso. — Muito bem. E suponho que também esteja arrependido da atitude impensada que você e minha irmã tomaram?

— Muitíssimo — apressa-se a dizer, olhando de mim para meu pai rapidamente. — Jamais tive intenção de manchar a honra da *Fräulein* Brachmann ou de sua família. Acredite, *Herr* Brachmann, tudo o que quero é fazer sua filha feliz.

— E o que pode oferecer a ela? Não tem título. Nenhuma conexão desejável — meu pai adianta-se, e fico feliz por perceber que não precisarei mais forçá-lo a participar da conversa; no máximo, talvez, intervir para que não se matem.

— Eu... — Aquilo o desanima, e o sr. Pringsheim baixa o rosto mais uma vez. — Não sou um nobre. Acredite quando digo que sei que a srta. Brachmann poderia conseguir alguém muito superior a mim...

— E pode mesmo... — papai resmunga, porém com menos agressividade. O sr. Pringsheim nem sequer o escuta.

— Mas, se ela ainda me quiser, prometo que passarei todos os dias tentando merecê-la. Prometo que não descansarei enquanto ela não for a mulher mais feliz de toda a Áustria. E prometo que jamais lhe deixarei faltar coisa alguma.

— É claro que ainda quero! — a voz de Berta soa, alta e clara, da porta do gabinete.

Nenhum de nós a viu se aproximar, mas, inegavelmente, lá está ela. Devia estar escutando atrás da porta todo esse tempo. Berta entra e deixa a porta escancarada, correndo até nós pela sala e jogando-se aos pés de nosso pai, nos mesmos trajes amassados e cabelo desgrenhado em que a vi pela manhã.

— Papai, por favor! — implora, agarrando a mão livre dele, os olhos cheios de lágrimas. — Por favor, nos dê sua bênção, papai. Eu o amo.

— Berta, recomponha-se! — ele diz, levantando-se e puxando a filha consigo.

Já vi o suficiente. Agora que as partes envolvidas estão reunidas, posso retirar-me. Saio à francesa, levantando-me disfarçadamente enquanto eles conversam.

Ao fechar a porta do gabinete, dou de cara com o sr. Wells. Devia estar à minha espera, pois entrega-me uma carta tão logo me vê.

177

— Isto chegou para o senhor — diz, com uma cortesia, antes de sair.

Notícias de Amélia?, penso, o coração batendo mais forte. Contudo, a letra no envelope não é dela. É de Maximiliano.

Engulo em seco e rasgo o selo, começando a ler enquanto volto para o quarto.

Caro Klaus,

Recebi sua carta assim que pus os pés em Portugal. Sinto muito pela situação com sua irmã. Espero que tudo seja resolvido o mais depressa e discretamente possível.

Gostaria de poder escrever-lhe com notícias mais felizes, mas receio não trazer boas-novas. O assunto que venho tratar é, imagino, se os boatos no Palácio das Janelas Verdes se fazem verdadeiros, de seu extremo e mais urgente interesse.

A princesa Maria Amélia está severamente doente. Pouco após sua partida, expôs-se a uma tempestade violenta e, desde então, tem sido acometida por fortes dores, febres e acessos. O que era aparentemente uma gripe já evoluiu, e agora cogita-se tuberculose. Não sabemos ao certo.

A imperatriz-viúva está fora de si de preocupação, e a verdade é que nem mesmo o médico sabe precisar quanto tempo Sua Alteza tem de vida. Sua condição não parece ter melhoras, e duvido de que haja muito ainda a ser feito.

Receio que a srta. Amélia não tenha estado em condições de ler a correspondência, mas fiz-lhe o favor de ler sua carta para ela. Peço que me perdoe pela intromissão, mas achei que gostaria que suas palavras fossem ouvidas.

Meu caro amigo, não tivemos chance de conversar propriamente, tendo estado ausente por tantos dias. É por agora ter conhecimento da profundidade de seus sentimentos pela princesa que lhe peço que volte para Portugal o mais rapidamente possível. Qualquer que venha a ser o destino da srta. Amélia, sei que gostaria que você estivesse aqui.

Apresse-se, meu bom Klaus. Até lá, cuidarei dela por você.

Cordialmente,

Fernando Maximiliano José de Habsburgo-Lorena

Por sorte, estou em meu quarto quando a carta chega ao fim, pois a primeira coisa que faço é me sentar. E, uma vez sentado, sinto o ar escapar de meus pulmões.

Amélia está doente. Severamente. Talvez entre a vida e a morte.

E então um único pensamento: *Eu preciso voltar para ela.*

Klaus

— Klaus... o que está fazendo?

Ouço a voz de Berta morrer aos poucos. Olho brevemente por sobre o ombro e vejo-a parada à soleira da porta, franzindo o cenho para mim.

— Por que está arrumando as malas? — pergunta, chegando mais perto. O mais rápido que posso, recolho roupas limpas e outros pertences. Não sei quanto tempo passarei fora desta vez. A vida inteira, espero. Preciso acreditar que Amélia se recuperará.

— Tenho de voltar para Portugal — digo, sem dar-lhe muita atenção.

— Mas meu casamento...

— Eu sei! — Paro no meio do caminho entre a cômoda e a mala aberta na cama, e finalmente olho para minha irmã. Ela parece bem; muito bem, na verdade. Há cor em seu rosto e um ar de felicidade que não via desde que cheguei, e que nem mesmo a preocupação comigo consegue disfarçar.

Coloco na mala a peça de roupa que estou segurando e viro-me para Berta, pegando suas mãos.

— Nosso pai deu a bênção, então? — digo, tentando sorrir. Ela nem precisa tentar; à menção do assunto, seu rosto se ilumina de alegria.

— Sim. Casaremos na próxima semana. — Ao ver minha expressão de pesar, seu semblante muda. — O que houve, Klaus? Está certo de que essa viagem não pode esperar?

— Não pode — murmuro, e o medo que me acomete ameaça sufocar-me. Fecho os olhos para conter as lágrimas. — Deixei alguém para trás, Berta. Alguém que estimo muito. E ela está doente — concluo.

— Oh! — Berta cobre a boca com as mãos. — Por que não me contou antes?

— Descobri ainda agora. Maximiliano escreveu-me avisando. — Há uma nota de histeria em minha voz, e preciso respirar fundo para recobrar o controle. — Sinto muito por não poder estar aqui, por não ver você subir ao altar. Eu...

— Não se desculpe — ela me interrompe com um abraço. — Já assegurou que passarei o resto de minha vida com o homem que eu amo. Agora, deve assegurar-se de não perder a mulher que ama.

Abraço-a de volta, e então Berta me solta. Em seguida, adianta-se para a mala e ajuda-me a terminar de prepará-la.

✦══✦

Maria Amélia

Acordo com uma forte dor no peito, o cansaço ainda ameaçando fechar minhas pálpebras. Há alguém falando, mas demoro a conseguir concentrar-me na voz. Parece distante, quase irreal. Abro os olhos e encontro ninguém menos que o arquiduque da Áustria, sentado em uma cadeira próximo à cama, lendo um livro em voz alta.

— No entanto, para dizer a verdade, hoje em dia a razão e o amor quase não andam juntos. É pena que... — narra. Faltam um certo ritmo e entonação ao sr. Habsburgo, mas sua leitura não me desagrada. Ele se interrompe, contudo, quando percebe que eu me remexo na cama. — Vossa Alteza! A senhorita está acordada.

— Olá — digo com muito custo. Falar não parece ter sido a melhor escolha. Causa-me um acesso de tosse que curva meu corpo, e o sr. Habsburgo precisa levantar-se rapidamente para vir ao meu auxílio com um copo de água.

— Não se esforce. Precisa que eu chame o médico? — pergunta, e gesticulo que não. Só preciso descansar.

Bebo a água e o sr. Habsburgo auxilia-me na difícil missão de encontrar uma posição confortável na cama. Ajeita alguns travesseiros em minhas costas e puxa as cobertas até meu peito. Respiro pesadamente, ouvindo uma espécie de silvo estranho ao inspirar. Não deve ser bom sinal.

— Devo chamar Sua Majestade. Ela gostará de saber que acordou — o arquiduque diz, seguindo para a porta.

— Espere! — peço, e ele escuta, apesar de minha voz fraca. Vira-se e, após um instante de hesitação, volta a se sentar. — O que estava lendo?

— *Sonho de uma noite de verão* — responde, mirando a capa do livro. — Fui informado de que a senhorita gosta muito da obra de Shakespeare.

— Há quanto tempo está aqui? — pergunto com um suspiro alto. A conversa está me exaurindo, mas não quero voltar a dormir. Meu corpo dói e presumo ter passado tempo demais acamada.

— Venho todos os dias, se é isso que quer saber. — O sr. Habsburgo cruza as pernas e alisa o bigode distraidamente. — Todos os dias desde que cheguei.

— Oh. Eu achei... — Em meio à confusão, abro um sorriso. — Como está a condessa?

Ele não responde de imediato, e vejo o choque estampado em cada traço de seu rosto.

— Como... — começa a dizer, mas então algo lhe ocorre. — Foi Klaus, certo? Klaus contou-lhe tudo.

A menção do nome dele faz meu peito doer muito mais que qualquer sintoma da doença. Selo os lábios para conter o choro, torcendo para que o arquiduque não veja.

— Sinto muitíssimo por esta situação, Vossa Alteza — o sr. Habsburgo continua, talvez tomando minha tristeza evidente como sendo causada por suas ações. — Nunca tive intenção de enganá-la ou de ferir seus sentimentos.

— Vocês, homens, nunca têm — murmuro e viro-me para ele. — O senhor a ama?

— Profundamente — responde, sem rodeios. — Embora receie que este segredo deva manter-se entre nós por mais alguns dias, ao menos até o retorno do sr. Brachmann.

— Retorno? — Sento-me mais ereta. Certamente ouvi errado. — Klaus está voltando?

— É claro! — Franze o cenho, parecendo intrigado com minha pergunta. — Acredito que, a esta altura, a questão com a irmã já tenha sido resolvida, portanto...

— Do que o senhor está falando?

Após uma breve hesitação, ele me conta tudo. Que Klaus lhe escreveu relatando a fuga da irmã mais nova para casar e que precisou partir às pressas de Portugal para ajudar a família. Sobre seu amor por mim e o pedido de que o arquiduque me vigiasse durante sua ausência. Então o sr. Habsburgo me pede um segundo e busca em seus aposentos uma carta de Klaus endereçada a mim.

182

E é aí que percebo que fui enganada, sim, mas não por Klaus. Nunca por ele. Como pude duvidar?

Klaus me ama. Sempre amou.

Há outra pessoa neste palácio, contudo, tirando proveito de minha dor. E, sem precisar pensar muito, já sei exatamente quem culpar.

39

Maria Amélia

O sr. Habsburgo deixa-me pouco tempo depois. Em seu lugar vem mamãe, acompanhada de uma criada e de um bom prato de sopa. Após me forçar a comer — embora eu deixe muito claro que não estou com fome — e de aceitar que chamem o médico no dia seguinte, ela sai. E só então mando chamar lady Ana.

Quando entra, ela tem a mesma expressão neutra e complacente de sempre. Em todos estes anos tendo-a como dama de companhia, sempre soube que ela não era inteiramente confiável — sua lealdade é primeiro com mamãe, depois comigo. Mesmo assim, iludi-me ao acreditar que era minha amiga.

E eu sabia. Algo em meu íntimo me avisava que Ana sabia muito mais a respeito de meu relacionamento com Klaus do que deixava revelar. Mas, por ela nunca ter tecido comentários diretos ou deixado escapar nada para mamãe, acreditei que estivesse do meu lado. Vejo agora que estava enganada. Ana somente aguardava para utilizar a informação da maneira que melhor lhe conviesse.

— Ah, Alteza! Fico muito feliz que esteja se sentindo melhor! — Lady Ana senta-se na cadeira antes ocupada por minha mãe e pelo arquiduque. Seu tom agudo e um tanto infantil me faria sorrir normalmente, mas não hoje. Não sabendo o que sei.

— Ana, gostaria que devolvesse minhas cartas — digo, indo direto ao ponto. Não devo parecer particularmente ameaçadora, deitada em uma cama em convalescença, mas meu tom é claro e definitivo.

— Cartas? — repete, dando-se o trabalho de parecer inocente e desavisada.
— De que cartas...

— As cartas que o sr. Brachmann deixou para mim antes de partir — interrompo-a e tenho o prazer de vê-la corar, pega no pulo. — E outras correspondências que, imagino, ele possa ter esquecido para trás. Sei que estão com você e gostaria que as devolvesse. Não tem direito a elas.

— Ah, Alteza, eu sinto muitíssimo! — Mudando de tática, lady Ana ajoelha-se no chão em frente à cama e segura minha mão. As dela estão frias e fazem-me estremecer com o contato. — Lady Cora mostrou-me o bilhete que o sr. Brachmann deixou para a senhorita e temi pelo seu bem-estar, por isso escondi as cartas. Estava tentando assegurar que a senhorita não se deixasse enganar por um libertino! A senhorita está noiva e...

— Não cabia a você essa decisão! — exclamo, puxando a mão de volta. — Agora vá. Busque todas elas, imediatamente.

Ela concorda e parte sem hesitar. Respiro fundo, procurando me acalmar. Não acredito em uma só palavra do que Ana me disse, mas seus motivos não me importam. Só preciso saber de toda a verdade.

Lady Ana retorna em alguns minutos com um pequeno maço de cartas. Abro-as sobre a cama e vejo que, entre elas, há um bilhete endereçado a mim.

Querida Amélia,
Precisei ausentar-me por emergências familiares. Mandarei notícias em breve. Deixo-lhe a carta enviada por minha mãe, que será capaz de explicar melhor do que eu.
Com todo o meu amor,
Klaus

Então há mesmo uma carta. Olho para Ana, sem conseguir acreditar em tal traição.

— Quero-a fora do palácio ainda hoje — digo, a voz mais ríspida do que jamais usei.

— Vossa Alteza, eu não pretendia... — ela balbucia, mas interrompo-a antes que destile mais veneno.

— *Fora* da minha casa — repito, meu tom alterado deixando-me sem ar. Então, mais baixo, acrescento: — Achei que fôssemos amigas, mas traiu a minha confiança, Ana. Não há mais nada aqui para você. Saia.

Lady Ana baixa a cabeça, mas as lágrimas que vejo em seu rosto não me emocionam. Ela se vai, e volto a atenção novamente para o bilhete que Klaus me deixou. Leio-o e sigo então para as demais cartas de sua família, montando o quebra-cabeça peça por peça. O alívio finalmente encontra lugar em meu coração.

Klaus

Estou exausto, enfrentando minha segunda longa jornada em menos de um mês. A estrada não me cai bem. Estou sujo, faminto, cansado. E ainda faltam dias até que finalmente possa reencontrar Amélia.

Enquanto atravessamos o sul da França, começo e recomeço uma dúzia de cartas. Berta já deve estar casada a esta altura, e há muito que eu gostaria de dizer a ela e a seu novo marido. Gostaria também de ter informações de Amélia, mas estou em parte grato por não receber nenhuma correspondência emergencial — isso provavelmente significaria más notícias.

Durante a viagem, todo o tempo em que não estou dormindo, gasto rezando. Não sou exatamente religioso — de fato, duvido de que Deus concorde com meu estilo de vida ou sequer se proponha a proteger-me —, mas preciso confiar que, se Ele está mesmo em algum lugar, protegerá Amélia. Pois, se alguém no mundo é digno de Sua proteção, esse alguém é ela.

Então rezo. Rezo para que ela aguente mais um dia, para que espere minha chegada. E rezo para que tenhamos tempo depois disso, para que eu possa desposá-la e amá-la por muitos anos. *Por favor, Deus*, imploro. *Por favor, dê-nos mais um pouco de tempo.*

Só espero que, em algum lugar, Ele consiga me ouvir.

40

Maria Amélia

O sr. Habsburgo torna-se uma presença constante em meus dias — suspeito, embora não pergunte, que já o vinha sendo muito antes de eu notá-lo. Para a minha surpresa, vejo-me aproveitando nossos momentos juntos, apreciando sua companhia mais do que quando tinha obrigação de estar com ele.

Mas, em uma dessas tardes, sua visita vespertina é substituída pela do médico da família. Um homem de cabelos escuros salpicados de fios grisalhos e um bigode cheio, que cobre quase toda a sua boca, o dr. Silva cuidou de mim a vida inteira.

Ele adentra o quarto acompanhado de mamãe. Talvez seja a preocupação extrema no rosto dela, ou o sorriso tranquilo demais no semblante dele, mas sei imediatamente que minha situação é mais séria do que ele esperava.

— Boa tarde, Vossa Alteza! Como se sente hoje? — ele pergunta, em um falso tom animado.

— Bem — respondo, a voz fraca. *Bem* não é a resposta mais verdadeira; contudo, em comparação aos dias anteriores, sinto-me consideravelmente melhor.

— Excelente, excelente. — Ele coloca sua maleta sobre a mesa de cabeceira e retira dela um estetoscópio. — Vejamos...

Mamãe ajuda-me a sentar — ou o mais próximo disso que consigo — e dr. Silva examina-me silenciosamente por vários minutos. Mede minha temperatura, checa minha garganta e joga uma luz em meus olhos. Põe o estetoscópio em minhas costas e ausculta por vários segundos.

— Respire fundo — instrui. Eu tento, mas é como segurar água com as mãos; falta-me o ar, e logo estou tossindo, o som tão alto que parece que minhas costelas estão se quebrando.

Mamãe segura minha mão e estende-me um lenço limpo com que cobrir a boca. Tusso, ainda sentindo o metal frio do estetoscópio em minha pele. Por fim, o médico guarda o instrumento e afasta-se, tendo o cuidado de parecer muito calmo.

— Vossa Majestade, se puder ir até o corredor comigo, há algo... — ele começa a dizer, mas ergo a mão, interrompendo-o.

— Não! — arfo. Respiro fundo algumas vezes, tentando recobrar o fôlego antes de continuar. — Não me escondam nada! Se há algo de errado, eu também preciso saber.

— Maria, você deveria descansar... — Mamãe empurra-me de volta para a cama, forçando-me a deitar. Tento impedi-la, mas estou fraca demais, e ela mal percebe minha objeção.

— Por favor! — exclamo, praticamente implorando. — Por favor, não me poupem da verdade! Tenho o direito de saber!

Dr. Silva olha para mim. A serenidade tão cuidadosamente plantada em seu semblante começa a se desfazer, dando lugar a rugas de preocupação. Ele e minha mãe trocam um olhar breve, até que, por fim, ela assente, permitindo-lhe continuar.

— Receio que seu quadro seja grave, Vossa Alteza — ele diz, a voz baixa, encarando-me. — Tive esperança de que fosse uma simples pneumonia, mas temo que não. O prognóstico é de tuberculose.

Engulo em seco. *Tuberculose*. Cada sílaba parece reverberar pelo meu corpo, enviando um tremor de puro medo que me percorre dos pés à cabeça.

— E o que devemos fazer? — É mamãe quem pergunta, uma nota de desespero na voz. — Qual o tratamento?

Há uma longa pausa, durante a qual o bom médico e eu nos olhamos. Já sei o que dirá antes mesmo que comece. Creio que sei há algum tempo, ainda que não tenha certeza de como. Talvez os moribundos sempre saibam.

— Não há cura — ele diz lentamente, e mamãe solta um silvo baixo de horror. — Há algumas drogas... medicações que podem ser administradas para tornar a situação o mais confortável possível, mas receio que não haja muito a ser feito.

Mamãe cobre o rosto com as mãos e afasta-se, soluçando baixinho de costas para mim, como se achasse que assim eu não perceberia. Olho para o médico, que mira os próprios pés, as mãos cruzadas atrás do corpo.

— Há algo mais — digo. Ele torna a encarar-me, e tenho ainda mais certeza. — O que mais não está nos contando, doutor?

Ele hesita, então sorri. É um sorriso triste, quase pesaroso.

— Nem todas as notícias são ruins, Vossa Alteza — responde. — Talvez haja alguma esperança, afinal.

— O quê? — perguntamos, mamãe e eu ao mesmo tempo.

— Desde minha última visita, notei algo estranho. Alguns sintomas que não condizem com o quadro.

Olhamo-nos, em expectativa. Nenhum de nós fala, nenhum de nós respira. Por fim, com um sorriso mais sincero agora, ele diz:

— Há alguma possibilidade de a senhorita estar grávida, Vossa Alteza?

Os pedaços meus que se quebraram quando Klaus partiu começam a se juntar novamente. Jogo as cobertas para longe, observando meu ventre, apalpando-o sobre a camisola. Está inchado, ou estou sonhando? Será possível? Um filho. Um filho meu e de Klaus.

— O senhor acredita ser possível? — ouço mamãe perguntar, mas só estou parcialmente prestando atenção. Procuro escutar os sons de meu próprio corpo, do pequeno bebê crescendo dentro de mim. Meu bebê. *Meu filho.*

— Sim, Vossa Majestade, se houve relações — o médico responde. — Veja bem, não será uma gravidez fácil. Receio que serão necessários cuidados redobrados...

Simplesmente tenho certeza, sem saber como, de que estou grávida. Estou esperando um filho de Klaus. Eles continuam falando, mas não os ouço. Então, finalmente, as lágrimas que esperava vêm, mas não são de tristeza. Não choro por mim, pela minha condição, pela minha morte certa.

São lágrimas de felicidade. Pois, ainda que eu esteja partindo, meu amor por Klaus prevalecerá por meio de nosso filho.

41

Klaus

Faz um dia quente quando finalmente chego a Lisboa. Mal desembarco no centro e já saio em busca de transporte que me leve até o Palácio das Janelas Verdes. Gostaria de poder ir a cavalo, mas acabo confinado a uma carruagem.

O sentimento ao avistar os jardins do palácio é bastante diferente do que tive da primeira vez que pisei aqui. Quando cheguei com Maximiliano, estava saudoso de casa, preparado para uma estadia desagradável em um país estranho. Lembro-me de encontrar defeito em tudo, nas plantas e até na escolha do nome do lugar.

Hoje, contudo, a visão do palácio pela janela da carruagem traz alento ao meu coração. Sinto-me mais tranquilo e confortável aqui do que me senti em minha casa na Áustria. É estranho. Nunca me imaginei deixando Viena, preferindo outro lugar. Embora sinta falta de minha terra natal, Portugal deixou-me um sentimento maior de ausência. *Saudade*, a princesa me ensinou. A Áustria não é mais minha casa. Meu lar não é um pedaço de chão — é Amélia. Onde ela estiver, sei que é meu lugar.

Desço da carruagem antes mesmo que os cavalos parem completamente, tão desesperado estou para vê-la. Desta vez, não há ninguém à minha espera. Enviei uma carta a Maximiliano do caminho, avisando de meu retorno, mas não dei previsão de chegada. Creio que serei uma surpresa para todos.

Pego minha mala com o cocheiro e entro pela porta da frente sem bater; não há tempo para formalidades. Está tudo exatamente como me lembro, das flores arranjadas em um vaso à entrada até a tapeçaria próximo à escada. No entanto, há um silêncio quase ensurdecedor preenchendo o ambiente. Não ouço os empregados em suas atividades eu o burburinho das conversas constantes das damas de companhia. Apesar de ser o meio da tarde, o palácio está quieto, como se adormecido.

Deixo a mala no átrio e subo as escadas de dois em dois degraus. Recuso-me a pensar o pior, não quando vim de tão longe, e afasto os pensamentos ruins enquanto faço o caminho já tão familiar até os aposentos reais.

A primeira coisa que noto ao chegar ao corredor é que a porta do quarto de Amélia está aberta. Engulo o medo, pensando que, se o pior tivesse acontecido, seu quarto estaria permanentemente fechado. Aproximo-me e espio pela fresta.

A cena é, no mínimo, inusitada. De um lado, está Amélia, deitada em sua cama, profundamente adormecida. Do outro, sentado em uma cadeira, está Maximiliano, lendo distraidamente o jornal.

— O que o senhor está fazendo aqui? — ouço uma voz atrás de mim e viro-me rapidamente.

É a duquesa de Bragança, e ela está furiosa. A raiva parece conferir-lhe imponência, e, embora seja muito mais baixa que eu, sinto que nos encaramos de igual para igual. Até então, nunca tinha reparado em como ela e a filha se assemelham. A imperatriz-viúva é uma versão envelhecida e um tanto mais sem vida de Amélia, tão idênticas que até as expressões de ultraje são equivalentes.

— Vossa Majestade! — exclamo e tenho o bom senso de fazer uma mesura. — Boa tarde. Acabo de chegar de...

— Não me interessa de onde o senhor vem! — interrompe-me, num brado alto que, estou certo, o palácio inteiro é capaz de ouvir. — Quero que se retire de minha casa imediatamente!

— O que está... Klaus! — diz Maximiliano, surgindo pela porta entreaberta. Ao ver-me, põe a mão em meu ombro, sorrindo. — Que bom que chegou!

— Sr. Habsburgo, sabia que o sr. Brachmann estava voltando a Portugal? — ela exige saber, olhando de mim para Maximiliano em completo choque.

— Bem... — Meu amigo olha para trás, para Amélia na cama, e abaixa a voz. — Por que não conversamos em outro lugar? Não queremos acordar a princesa, não é mesmo?

Quero, embora não diga. Quero acordá-la e certificar-me de que está bem. Quero olhar em seus olhos, abraçá-la e cobri-la de beijos. Quero mais que tudo

191

matar a saudade que esmaga meu peito desde o momento em que parti. Mas a firmeza de Maximiliano e a expressão irritadiça no semblante da imperatriz não deixam espaço para discussões. Primeiro, terei de passar por ela.

— Muito bem — ela diz e então começa a andar. Nós a seguimos de perto até mais uma das muitas salas que ainda não explorei.

A escolhida é uma espécie de gabinete. Lembra-me bastante o escritório de meu pai, ainda que menos masculino. Os móveis são de madeira clara, há flores decorando o ambiente e os papéis estão mais organizados do que estariam se qualquer homem tivesse passado por ali.

Entramos, e, enquanto Max e a duquesa se ajeitam em poltronas, não consigo sentar-me. Estou energizado, apesar do cansaço, e passei tantos dias sentado que sinto que precisarei permanecer de pé até que meu corpo pare de doer. Isso visivelmente a desagrada, e ela me encara com aversão.

— Bem — diz, após um breve minuto de silêncio. — Estou esperando uma explicação. Este homem desaparece, rouba um de nossos cavalos, faz com que minha filha fique doente e depois ressurge como se nada tivesse acontecido?

— Eu não... — começo a defender-me, mas hesito. Minhas palavras precisam ser escolhidas sabiamente. — Vossa Majestade, mil perdões pelo modo brusco como deixei sua casa. Acredite, não o teria feito se não fosse de extrema urgência que eu partisse. — Ela faz um muxoxo e desvia o olhar. — Deixei um bilhete para a princesa e depois escrevi para o sr. Habsburgo explicando a situação. Houve uma emergência familiar que exigia minha total atenção, não tive tempo para despedidas.

— Posso atestar quanto a isso, Vossa Majestade — Maximiliano intervém, olhando-me de soslaio. — As cartas estão em posse de Sua Alteza. Mostro-as para a senhora, se assim desejar.

— E posso saber que problema de extrema urgência foi esse, sr. Brachmann? — pergunta, erguendo uma sobrancelha de maneira bastante semelhante à filha.

— Receio que o segredo não seja meu para ser revelado, Majestade. Mas, se desejar, encontrará as respostas nas cartas de que lhe falei — respondo simplesmente. — Basta dizer que tudo foi resolvido e que voltei a Portugal para ficar.

A duquesa encara-me, e não desvio o olhar. Há desafio ali, mas também certa compreensão. Quando torna a falar, seu tom, ainda que severo, é mais brando.

192

— Sr. Brachmann, estou certa em acreditar que o senhor e minha filha estão... envolvidos? — pergunta, fechando os olhos na última palavra, como se lhe doesse imaginar sua filha com alguém como eu.

Troco um olhar rápido com Maximiliano. Ele move a cabeça em um "não" quase que imperceptível. Seu noivado ainda vale, então. Com o alvoroço sobre o estado de saúde da princesa, ele não deve ter tido tempo para pôr a situação em pratos limpos.

— Sim, Vossa Majestade, está — respondo, e, contra minha vontade, um sorriso mínimo brota em meu rosto enquanto acrescento: — Estou apaixonado por ela.

— É um absurdo! — ela exclama, as faces vermelhas, e vira-se para Maximiliano. — Enganando todos nós, agindo pelas costas de seu próprio amigo...

— Na verdade, Vossa Majestade... — Max pronuncia-se, e vejo seu rosto também começando a corar. Ele engasga e pigarreia e, após respirar fundo, continua: — Há algo que precisamos conversar. Klaus, se nos dá licença...

Olho para a duquesa, mas ela não me dispensa mais atenção. Faço que sim e retiro-me. Longe de mim desejar o pior para meu amigo, mas espero que essa conversa dure um longo tempo. Sem pestanejar, corro mais uma vez para os aposentos de Amélia.

Maria Amélia

Tenho um sonho bom naquela noite. Fantasio que Klaus está comigo, segurando minha mão. É um sonho tão vívido que consigo senti-lo quase fisicamente. Sinto seu perfume, a pressão de sua mão sobre a minha, ouço sua voz falando comigo.

Mas, ao contrário do que acontece em um sonho, ele não desaparece quando acordo — na verdade, torna-se cada vez mais tangível. Somente no momento em que abro os olhos me dou conta de que não estou sonhando. Klaus está realmente aqui.

— Você... — murmuro, o sono ainda pesando sobre minhas pálpebras e meus lábios, tornando difícil despertar. — Você está... aqui.

— Olá — ele diz. Fecho os olhos e sinto seu toque em meu rosto, leve como uma pluma. Tento me sentar, e Klaus é rápido em vir em meu auxílio. — Shhh, acalme-se. Não se esforce.

— Você... voltou! — digo, envolvendo seu rosto com as mãos, para ter certeza de que ele é real, de que não estou imaginando. — Você voltou!

— É claro que voltei. — Klaus ri, como se a possibilidade de não voltar jamais lhe tivesse passado pela cabeça. — Sempre vou voltar para você.

— Oh, meu Deus! — Puxo-o para um abraço, beijando seu rosto, seus lábios, seus ombros. Sinto as lágrimas escorrendo, mas, pela primeira vez em muitos dias, são de felicidade, não de dor. — Eu sinto muito, sinto muito por ter acreditado que você não me amava, que estava me deixando...

— Amélia, do que está falando? — pergunta, afastando-se apenas o suficiente para olhar em meus olhos. Mas não consigo responder. No instante seguinte, estou tossindo.

A tosse reverbera em meu corpo inteiro, fazendo meus pulmões arderem e minhas costas latejarem. Assustado, Klaus levanta-se para pegar um copo de água. Cada respiração queima minha garganta, como se não houvesse ar o bastante no quarto.

Devolvo o copo vazio, que ele coloca de volta sobre a penteadeira antes de sentar-se novamente ao meu lado. Seus dedos percorrem meus cabelos, e olhamo-nos silenciosamente — eu, com cansaço e felicidade, e ele, com carinho e preocupação.

— Lady Ana roubou suas cartas — digo enfim, após uma longa pausa. Minha voz soa fraca e rouca. — Só descobri seus reais motivos depois que o sr. Habsburgo chegou. Pensei que...

— Que eu a tinha abandonado? — Klaus completa, em tom desprovido de decepção ou raiva. É compreensivo e calmo, e eu me sinto uma tola ainda maior por ter me deixado enganar. — Jamais. Quis voltar no instante em que a deixei. Foi a coisa mais difícil que já tive que fazer.

Ele se inclina e me beija muito levemente. Sinto meu coração bater com força redobrada, como se finalmente tivesse encontrado o pedaço que vinha lhe faltando.

— Klaus, há outra coisa — digo, soltando-o. Meu coração acelera.

— O quê? — Ele franze o cenho, a apreensão visível em cada traço de seu rosto.

Ajeito-me na cama e afasto os lençóis. Pego sua mão e a pouso em meu ventre, cobrindo-a com a minha. Klaus acompanha o movimento com os olhos e então sua expressão se transforma — primeiro para choque, depois para a mais pura euforia.

— Amélia... — ele sussurra. Admira minha barriga subindo e descendo conforme eu respiro, depois se vira para mim, emocionado. — *Bist du sicher?*

— Sim, tenho certeza! — Rio, e meus olhos se inundam também. — Vamos ter um filho, Klaus. Você e eu. Seremos uma família.

Ele explode em risadas, que se misturam ao choro. Se a felicidade tem um rosto, é o dele. Inclina-se, beijando meu ventre em reverência, gritando em alemão sua alegria.

— Ah, *Prinzessin!* — Beija longamente meus lábios. — Não achei que pudesse amá-la mais, mas, como sempre, você me prova errado. Eu amo você!

195

— E eu amo *você!* — Sorrio, segurando sua mão, sentindo meu coração e minha alma inteiros outra vez.

Klaus

Um filho.
    Eu serei *pai*.
    Eu e Amélia. Uma família.
    Repito a notícia para mim mesmo um milhão de vezes, sem conseguir acreditar que seja mesmo real. Que, em meio às tristezas, aos desencontros, ao desespero, haja enfim uma luz. Um farol, mostrando-me a direção que seguir.
    Nunca me imaginei chefe de família. Casamento e paternidade eram uma realidade distante, inalcançável, indesejável até. A vida de solteiro sempre foi o bastante. Agora entendo por quê. Foi apenas ao encontrar a pessoa certa que tais desejos se fizeram valer. Foi apenas ao ter Amélia que descobri que queria assentar-me com alguém. Foi apenas ao descobrir sua gravidez que desejei ter um filho.
    E agora todos esses sonhos se tornarão realidade. Permito-me ter esperanças como jamais tive. Decerto, os ventos estão virando a nosso favor. Um filho, uma família. Se Deus existe de fato, resolveu ouvir as preces de um pecador. Que outra explicação há para esse pequeno milagre?
    Muito a contragosto, deixo Amélia dormir e saio em busca de Maximiliano, desesperado para contar-lhe as boas-novas. Encontro-o nos jardins, fumando um charuto, observando pensativamente o horizonte.
    — E então? — pergunto ao aproximar-me, assustando-o no processo. — Como foi com a imperatriz?
    — Um desastre, é claro — diz, soltando uma baforada de fumaça. — Mas está feito. Nosso noivado está desmanchado, e estou livre para voltar para Annelise.
    — Não parece muito feliz — comento, abanando o ar para dissipar a fumaça. Maximiliano dá outra tragada.
    — E não estou — admite, com um sorriso triste. — Não pelo casamento, você sabe. Mas não gosto de partir e deixá-lo para enfrentar essa situação sozinho.

— Não se preocupe, meu amigo. Ficaremos bem! — Tento sorrir e soar animado, mas minha confiança soa falsa até para mim e logo se esvai. — O que o médico disse? — mais sério, pergunto.

— Nada de bom. Esteve aqui há dois dias de novo. Tem vindo periodicamente desde que cheguei. — Ele faz uma pausa, tragando o charuto e soltando o ar devagar. — O doutor não está muito esperançoso. Um ano é sua melhor aposta.

Engulo em seco e não respondo. Não consigo acreditar que, depois de tudo isso, um ano é todo o tempo que teremos. Não consigo imaginar um mundo em que Amélia não viva, em que não envelheça comigo, não veja nosso filho crescer. O mero pensamento de que ela possa morrer causa-me tamanha dor que me esforço para não me emocionar.

Afasto o pensamento. Recuso-me a deixar o desânimo apossar-se de mim hoje. Não hoje. Viro-me para Maximiliano e sorrio.

— Amélia está grávida, meu amigo — revelo, e ele me encara, chocado. — *Schwanger!* Eu serei pai!

— *Mein Gott!* — exclama e puxa-me para um abraço breve, dando tapinhas animados em minhas costas. — Meus parabéns, Klaus! Meus parabéns! — Soltamo-nos, e Maximiliano põe a mão em meu ombro. — Olhe só para nós. Ambos começando uma família!

— Amolecemos com a idade, meu caro. — Rio e afastamo-nos. — Como ficarão as coisas agora entre você e a condessa?

— Não muito diferentes de antes. — Max tenta sorrir, mas sua voz o trai, baixa e angustiada. — Eu a acomodarei em uma propriedade perto de casa. Estarei tão presente quanto puder na criação de nosso filho, mas ela sabe que nós nunca...

Ele se cala, e eu compreendo. Eles nunca poderão se casar. Os Habsburgo precisam do dinheiro e da posição social que apenas um bom casamento pode prover. Maximiliano não pode dar-se ao luxo de se casar por sentimentos, assim como Amélia. Nossos finais felizes serão agridoces, ambos ao lado das mulheres que verdadeiramente amamos, sem nunca poder lhes dar uma vida completa. Eu sempre soube que seria assim, mesmo tendo me permitido sonhar com um desfecho diferente. Mas a realidade age como nuvens encobrindo um dia de sol. Só de olhar para Max, sei que ele se sente da mesma forma.

— Bem... — continua ele. — Vou-me embora para Paris amanhã. Voltarei a Portugal assim que puder. Até lá, meu amigo... — Apaga o charuto na sola do sapato e vira-se para mim, sorrindo. — Seja forte. Amélia tem muita sorte de tê-lo.

Aceno e não digo nada. Maximiliano bate mais uma vez em meu ombro e então entra, deixando-me sozinho com meus pensamentos.

Maria Amélia

Estou tomando o desjejum em meu quarto na manhã seguinte quando batem à porta. A criada que me acompanha é quem atende e deixa entrar Klaus, acompanhado do sr. Habsburgo.

— Bom dia! — Klaus exclama com um sorriso. Ele está muito melhor do que ontem, mais descansado. Sua animação, no entanto, não me engana. Vejo seus olhos esquadrinhando-me na cama, o cenho franzido de preocupação com meu bem-estar.

— Bom dia! — respondo. Gostaria de poder dizer que estou melhor, mas a verdade é que o cansaço permanece, assim como o silvo e a dor a cada vez que respiro. — A que devo a visita tão cedo?

— Receio que seja minha culpa, Vossa Alteza. — O sr. Habsburgo aproxima-se. — Estou de partida, de volta a Paris.

Encaro-o, muda por um instante, e então olho para Klaus e para a criada.

— Podem nos deixar a sós um momento? — peço. Ele obedece de pronto, lançando-me uma piscadela, mas a criada hesita. — Meu bom Deus, estou acamada! Não se preocupe, vá! — Enxoto-a pacientemente, fazendo Klaus e o sr. Habsburgo rirem.

Quando estamos sozinhos, indico a cadeira ao lado da cama, e o arquiduque senta-se. Acostumei-me a vê-lo ali diariamente, passando longas tardes em minha companhia, ainda que eu não fizesse mais que tossir e dormir. Quando chegou, eu não esperava que pudesse me afeiçoar a ele. Agora, percebo que um laço se formou entre nós. Contra todas as possibilidades, eu o considero um amigo. É, de certa forma, triste que esteja partindo.

— De volta para a condessa então? — digo com gentileza, nenhum traço de rancor na voz.

— Sim. Já é hora — responde, com um sorriso tímido que traz cor às suas bochechas.

— Como ela é? — pergunto, genuinamente curiosa. — Klaus contou-me muito pouco sobre ela.

— É maravilhosa! — Seu rosto ilumina-se, assim como, imagino, também aconteça comigo quando falo sobre Klaus. — Uma pessoa adorável, extremamente generosa. Seriam grandes amigas, vocês duas.

— Espero poder conhecê-la. — Minha voz soa fraca, sem otimismo. Sei que as chances de que eu sobreviva por tempo o suficiente para conhecer a nova família do arquiduque são mínimas. Mas recuso-me a me deixar abater pelo desânimo. Tento sorrir. — Por favor, venham nos visitar quando o bebê nascer. Ficaremos muito felizes em recebê-los — acrescento.

— Sua Majestade talvez não fique tão feliz — brinca, e compartilhamos uma risada que por muito pouco não se transforma em outro acesso de tosse.

— Não ligue para ela, sr. Habsburgo. Eu estou muito feliz pelo senhor e pela condessa. — Estendo-lhe a mão, e o arquiduque a pega. Sua mão está fria, mas segura meus dedos com força e cumplicidade.

— Obrigado. E desejo que você e Klaus sejam muito felizes juntos, na nova família que estão começando — diz, erguendo uma sobrancelha. Sorrio e aliso a barriga instintivamente.

— Seremos. Pelo tempo que Deus nos der.

Despeço-me de meu amigo e retorno para o quarto de Amélia, onde me sento na cadeira ao lado da cama e lá permaneço durante o dia inteiro, conversando, atendendo a suas necessidades e lendo para ela. Ela me revelou que, durante o mês em que estive fora, Maximiliano lia diariamente para ela alguns livros em voz alta, e esse acabou por tornar-se seu passatempo preferido.

— Embora a entonação dele não seja nem de longe tão boa quanto a sua, é claro — acrescenta, para satisfazer meu ego.

Pego um exemplar surrado de *Os lusíadas* na biblioteca e ponho-me a ler, no ritmo lento e dificultoso de quem traduz uma língua estrangeira, até que ela adormeça, já no fim da tarde.

Eu me afasto somente quando a noite já vai alta, e uma criada aparece para tomar meu lugar. Amélia, pelo que pude perceber, não dorme mais sozinha — estão temerosos demais de que o pior aconteça para deixá-la por um instante sequer. Despeço-me com um beijo no rosto e saio, fechando a porta atrás de mim.

— O senhor ainda está aqui? — ouço a voz da imperatriz-viúva tão logo me retiro do quarto.

Viro-me para encontrá-la parada no corredor, a meio caminho do quarto da filha. Carrega uma vela, assim como eu, para iluminar o caminho, e a luz bruxuleante faz com que pareça ainda mais velha e severa.

— Estou, sim, senhora — respondo, com um suspiro.

— Achei que partiria com o arquiduque — comenta, e não consigo definir se está satisfeita ou não em ainda me ver no palácio.

— Com todo o respeito, não irei a lugar algum sem sua filha — replico em tom firme. Ela me encara por alguns segundos, estreitando os olhos antes de responder.

— Está mesmo apaixonado por ela, sr. Brachmann?

— Estou.

— E pretende levar essa insanidade adiante? — Aproxima-se um passo. — Mesmo sabendo que jamais poderão se casar? Mesmo com essa doença? O senhor é jovem. Certamente poderia arranjar uma dama com quem construir uma família.

— Eu dei meu coração à sua filha, Majestade. Nunca pedi nada em troca — afirmo e vejo um resquício de comoção no mínimo tremor de seus lábios. — Amélia é toda a família de que preciso. Trocaria uma década de minha vida por um dia com ela. Então, se a senhora permitir, gostaria de passar qualquer que seja o tempo que nos resta ao lado de Amélia.

Ela não responde de imediato, analisando minha expressão cuidadosamente. Por um instante, acho que tornará a me enxotar. Até que, finalmente, sorri.

— Pois bem — é tudo que diz e então abre a porta do quarto de Amélia. — Boa noite, sr. Brachmann.

— Boa noite.

44

Ilha da Madeira, setembro de 1852

Maria Amélia

— Gosto daqui — digo, a ninguém em particular, com um sorriso no rosto. — Mas sinto falta de casa.

— Eu também — Klaus concorda em voz baixa.

Estamos andando em torno dos jardins de nossa casa no Funchal, na ilha da Madeira. Mudamo-nos para cá há menos de dez dias por recomendações médicas — dizem que os ares da ilha são benéficos aos enfermos, e, de fato, tenho me sentido um tanto melhor desde que chegamos. As febres tornaram-se menos frequentes, e a caminhada diária ao redor da casa tem fortalecido meus pulmões. Mesmo o bebê, já crescido em meu ventre, parece sentir-se melhor nesta nova casa.

Estou certa, no entanto, de que meu bem-estar se deve mais à presença de Klaus do que à mudança de ares. Ele tem sido extremamente doce, prestativo e paciente. Mesmo agora, enquanto andamos, acompanha meu ritmo vagaroso sem se queixar.

Olho para ele e trocamos um sorriso. Sua companhia é meu remédio mais potente, e, no entanto, temo que esteja desperdiçando a vida ao meu lado. Klaus abandonou tudo para viver em função de uma moribunda. Ironicamente, hoje sou eu que nada tenho a oferecer-lhe, nem mesmo boa saúde.

— Em que está pensando? — pergunta, olhando-me de soslaio.

— Quem disse que estou pensando em alguma coisa? — brinco, arrancando-do risos dele.

— Você sempre torce o nariz quando está refletindo — aponta, seu dedo tocando meu nariz em sinal de carinho. Solto um longo suspiro. — Está cansada? Podemos parar.

— Não, estou bem — minto. Estou cansada, mas as caminhadas são como desafios pessoais, e pretendo terminá-las enquanto tiver forças para fazê-lo. — Estava pensando em você. Em como tenho sorte por tê-lo.

— O sortudo sou eu — diz e beija minha mão.

— Que sorte, hein? — suspiro novamente. — Preso a uma mulher doente. Se eu fosse menos egoísta, teria mandado você embora.

Klaus para e coloca-se à minha frente, parecendo muito sério. Inclina-se e rouba-me um beijo, longo e cálido, com a leveza de alguém que teme movimentos muito bruscos. Sinto falta de nossa intimidade, de quando ele não precisava ter tanto cuidado, mas ao mesmo tempo amo sua gentileza.

— Jamais diga isso — pede, beijando minha testa. — Ainda que me mandasse embora aos gritos, eu nunca a deixaria, Amélia. Um homem não pode viver sem seu coração, e o meu lhe pertence.

Sorrio e tornamos a andar. Há algo mais que eu gostaria de lhe dizer, mas não consigo encontrar a coragem para falar. *Ainda temos tempo*, repito a mim mesma. Preciso acreditar que sim.

Klaus

As semanas passam devagar na ilha, muito embora o ritmo seja sempre o mesmo. A rotina resume-se a acordar e tomar o desjejum na companhia da imperatriz-viúva — com quem agora mantenho uma relação de cordialidade e respeito —, e então acompanhar Amélia em sua caminhada matinal pelos jardins. Quando se sente bem e o tempo permite, sentamo-nos ao sol por algumas horas. Nos outros dias, voltamos ao quarto e leio para ela até que durma.

Às vezes, eu a observo durante o dia, ou mesmo depois que adormece, e pergunto-me quanto tempo ainda temos. Perco-me tentando adivinhar o que está sentindo, quais males não está me contando — pois, por pior que esteja, Amélia recusa-se a reclamar. Sei que age assim para o nosso bem, meu e de sua mãe, e às vezes sou grato por isso. É mais fácil fingir que tudo está bem dessa forma, mais fácil manter uma atitude positiva.

Muitas notícias chegam nos meses que se seguem. A primeira carta que recebo é de Berta, e leio-a em voz alta para Amélia numa das tardes que passamos ao ar livre.

Querido Klaus,

Como vai a vida na ilha? Espero que você e a srta. Amélia estejam gozando de boa saúde. Diga a ela que gostei particularmente do desenho que me enviou de sua casa. Espero em breve poder fazer-lhes uma visita.

Estou neste momento com Alice, que acaba de dar à luz um lindo menino. Depois de muita discussão, ela resolveu batizá-lo de Johann, em homenagem a nosso pai. Receio que o marido dela não tenha ficado muito feliz: preferia que se chamasse Albert, como ele e o pai antes dele, mas Alice recusou-se a fazer de outra forma. Johann é um garoto forte, que compartilha da beleza dos tios. E, acredito, em breve ganhará companhia.

Escrevo-lhe fora de mim de felicidade, meu irmão. Há não mais que uma semana descobri que estou grávida! Daqui a poucos meses, você será titio novamente! E, uma vez que não pôde estar presente em meu casamento, faço questão de que esteja aqui para o nascimento de seu sobrinho ou sobrinha. Recuso-me a aceitar "não" como resposta.

Aguardo notícias suas!
Com amor,
Berta Pringsheim

— Grávida! — Amélia exclama com um sorriso. — Que maravilhoso! Por favor, transmita meus parabéns a ela quando lhe responder.

Concordo e pouso a mão em sua barriga. Amélia a cobre com a dela, e passamos um minuto em silêncio, sentindo o bebê. Ela sorri, e sei que, assim como eu, também está imaginando como ele — ou ela? — será. Se terá seus doces olhos azuis ou meus cabelos negros e rebeldes. Ultimamente, é uma das poucas coisas que ainda nos fazem sorrir.

Poucos dias depois, outra carta chega, desta vez de Maximiliano. Correspondemo-nos constantemente nos últimos meses, mas não tive notícias dele desde que nos mudamos para Funchal. Novamente, abro a carta e a leio em companhia de Amélia.

Caros Klaus e Amélia,

Escrevo-lhes com a melhor das notícias. Nossos filhos chegaram!

Amélia e Theodor de Habsburgo-Lorena nasceram no último sábado de setembro, duas lindas crianças de olhos claros como a mãe. Estamos todos muito bem e ansiamos pela chance de apresentá-los a seus padrinhos — vocês. Annelise acredita que poderemos viajar após o Natal para visitá-los na ilha da Madeira. Por favor, escrevam-nos dizendo se a data lhes convém.

Recebemos a visita do sr. e da sra. Pringsheim recentemente. Não via sua irmã fazia muito tempo, Klaus, e devo dizer-lhe que em nada se parece com a menina que conheci. Casada, altiva, mais bela, receio que nossa jovem Berta hoje nos faça parecer um par de velhos. E há um brilho especial nela... Annelise e eu temos nossas suspeitas, mas nada diremos até que recebamos a confirmação.

Fazemos votos de que você e a srta. Amélia se encontrem bem, e que a ilha da Madeira leve embora tudo que houver de ruim.

Cordialmente,

Fernando Maximiliano José de Habsburgo-Lorena

— Gêmeos! — digo, rindo. Theodor. Quando sugeri, em tom de brincadeira, meu nome do meio para que Max batizasse seu filho, nunca esperei que o fizesse de fato. A emoção rouba-me as palavras

— Ele deu meu nome à própria filha? — Amélia cobre a boca com as mãos, em puro choque. — Pegue um papel, Klaus! Precisamos escrever-lhe imediatamente!

Busco papel e tinta e acomodo-os sobre a mesa do quarto. Ajudo Amélia a levantar-se, o que faz com dificuldade. Ela parece exausta e está cada dia mais inchada devido à gravidez.

Acomodo-a na cadeira e sento-me ao lado dela enquanto escreve. Após algumas linhas, Amélia para e vira-se para mim, encarando-me com um olhar indecifrável.

— O que houve? — pergunto, inclinando-me para ela.

— Por um momento, quase escrevi "da próxima vez que nos virmos" — ela diz, a voz muito baixa, quase um sussurro —, mas não haverá uma próxima vez, não é mesmo? Não verei mais Maximiliano nem conhecerei seus filhos, e terei sorte se conseguir segurar nosso bebê nos braços.

— Não diga isso, Amélia. — Há uma nota de desespero em minha voz, que tento em vão conter. Ponho as mãos em seu rosto, olhando-a no fundo dos olhos. — Você verá nosso filho nascer, e vai criá-lo, e será a melhor mãe do mundo. Você e eu sairemos daqui e viajaremos pelos continentes. Não desista, *liebe*. Por favor, não desista!

Amélia não me responde, só derrama lágrimas silenciosas. Limito-me a sentar-me com ela e abraçá-la enquanto chora.

E isso parte o meu coração.

Ilha da Madeira, dezembro de 1852

Maria Amélia

Acordo com uma dor súbita, que me traz de volta da inconsciência e me faz abrir os olhos repentinamente para um quarto ainda escuro.

A princípio, acho que imaginei a dor, pois ela desaparece tão rápido quanto surge. Encaro Klaus, adormecido, virado para mim, e observo-o respirar por alguns minutos enquanto aguardo. E então, quando estou certa de que estava meramente sonhando, ela volta. Uma contração na região do ventre.

— Klaus! — chamo, baixinho, tocando seu ombro de leve. — Klaus, acorde!

De nada adianta. Vem outra contração, tão forte que me tira o ar, dando-me ainda mais certeza.

— Klaus! — chamo, mais alto desta vez, balançando-o sem piedade. — Klaus, acorde!

Ele desperta, assustado, e olha para mim como se não me reconhecesse por um instante. Senta-se, as mãos já vindo à minha testa, averiguando minha temperatura.

— O que houve? O que está sentindo? — pergunta, preocupado. Uma nova contração, e eu arfo de dor.

— O bebê — digo, a voz fraca. — Acho que vai nascer.

Quando a parteira chega, já estou sem ar.

Mamãe ficou comigo enquanto Klaus partia para buscar a parteira. Ela segurou minha mão e ajudou-me a manter a calma, enquanto meu corpo se curvava a cada nova contração. Eu conseguia ouvi-la murmurando "É muito cedo, é muito cedo", mas, sempre que a olhava, ela fingia que tudo estava bem.

Meu corpo dói e estou sem fôlego, mas não consigo ficar parada. Quando Klaus chega, ele assume o lugar de mamãe na missão de dar voltas comigo pelo quarto. As criadas trazem panos limpos e água, e mamãe conversa aos sussurros com a parteira. Não preciso ouvi-las para deduzir o que estão dizendo. Posso sentir a preocupação no ar, tão palpável como se me estapeasse o rosto.

Talvez eu não sobreviva a esta noite. Talvez eu não tenha tempo de ver meu filho nascer.

— Em que está pensando? — Klaus pergunta, e noto pelo seu tom de voz que o faz mais para distrair-me do que por interesse. Estará ele ponderando o mesmo que eu, o mesmo que todos? Estará também refletindo se estas são nossas últimas horas?

— No nosso filho — digo. Não é mentira, ainda que não seja inteiramente verdade. Mas decido focar nas coisas boas. — Quero segurá-lo logo. Não vejo a hora de ele nascer.

— E de livrar-se da dor — ele brinca quando aperto sua mão com força durante mais uma contração.

— Não reclamaria disso tampouco — admito, com a respiração entrecortada. — O que acha que será? Menino ou menina?

— Será amado. Já é amado. É tudo que me importa — diz e beija minha mão.

— Princesa! — A parteira aproxima-se, segurando meu braço livre. — Por favor, deite-se. Deixe-me ver como está. E quanto ao senhor... — Ela olha para Klaus. — Para fora!

— Não! — imploro, minha mão agarrando-se a ele com ainda mais força. — Deixe que ele fique, por favor!

Há um longo silêncio, em que olhares são trocados — entre mim e Klaus, ele e a parteira, e ela e mamãe. Por fim a parteira assente, parecendo bastante contrariada. Juntos, ela e Klaus carregam-me de volta para a cama.

Horas se passam. A parteira não permite que eu me levante novamente, e sento-me em completa agonia. As contrações são mais intensas e frequentes, até eu sentir que não consigo mais respirar. Depois de me examinar, a parteira julga-me pronta para dar à luz.

A criadagem é dispensada do quarto, e ficamos só eu, ela, mamãe e Klaus. Basta um olhar para ele, vendo-o pálido e suado, para saber que está tão nervoso e ansioso quanto eu. Tento sorrir, e ele beija os nós dos meus dedos.

— *Du kannst, Prinzessin* — diz-me. *Você consegue.*

— Vossa Alteza, vamos lá. Já consigo ver a cabeça. Agora, preciso que empurre — pede a parteira, com energia.

Mamãe coloca-se ao meu lado e segura minha outra mão. E então eu empurro. Empurro com toda a minha força, mas não é o suficiente, e o esforço faz meus pulmões arderem, explodindo em acessos de tosse. Arfo por ar, e vejo sangue respingando minha roupa.

Sei que não posso parar agora, e não paro. Outra vez, eu empurro. E de novo, e mais uma vez, sem saber se o que dói mais é o parto ou meu peito, implorando por ar. E, quando acho que não vou conseguir mais respirar, quando penso que atingi meu limite, zonza e exaurida de forças, ouço a parteira gritar:

— É uma menina!

Desabo sobre os travesseiros. Uma menina. Deus me concedeu uma garotinha!

— *Mein Gott!* — Klaus inclina-se e beija meu rosto suado. Estou tão cansada que quase não sinto seu toque. — Uma menina, meu amor. Temos uma filha!

Minha visão se turva. Luto para ficar acordada quando a colocam em meus braços, envolta em tecidos e ainda manchada de sangue. É apenas um pacotinho, de rostinho franzido e mãozinhas minúsculas, que trabalham sem parar. É a coisa mais linda que já vi em toda a minha vida.

— Meu pequeno anjinho! — digo, sentindo as lágrimas brotarem quando a toco e ela segura meus dedos. — Minha Ângela.

Klaus passa um braço pelos meus ombros, puxando-me para perto, enquanto a mão livre acarinha o rosto do nosso pequeno milagre. Se eu morresse agora, penso, morreria feliz, pois ao menos tive a chance de segurar minha filha nos braços.

46

Ilha da Madeira, fevereiro de 1853

Klaus

Amélia não está bem.

Venho percebendo isso já há algumas semanas. A despeito da melhora em sua condição quando chegamos à ilha da Madeira, sua saúde vem se deteriorando mais a cada dia, especialmente desde o nascimento de Ângela.

Tentamos ignorar, ela e eu. Apesar de saber que não havia nada a ser feito, tentamos seguir com nossa rotina. Amélia passava os dias a narrar seus planos para quando se recuperasse, as coisas que gostaria de mostrar e fazer com nossa filha, e eu passava os dias a garantir-lhe que conseguiríamos. Porque tínhamos que conseguir. Qualquer outra hipótese era impensável.

Porém o impensável chegou. Veio a febre, mais forte desta vez. Os acessos de tosse cada vez mais intensos, e o sangue escapando-lhe da boca. Sua respiração foi tornando-se cada vez mais fraca, até que sair da cama se tornou impossível. Mal comia.

A imperatriz-viúva chama-me para conversar com lágrimas nos olhos naquela noite. Depois de perguntar-me exaustivamente sobre a condição da filha, contém um soluço e diz:

— Acho que é hora de mandarmos chamar o padre.

Um nó forma-se em minha garganta, e não consigo responder. Mal consigo respirar. É isto, então? Este é o fim? Não é possível. Não agora, não desse jeito. Não posso aceitar.

Ela toma minha falta de resposta como uma concordância e retira-se. Volto para meu posto, sentado na cama ao lado de Amélia, e cuido dela pelas horas seguintes, não permitindo que mais ninguém se aproxime.

— *Es wird dir gut gehen* — sussurro, esperando que possa me ouvir. — Você vai ficar bem. *Bleib bei mir.*

Peço que tragam Ângela, e, quando a criada retorna com ela, chorosa por ter sido acordada no meio da noite, Amélia remexe-se na cama. Seus olhos abrem-se só um pouco quando me aproximo, carregando nossa filha. Não posso aproximá-la muito da mãe por recomendações médicas, mas sento-me à beirada da cama.

— Ângela está aqui, meu amor — digo, apoiando a cabeça pequenina dela em meu ombro para fazê-la parar de chorar. — Ela veio... — pauso. Não posso dizer "despedir-se". É final demais, derradeiro demais. — Veio pedir à mãe dela que melhore logo.

— Ângela... — Amélia murmura, inquieta, tateando pela cama. Eu seguro sua mão. Está ardendo.

— Ela está aqui, Amélia. Nós dois estamos. — Entrelaço os dedos nos dela, e, por mais que tente evitar, lágrimas me vêm aos olhos. — E não sairemos daqui até você melhorar. Porque você vai melhorar. Sairá desta cama e passeará conosco pelos jardins. E, depois disso, vamos nos casar. E viveremos uma vida plena, e teremos muitos outros filhos para fazerem companhia a Ângela. — Beijo-lhe a palma da mão. — Está me ouvindo, Amélia? Não desista! Fique conosco!

Sou interrompido quando a porta do quarto torna a se abrir, e a duquesa entra acompanhada do padre local. Ele veio visitar a casa e conversar com Amélia muitas vezes nos últimos meses, mas nunca antes detestei vê-lo tanto como agora. Viro-me, pronto para pedir que saiam, quando sinto um aperto na mão.

— Klaus... — Amélia me chama, com não mais que um fio de voz. — Quem está aí?

Beijo sua mão, sentindo o ardor de sua pele contra meus lábios. As lágrimas escapam sem querer, e espero que Amélia não possa vê-las. Tenho que ser forte, forte por ela.

— Sua mãe, *liebe* — respondo carinhosamente e fungo algumas vezes, tentando espantar as lágrimas. —· E o... padre Francisco.

— Oh. — Amélia tenta ajeitar-se na cama, os olhos mal se abrindo. — Deixe que venha. Quero que o reino do céu se abra para mim.

Assinto e afasto-me, dando espaço ao padre. A duquesa tira Ângela de mim e a entrega a uma criada, que a leva para longe. Enquanto isso, padre Francisco se aproxima da cama com um meio-sorriso sereno, segurando um terço em uma das mãos e um pequeno vidrinho com óleo na outra.

— Em nome do Pai, do Filho e do Espírito Santo... Amém — diz, e fazemos o sinal da cruz.

O padre descobre Amélia, e meu primeiro impulso é ir até a cama cobri-la novamente. Uno as mãos sob o queixo numa tentativa vã de manter o controle. Ao meu lado, a imperatriz-viúva chora copiosamente, sem emitir som algum.

— Por esta unção e por Sua grande misericórdia, Deus lhe perdoe por tudo que fizeste de mal pela vista — o padre diz baixinho, sua voz parecendo reverberar como trovão pelo quarto silencioso. Ele mergulha a ponta dos dedos no vidro e usa o óleo para ungir os olhos de Amélia.

O processo repete-se outras cinco vezes, até que Amélia esteja brilhando de óleo. Quando está terminado, o padre aproxima-se de nós e convida-nos a fazer uma última oração antes de partir. Não me recordo de outra vez em que rezei com tanto afinco. A cada palavra, sinto meu coração partir-se mais.

A imperatriz-viúva sai para acompanhar o padre, e retomo meu lugar ao lado de Amélia, cobrindo-a. Meço sua temperatura com as costas da mão, tocando levemente suas bochechas e seu pescoço. Está ardendo, como tem estado há dias. Desta vez, contudo, parece consciente.

— Klaus, não... — Falta-lhe o ar, e ela respira fundo para continuar. — Não chore!

— Não estou chorando — minto e fungo mais uma vez. Não queria que ela visse, mas é tarde. Amélia, no entanto, não parece se importar.

— Você me deu vida — diz baixinho. Tenta erguer a mão para tocar-me, mas está fraca demais. Eu a pego e beijo sua palma. — Vivi mais com você em um ano do que em toda a minha vida.

— E viverá ainda mais — murmuro, minha voz soando fraca e pouco convincente. Amélia sorri, e pergunto-me se está de fato ciente das próprias palavras, ou se é mais um delírio causado pela febre.

— Não. Deus está me chamando. É hora de ir.

— *Nein! Nein!* — Em desespero, eu a abraço. O corpo de Amélia parece pegar fogo sob o meu. — Não desista, por favor. Não vá.

— Não irei — ela murmura, empurrando-me levemente. — Onde você estiver, estarei com você. *Immer. Hier drin.*

Ela toca meu coração e torna a deitar-se, o cansaço estampado nos traços delicados.

A imperatriz-viúva retorna e senta-se do outro lado de Amélia, segurando sua outra mão. Ela soluça alto, cobrindo a boca com um lenço. Amélia, os olhos mal se abrindo, vira o rosto para ela.

— Não chore — diz. Sua voz é tão fraca que não sei dizer se está consciente ou delirando. — Deixe que a vontade de Deus seja feita. Que Ele venha em meu auxílio em minha última hora e console minha pobre mãe.

— Ah, Maria...

A pressão de seus dedos diminui gradativamente. O silvo alto de sua respiração também míngua, e seus murmúrios tornam-se cada vez mais baixos, mais incoerentes. Minha Amélia se desvanece diante de mim, e não há nada que eu possa fazer para impedir.

Então, ajoelho-me, trazendo sua mão para junto dos lábios, e rezo. Rezo para que o Deus em que ela tanto acredita seja mesmo generoso e a receba de braços abertos. Rezo para que ela não sofra, para que se lembre de que eu a amo e a amarei por todos os dias de minha existência. Rezo para que ela saiba que não está sozinha.

O semblante de Amélia desfaz-se das linhas de dor, um brilho etéreo cruza sua face como uma lufada de vento, seus lábios róseos fecham-se e o azul de suas íris não pulsa mais. Seu peito repousa, sem mover-se, e sua mão afrouxa-se da minha. Ela se foi.

Afundo o rosto a seu lado e choro sem mais ressalvas, sem mais amarras. A lembrança que guardo de Amélia é forte, alegre e vívida, como ela foi. Para sempre, vou lembrar-me da moça astuta, de resposta rápida e coragem inigualável. Vou lembrar-me de seu rosto corado e de seu sorriso quando nos beijamos pela primeira vez. Vou lembrar-me do jeito como dizia meu nome. Vou lembrar-me de seu amor.

E talvez, só talvez, se eu tiver sorte, um dia serei bom o bastante para que Deus me receba em Seu reino e eu possa ver Amélia de novo.

Até lá, meu coração será sempre dela.

47

Lisboa, novembro de 1860

Klaus

Querida Berta,

Obrigado pelo retrato de meus sobrinhos. O pequeno Franz está mais parecido com você a cada dia, mas devo dizer que tenho certo favoritismo por Anette. Se o que me conta é verdade, então ela e eu devemos ter muito em comum — não unicamente os cabelos, mas também os trejeitos. Ela lhe dará trabalho!

Agradeço o convite para passar as festas, mas sinto que, novamente, terei de declinar. Sei que o faço todo ano, e que neste ritmo jamais conhecerei meus sobrinhos, ou você à sua sobrinha, mas espero que entenda. Não posso deixar Portugal. Não posso deixar Amélia.

Sei que, onde quer que esteja, ela deve estar furiosa comigo por não partir. Mas não consigo evitar pensar que passaria o resto de minha vida em Portugal de qualquer forma. Teríamos nos casado em Lisboa, criado nossos filhos no Palácio das Janelas Verdes. Construiríamos aqui nossa vida.

Então, é aqui que quero criar Ângela. Quero que ela cresça na cidade onde a mãe cresceu, que percorra os mesmos caminhos. Quero que possa visitar o palácio e que veja a herança que Amélia deixou, e que sinta a presença dela nas paredes da biblioteca, como eu às vezes imagino sentir. E, ademais, ao menos aqui estou perto dela. Posso visitá-la todos os dias. E posso ficar de olho na imperatriz-viúva, algo que sei que ela apreciaria.

Por favor, venha quando desejar. Ficarei feliz em receber você e sua família em minha humilde casa. Mas, por ora, devo permanecer onde estou, ao lado da mulher que amo. Estou certo de que entenderá.

Com amor,

Klaus

Nota da autora

O amante da princesa foi inspirado por personagens reais, porém os eventos da história divergem da realidade em mais de um ponto. A título de curiosidade, resolvi listar aqui alguns desses pontos.

Apesar de a nossa Maria Amélia de Bragança ser tratada como princesa na história, nem ela nem a mãe estavam na linha de sucessão ao trono, sendo consideradas quase que "primas nobres" exiladas na Europa.

Não houve Klaus, tampouco Ângela na vida real. Na verdade, Maria Amélia e Maximiliano se apaixonaram à primeira vista. Ela faleceu antes de se casarem, mas ele continuou a amá-la por muitos anos depois de sua morte.

Maximiliano casou-se com Carlota da Bélgica alguns anos mais tarde e, por pressão de Napoleão III, assumiu o trono do recém-formado Império Mexicano, onde ficou até a morte, em 1867.

Agradecimentos

Como todos os meus livros, este não teria sido possível sem algumas pessoas muito importantes.

À dona Sandra Siriani, rainha da minha vida, por ouvir as palavras "Vou escrever um livro de época cheio de cenas de sexo" e dizer: "Agora sim você vai fazer sucesso". Obrigada por me dar o espaço necessário para crescer e criar e por nunca dispensar uma ideia minha, mesmo que ela apareça enquanto estamos assistindo à novela das seis.

À Alba, por ser uma agente incrível, uma amiga incomparável e uma profissional impecável. De longos áudios comprometedores no WhatsApp a prazos absolutamente impraticáveis para me forçar a terminar logo meus escritos, você é a melhor coisa que aconteceu na minha vida e na minha carreira. Ainda não te perdoei completamente por ter me convencido a trocar um final feliz por um cheio de lágrimas, mas, se tem uma coisa que aprendi nos últimos quatro anos, é que você (quase) sempre sabe o que é melhor para mim. À Lívia, por me ajudar nas pesquisas históricas e por guiar meus clichês pelo caminho certo. A Mari, Grazi e Guta, por me acolherem no time da Increasy e fazerem com que eu me sinta a melhor escritora do mundo, mesmo quando meu texto está apenas medíocre.

A Barbara Nieviadonski, por não rejeitar minha mensagem no Facebook pedindo socorro, apesar de a gente nem se conhecer, e tão pacientemente me ajudar a corrigir cada uma das frases em alemão ditas pelo Klaus.

Minhas leitoras beta mereciam um livro inteiro só de agradecimentos por me aguentarem há todos estes anos. Jacqueline, a historiadora/revisora maravilha, que gritava fatos históricos ao fim de cada leitura; Maria Raquel, que aparecia horas depois de as leituras terem terminado só para fazer analogias maravilhosas entre a família real brasileira e a cultura pop; Michele, que perdia a capacidade de ser coerente nos melhores momentos e reagia com emojis e consoantes em maiúsculas; Amanda, minha revisora oficial de cenas de sexo, tão didática que ela mesma deveria escrever um livro; Aline, sempre a primeira a se animar para as leituras; Clara, que me xingou por mensagem quando terminou de ler este livro e me acusou injustamente de acabar com o dia dela; e Tatiana e Fernanda, que arranjaram um tempinho para o livro mesmo quando do já estavam com as leituras atrasadas e marcaram a ferro na minha cabeça a imagem de Ângela Anaconda. Vocês são as pessoas mais incríveis de que já tive notícias. Obrigada por me ajudarem a melhorar sempre.

A todos os escritores cujas palavras serviram de inspiração para que esta história visse a luz do dia. Jane Austen e William Shakespeare, mestres das letras, cada qual à sua maneira, vocês nunca vão saber, mas suas obras foram, mais que referências para este livro, grandes guias. Julia Quinn, Lisa Kleypas, Carina Rissi e outras autoras maravilhosas que me fizeram descobrir a paixão pelos romances de época, Klaus e Amélia nunca teriam ganhado vida se eu não tivesse descoberto com vocês como equilibrar o riso, a paixão e as lágrimas. Obrigada.

E a você, leitor, que mais uma vez (ou talvez pela primeira de muitas, espero) me acolheu na sua estante e deixou a minha história embalar suas horas de lazer, meu maior agradecimento. Antes de ser lida, eu já era escritora, mas só segui em frente por sua causa.

TAMBÉM DE LARISSA SIRIANI
Amor plus size

Impresso no Brasil pelo Sistema Cameron da Divisão Gráfica da
DISTRIBUIDORA RECORD DE SERVIÇOS DE IMPRENSA S.A.